서술트릭의
모든 것

서술트릭의 모든 것

敍述トリック短編集

니카이도 레이 지음

김은모 옮김

한스미디어

차례

독자에게 던지는 도전장

이 책에 수록된 모든 단편은 서술트릭을 사용한 이야기이므로, 속지 않도록 신중하게 읽어주시기 바랍니다.

그런데 그 전에 대관절 '서술트릭'이란 무엇인가 설명해드려야겠죠.

추리소설에는 '트릭'이라는 것이 존재합니다. 쌍둥이로 바꿔치기를 하거나, 얼음으로 칼을 만들거나 하는 바로 그겁니다. 그리고 이런 트릭에는 몇 가지 분류법이 있습니다. 예를 들어서,

문 걸쇠와 받이쇠 사이에 얼음을 끼워놓고, 얼음이 녹으면 걸쇠가 내려와서 문이 저절로 잠긴다.

이건 이른바 '밀실트릭'입니다. 또 다른 예를 들자면,

용의자는 경찰에 "그 시간에는 집에서 텔레비전을 보고 있었다.

방송 내용도 자세하게 말할 수 있다"라고 증언했다. 하지만 실은 DMB나 휴대용 텔레비전으로 사건 현장에서 방송을 봤다.

이건 이른바 '부재증명(알리바이) 트릭'입니다. 그리고,

집 안에 있는 문을 잠그기 위한 손잡이('섬턴thumb-turn'이라고 합니다)에 실을 감아두고, 실의 다른 쪽 끝을 문틈을 통해 밖으로 꺼낸다. 밖에서 실을 잡아당기면 섬턴이 회전해서 열쇠 없이도 밖에서 문을 잠글 수 있다.

이런 것을 '물리트릭'이라고 부르며,

열쇠를 관리자에게 돌려주는 척하며 모양이 비슷한 다른 열쇠를 건네고, 사실은 진짜 열쇠를 사용해 현장에 드나들었다.

이런 것을 '심리트릭'이라고 칭하는 분류법도 있습니다.
하지만 이 책에서 매번 사용되는 '서술트릭'은 위에서 언급한 트릭들과는 조금 다릅니다. '서술트릭'이란 문장 그 자체의 서술법으로 독자를 속이는 유형의 트릭입니다. 예를 들면,

범인은 '사건이 발생했을 때 혼자였던 사람'이다. 주인공은 사건 당시 '마쓰카타'라는 인물과 이야기를 하고 있었다. 그러므로 범인

이 아니라고 독자는 생각하겠지만, 실은 '마쓰카타'라는 인물은 실제로는 존재하지 않으며 주인공이 만들어낸 망상이었다. 즉, 객관적으로 봤을 때 주인공은 사건 당시 '혼자'였으므로 범인은 주인공이다.

이런 식입니다. 이 작품은 주인공의 시점으로 서술되며 주인공에게는 마쓰카타가 '존재'하므로 '마쓰카타가 말했다'는 식으로 서술해도 거짓말이 아닙니다. 대신에 잘 읽어보면 마쓰카타가 주인공 말고 다른 사람과 대화를 하는 장면은 하나도 서술되지 않기에, 주의 깊은 독자라면 '마쓰카타라는 사람이 실제로 존재하나……?' 하고 의심할 것입니다. 이렇게 '자, 어떠냐. 한 방 먹었지?'라고 마치 저자한테 한 대 얻어맞은 느낌이 드는 트릭이 '서술트릭'인 셈이죠. 따라서 서술트릭은 '작가가 독자에게 구사하는 트릭'이라고 일컬어지기도 합니다.

하지만 방금 '주의 깊은 독자라면'이라고 했는데 이걸 독자가 정말 눈치챌 수 있을까요?

그도 그럴 것이 '마쓰카타는 그렇게 말했다'라고 떡하니 쓰여 있거든요. 마쓰카타가 없다고 누가 의심하겠어요? 그런데 추리소설을 읽는 사람은 매번 그런 것까지 의심하며 책을 읽어야 할까요? 이건 좀 치사하지 않습니까? 일반적인 독자가 하지 않아도 될 수준의 노력(지문에 적힌 내용이 전부 진실이라는 논리적 확증을 얻을 때까지는 '진위 불명'으로 취급하고 읽어나간다)을 요구하고, 그렇지 않은 독자를 속여본들 그건 늦게 내는 가위바위보 또는 "1+1=?" "2" "땡, 정답은 창문입니다" 같은 짓 아닐까요?

애당초 소설을 읽는 독자와 작가 사이에는 원래 수많은 약속이 전제되어 있습니다. '그의 심장은 뛰고 있었다'라고 일일이 밝히지 않아도 등장인물은 심장을 가지고 있고, 그 심장은 뛰고 있죠. 특별히 밝히지 않는다면 주인공은 '일반적으로 일본인'입니다(일본 소설에서는). 어떤 장면 속 날씨에 대해 아무 서술도 없다면 '일단 비나 눈은 내리지 않는' 것으로 봅니다.

그런 약속사항을 암묵적인 규칙으로 삼아 읽어나갔는데 '마쓰카타가 실제로 존재한다는 객관적인 서술이 없으니까 마쓰카타는 존재하지 않을 수도 있잖아요?'라고 하는 건 이중적인 잣대 아닐까요. 마쓰카타는 분명 존재합니다. 어디에든 있죠. 직장에도, 역에도, 당신 뒤에도, 당신 집 바닥 밑에도, 천장 위에도. 당신이 언제나 지나다니는 골목길의 배수로 뚜껑 아래에도, 당신 방 침대 밑에도 마쓰카타는 있습니다. 화분을 치우면 받침대 밑에 있고, 나무의 옹이구멍 속에도 있고, 변기 뚜껑을 들어 올리면 그 안쪽에도 잔뜩 들러붙어 있을 겁니다.

마쓰카타 이야기는 제쳐놓고, 그런 방식으로 독자를 속이기 때문에 흔히들 '서술트릭은 불공정하다'고 일컫습니다. 이게 바로 서술트릭의 약점이죠. 그래서 추리소설 작가는 서술트릭을 사용할 때 '불공정하지만 그래도 재미있는' 소설이 되도록 애씁니다.

그럼 공정하게 서술트릭을 사용하는 방법은 없을까요?

대답은 '아니오'입니다. 해결 방법이 딱 하나 있긴 합니다. 첫머리에 '이 단편집에 수록된 모든 작품에는 서술트릭을 사용했습니다'라고 먼저 밝히는 거죠. 그러면 모두 주의해서 읽을 테니 늦게 내는 가위바위보가 아니게 됩니다.

문제는 '그렇게 해서 정말로 독자를 속일 수 있느냐?'라는 점입니다. 처음에 '서술트릭을 사용했다'라고 밝히는 것 자체가 이미 대담한 스포일러이니(그래서 서술트릭이 사용된 작품에 대한 서평에서는 '스포일러 방지를 위해 자세하게는 쓰지 않겠습니다'라는 문구가 종종 눈에 띕니다), 그러면 독자는 간단하게 진상을 꿰뚫어보지 않을까요?

그러한 문제에 도전한 것이 바로 이 책입니다. 과연 이건 무모한 도전일까요, 아닐까요? 그 대답은 여러분이 이 책 속의 사건을 해명하느냐 못 하느냐로 결정됩니다.

하지만 수수께끼를 풀고자 하는 생각 없이 그냥 편하게 읽으셔도 상관없습니다. 저도 보통은 그렇게 책을 읽으니까요.

덧붙여 종종 서술트릭을 부자연스러운 우연(마침 일인칭으로 '보쿠僕, 주로 남자가 쓰는 일인칭으로, 여자는 와타시(私)를 사용한다'를 사용하는 여성이 있었다 등등)에 기대어 성립시키기도 하는데, 이 책에서는 그러한 우연에 기대지 않도록 최대한 노력했습니다. 그리고 되도록 현실에서 일어날 법한 이야기를 썼습니

다. 단 한 가지,

　모든 이야기에 같은 사람이 딱 한 명 등장한다.

　이러한 특징이 있습니다만, 이건 명탐정이 등장하는 연작 단편에 으레 따르는 약속사항이라 봐주십시오.

　또한 이 책은 친절하므로 각 이야기의 트릭을 알기 쉽게끔 미리 힌트를 드리도록 하겠습니다. 사실 마지막 이야기는 힌트 없이도 어렵지 않게 진상을 알아낼 수 있겠지만, 그 앞 이야기는 '그때까지의 이야기를 전부 재독해보면' 트릭을 알아차리기 쉽습니다. 그리고 또 그 앞 이야기는 '수많은 등장인물을 어딘가에 메모해 두는 것'이 중요합니다. 또한 그 앞 이야기는 '첫 장면이 왜 그렇게 쓰였는지', 그 앞 이야기는 '왜 등장인물의 이름이 그것인지', 그 앞 이야기는 '왜 그런 형식으로 서술하는지'가 중요합니다. 너무 주절주절 늘어놓은 데다 굵은 글씨로 쓴 건 도가 지나쳤나 싶어 여기까지 하겠습니다만, 아마 이런 힌트가 있어도 모든 이야기의 진상을 꿰뚫어보는 독자는 드물지 않을까 합니다.

　각설하고, 이 작품은 하여튼 독자를 속여 넘기기 위한 이야기입니다. 진상을 밝혀내기 위해 트릭 풀이에 도전하셔도 되고, 그냥 읽어나가셔도 무방합니다. 어느 쪽을 선택하든 즐거운 시간을 보낼 수 있으시리라 믿습니다.

　그럼 『서술트릭의 모든 것』의 막을 올리겠습니다. 부디 끝까지 함께해주시기 바랍니다.

뻥 뚫어주는 신

1

예전부터 생각했는데 영어의 'God'을 일본어로 '신'이라고 번역하는 건 문제가 있지 않나 싶다. 영어의 God은 기본적으로 기독교의, 요컨대 일신교의 유일신이다. 신이라고 하면 그분밖에 없으며, 전지전능한 절대자 'The One'으로 통하는 존재다. 한편 일본에는 확인된 것만 해도 신이 팔백만 명이나 된다고 한다. 땅의 신, 물의 신, 소의 신, 밭의 신, 사랑의 신 등등… 거물들은 기껏해야 팔백 명 정도밖에 되지 않을 테니 '가격표 스티커의 신' '왼쪽 무릎 연골의 신' '생선회에 놓인 민들레°의 신' 등 더 자잘한 신도 계시리라. 그렇다면 영어권의 '그분'과 일본의 '신'을 같은 단어로 표현하는 건 아무래도 저쪽에 실례가 아닐까 싶다. 전지전능한 주님이 '생선회에 놓인 민들레의 신'과 같은 취급을 받아서는 참을 수 없을 테니 말이다. 그렇다면 영어의 God은 성서에서

° 정확히는 민들레가 아니라 국화다.

처럼 '주±'라고 번역했어야 할 것 같지만 이제는 늦었다. 한 번 보급된 말을 바꾸기는 어렵다. E전電°도, 초모랑마°°도 '어머니, 나 좀 도와줘' 사기°°°도 결국 정식 명칭으로 정착되지 않았다.

유일신을 걱정하는 건 제쳐놓고, 요컨대 일본의 신을 하나하나 따지면 고작 그 정도다. 그렇다면 로쿠탄다 여사 말마따나 우리 회사 즉, 주식회사 세븐티즈 본사의 북쪽 건물 2층 총무과 앞의 여자 화장실을 개별적으로 담당하는 '화장실의 신'이 있을 법도 하다. 와카이 아쓰히코는 그렇게 생각하다가 너무 비현실적인 상상임을 깨닫고 허둥지둥 고개를 저었다.

"신 같이 초자연적인 존재가 없더라도 알아서 물이 빠져내려갈 수도 있잖습니까. 그냥 막힌 거니까."

흥분한 기색으로 사무실에 뛰어들어온 로쿠탄다 여사를

● 일본의 철도 회사 JR을 가리킨다. 국영철도가 분할 및 민영화된 1987년에 국전(국영철도의 근거리 전철)을 대신할 새로운 이름으로 JR 동일본이 공모한 결과, E전으로 결정됐지만 결국 모두 JR이라고 부르게 됐다.

●● 세계 최고봉인 에베레스트산을 가리킨다. '에베레스트'는 측량을 한 조지 에베레스트 경의 이름을 따서 그렇게 부르는 것일 뿐, 현지에서는 '초모랑마'(티벳어), '사가르마타'(네팔어) 등으로 부른다. 에베레스트 씨 본인도 현지 이름으로 불려야 한다고 주장했지만, 당시는 현지에서 어떻게 부르는지 몰랐던 듯하다.

●●● '나야 나 사기' '계좌이체 사기'를 대신하기 위해 공모한 명칭이지만 결국 정착되지 않았다. 이런 종류의 특수 보이스 피싱 사기가 반드시 '어머니 나 좀 도와줘'라는 수법을 사용하는 것은 아니므로 정착되지 않아 다행이다. 그보다 너무 길어서 아무도 사용하지 않으리라고 누군가 지적한 건 아닐까?

서술트릭의 모든 것

진정시키려고 와카이는 일부러 차분하게 말했지만, 여사는 더더욱 흥분한 듯 그래도 이상하다며 산란하는 개복치처럼 정신없이 말을 쏟아냈다.

"그럼 누군가 어떻게든 처리했다는 소리잖아. 대체 누가 그랬는데? 막힌 걸 아는 건 우리 사무실 사람뿐인데 아무도 안 뚫었다잖아. 그럼 누군가 알아서 몰래 뚫고, 쏟아진 물도 전부 청소하고, 자기가 뚫었다는 말도 없이 잠자코 일하고 있다는 뜻인걸. 총무과에 그렇게 대견한 사람은 없어."

너무 거침없이 말하는 게 아닌가 싶지만 맞기는 맞다. 우리 회사의 성격상 총무과에는 그렇게 기특한 사람이 거의 없다.

"우미 짱 아닐까요?"

사무실 구석의 전기 포트로 차를 끓이는 우미를 돌아보고 말했지만, 그 시선을 알아차린 우미가 고개를 갸웃하는 걸 보자마자 로쿠탄다 여사가 아니라고 대번에 부정했다.

"아까 업자 부른 걸 알고 있으니까 우미 짱이 그랬다면 말했을 거야. 그치, 우미 짱? 우미 짱이 막힌 여자 화장실 안 뚫었지? 응, 거기 그 화장실."

바쁜 시기를 제외하면 어쩐지 휴식시간 분위기가 나는 오후 3시라고는 하나, 업무 시간 중에 실내 가득 연달아 울려 퍼지는 화장실이라는 단어에 우미는 주전자를 든 채 놀란 표정으로 고개를 저었다. 맞은편 자리에서 좋아하는 아마낫토여러 종류의 콩을 삶아서 설탕에 조린 과자를 먹고 있던 후치도 인상을 찌푸리기에 와카이는 손바닥을 내밀어 찌르레기처럼 시끄럽게 떠드는 로쿠탄다 여사를 제지했다.

"저기요, 로쿠탄다 씨. 화장실, 화장실, 하고 계속 말하는 건."

"앗, 미안해, 간식 먹는 중에." 로쿠탄다 여사는 전혀 반성하지 않는 기색으로 후치에게도 말을 걸었다. "저기, 그런데 사키코 짱은 어떻게 생각해? 아니면 정말로 막힌 게 알아서 뚫렸을까. 그럼 커다란 똥이 막혀 있었을 뿐이라는 건가? 그런데 똥이 물에 녹나?"

"로쿠탄다 씨, 후치 씨 지금 아마낫토 먹고 있거든요?"

아니, '아마낫토'라고 구체적으로 지적하는 바람에 오히려 연상됐을지도 모르겠다. 하지만 와카이가 그래도 가린 토밀가루 반죽을 기름에 튀겨 설탕과 벌꿀을 바른 막대 모양 과자보다는 낫겠다는 초등학생 수준의 생각을 하며 말리자, 와카이의 말 때문에 후치 역시 연상이 됐는지 찡그린 표정으로 아마낫토 봉지를 내려다보며 손을 팔락팔락 휘저었다. 그래도 로쿠탄다 여사는 더욱 몸을 내밀고 다시 후치에게 말을 걸었다.

"어머, 그러고 보니 똥은 어떠려나. 녹는다기보다 흩어진다는 느낌이려나? 하지만 물을 내리거나 휘젓지 않으면 흩어지지 않을 텐데. 크기에 따라서는 상관없으려나. 바나나처럼 길쭉한 게 아니라 아마낫토 같은 알갱이라면. 어머, 미안해, 사키코 짱, 그거 아마낫토구나."

이제 둔감함을 넘어서서 일부러 그러는 게 아닐까 싶은

수준이었지만, 로쿠탄다 여사는 악의 없이 늘 이렇다. 그걸 아는 맞은편 자리의 후치 사키코도 말없이 고개만 숙였다. 무슨 상황인지 깨닫고 다가온 우미가 차를 내려놓고 후치를 위로했다.

"저어, 이걸로 입가심하세요."

무지각과 시간 엄수가 신조인 와카이는 업무 시간 중에 이게 다 무슨 짓이냐고 생각했지만 '적당히' '느긋하게' '자기 나름대로'가 사풍인 주식회사 세븐티즈에서는 그리 드문 광경이 아니다. 덧붙여 9월 중순에는 총무과에 일이 그다지 없어서 요 며칠 사무실 분위기가 아주 느슨하게 풀어졌다. 후치는 회사 유니폼인 조끼를 벗고 팔에 토시를 낀 평소 스타일이지만 이건 그래야 일하는 것 같은 느낌이 난다는 이유 때문이지, 딱히 바빠서 일에 정신을 집중해야 하기 때문이 아니다.

어쩌면 그런 분위기라서 로쿠탄다 여사가 이런 사소한 '사건'을 화제로 삼았는지도 모르겠다. 연초나 월말 상여금을 지급해야 할 때처럼 바쁜 시기라면 이런 일은 아무도 신경 쓰지 않고 그저 '쓸데없는 수고가 줄어서 고맙다'고 생각하고 넘어갔으리라. 아무튼 막힌 변기가 아무도 손대지 않았는데 알아서 깨끗하게 뚫린 게 전부인 '사건'이니까.

와카이는 고개를 돌려 뒤쪽 벽시계를 봤다. 일은 한 시간 반쯤 전에 발생했다. 느긋하게 오후 업무를 시작한 지 얼마 지나지 않았을 무렵, 사무실 바로 앞 화장실에 갔던 로쿠탄다 여사가 "넘쳤어. 변기에서 물이 뚜와악 넘쳤다고" 하며 묘하게 개성적인 의성어를 사용해 여자 화장실 제일 안쪽 칸의 변기가 막혀서 물이 넘쳤다는 사실을 알렸다. 지금 생각하면 왜 굳이 남자인 와카이에게 알렸나 싶기도 하지만, 아무튼 와카이는 "그럼 일단 사용하지 마라 하고 업자를 부르죠"라고 제안했다.

로쿠탄다 여사는 부랴부랴 달려가서 화장실 개별 칸 문에 '사용금지'라고 적은 종이를 붙였다. 업자가 오기까지 두 시간은 걸린다고 했지만, 물이 계속 넘치는 것도 아니고 넘친 물도 깨끗한 보통 물이었다. 그러니 그대로 놓아둔 채 업자를 기다리면 되는, 아주 사소하고 일상적인 소동이었다.

그런데 아까 로쿠탄다 여사가 상황을 확인하려 여자 화장실에 갔다가 어느 틈엔가 막힌 변기가 뚫렸고 바닥도 말끔하게 청소된 걸 발견했다. "저기, 누구 여자 화장실 간 사람 있어? 막힌 변기 뚫은 사람 말이야" 하고 로쿠탄다 여사가 돌아다니며 물었지만, 총무과 사람들은 모두 고개를 저었다. 그리하여 '북쪽 건물 2층 총무과 앞 화장실에는 알아서 변기를 뚫고 청소도 해주는 화장실의 신이 있다'라는 이야기로 발전한 것이다. 소동 발생이 아니라 오히려 소동 해결이 '사건'이 되다니 참으로 기묘하지만, 아무튼 분명 신이 신통력을 발휘한 것 아닐까 의심하고 싶어질 만큼 신기한 일이기는 했다.

"참 신기하네. 저기 와카이, 신기하니까 너도 현장을 한번

보고 와. 정말로 깨끗해졌어. 가미카쿠시神隱し. 어린아이가 갑자기 행방불명되는 일로, 옛날에는 요괴나 신의 소행이라 믿었다 같다니까."

전례가 없는 가미카쿠시다.

"아니, 거긴 여자 화장실이잖아요."

"에이, 뭐 어때. 다들 여기 있으니 사용 중인 사람도 없는 걸. 무엇보다 우리 회사 여자들이 어디 여자야?"

"로쿠탄다 씨……, 다른 부서에 가서 그런 말씀 하지 마세요."

차를 가져온 우미가 타이르자 로쿠탄다 여사는 우미를 붙잡고 그 팔을 슥슥 문질렀다.

"어머, 실례했네. 우미 짱은 '여자'지 참. 이 피부 좀 봐. 하지만."

그럼 아까 그 말은 자기를 가리키는 거냐는 눈으로 후치가 로쿠탄다 여사를 째려봤다. 와카이는 알았다고 여사를 달래며 노트북을 덮고 일어섰다. 그나마 '풋풋한 신입사원'이라는 입장 탓인지 이럴 때는 꼭 와카이를 부려먹는다. 어차피 과장은 자리를 비웠고 결재 서류도 저녁까지는 나오지 않는다. 오늘 서둘러 해야 할 일은 이제 없었다.

그런데 와카이가 의자 등받이에 걸쳐놓았던 재킷을 입고 호주머니에 스마트폰을 넣자 누군가가 어깨를 두드렸다. 돌아보자 늘 세련된 넥타이와 명품 정장으로 멋을 내고 다니는 오나리 상무가 양손에 든 초콜릿 상자를 내밀었다.

"자, 와카이, 하나 들어요."

"상무님." 와카이는 소리도 없이 남의 등 뒤로 다가오지 말라고 생각하면서도 인사를 하고 감사히 초콜릿을 받아먹었다. "오, 맛있네요. 그런데 이건 뭐라고 읽는 겁니까?"

"'달로와요'°라고 읽어요. 파리의 유서 깊은 가게죠. 아, 와카이한테는 이 슈프림 모카가 좋겠군요. 12월생이죠? 아침에 오늘의 운세를 봤더니 베이지색이 행운의 색깔이더라고요."

"감사합니다."

이 임원은 매일 아침 오늘의 운세를 확인해서 직원에게 행운의 색깔이며 행운의 아이템을 가르쳐주며 돌아다닌다. 임원이라 늦게 출근해도 되는 특권을 '지유가오카에 들러 양과자를 사 오는 데' 사용하기도 하는 고맙고도 기묘한 상무다.

과자에 사족을 못 쓰는 로쿠탄다 여사도 당장 반응을 보였다.

"어머나, 오나리 상무님. 늘 감사합니다. 뭘 먹을까. 와카이, 뭐가 제일 맛있어? 사키코 짱도 어서 와서 먹어, 달로가요."

지금 달로'가요'니 뭐니 하지 않았나. 아무튼 후치는 아마낫토를 먹어서 배가 부른지 고개를 저었다. 상무는 로쿠

° DALLOYAU라고 쓴다. 일본인이 제대로 읽을 줄 모르는 제과 브랜드로 'Lindt(린트)'와 어깨를 나란히 한다.

탄다 여사에게 초콜릿을 몇 개 건네주고, 남자 직원들 사이를 돌아다니면서 넓은 마음으로 달로와요를 나눠줬다. 그리고 생일을 아는 사람에게는 행운의 숫자와 아이템도 가르쳐준 후 돌아왔다. 직원들과 커뮤니케이션을 한다는 명목이지만, '이곳 분위기가 제일 느긋해서 좋다'는 이유로 평소에도 총무과에만 드나들기 때문에 실은 그냥 놀러 오는 것뿐이리라.

그나저나 로쿠탄다 여사에 상무까지 더해졌으니 큰일 나겠다고 와카이가 걱정하고 있자니, 아니나 다를까 상무가 와카이에게 웃음을 지었다.

"저기, 그러고 보니 와카이. 로쿠탄다가 무슨 '사건'이 났다고 야단법석이던 것 같던데요."

로쿠탄다 여사와 나눈 이야기를 들은 모양이다. 염려했던 바였지만, 이 두 사람이 얽힌 이상 그냥 넘어갈 리가 없다며 와카이는 내심 각오했다. 상무는 두 시간짜리 서스펜스 드라마를 아주 좋아해서 반드시 녹화하는 사람이기 때문이다.

맞아요, 맞아요, 하고 로쿠탄다 여사가 가까이 다가붙었다.

"상무님, 참 신기한 일이 벌어졌어요. 화장실의 신이 나왔다니까요. 어머, 그러고 보니 마침 초콜릿을 먹었네. 토일릿과 초콜릿. 무슨 단어 연상 게임 같네요, 아하하."

이쪽은 지금 먹는 중이라고 눈빛으로 항의하는 걸 아는지 모르는지, 로쿠탄다 여사는 상무에게 '화장실의 신 사건'에 대해 설명했다.

아니나 다를까 상무는 귀가 솔깃한 모양이었다.

"재미있군요. 대체 누가 무엇 때문에 막힌 변기를 뚫고, 게다가 그걸 알리지도 않고 잠자코 있는 걸까. 현장을 잠깐 살펴보죠. 자, 와카이도 어서."

"여자 화장실인데요."

"임원도 함께인데 무슨 상관인가요."

상관있다고 생각했지만, 이 사람은 당해낼 수 없다. 와카이는 입가에 묻은 달콤하고 촉촉한 슈크림 모카를 맛보며 상무와 로쿠탄다 여사를 따라 사무실을 나섰다. 뒤에서 우미가 쓴웃음을 지었다.

2

그러고 보니 와카이는 이 나이를 먹고서도 여자 화장실에 들어가는 건 난생처음이었다. 그래서 남자 화장실과 어떻게 다른지 여러모로 관찰하고 싶은 마음도 있었다. 하지만 여자 화장실에는 남자에게는 보여주고 싶지 않은 여성 특유의 뭔가가 있을지도 모르기에, 와카이는 로쿠탄다 여사가 가리킨 개별 칸에만 집중하기로 했다. 남자 화장실과 다른 점이라고는 소변기가 없고 개별 칸의 문만 죽 늘어서 있다는 것밖에 발견하지 못했다.

　　　　　　　　　　　서술트릭의 모든 것 |

"1시 반쯤이었어요. 화장실에 갔다가 이 칸 문 밑으로 물이 새어 나오기에 문을 열어봤더니 바닥이 흠뻑 젖었더라고요. 음, 뒷술로 한 병 정도는 넘쳤을 거예요."

제발 음식물에 그만 좀 비유했으면 좋겠다. 하지만 로쿠탄다 여사는 '현장'인 제일 안쪽 칸으로 가 문을 가리켰다.

"깜짝 놀랐죠. 바로 물이 계속 넘치지는 않는다는 걸 확인하고 문을 닫은 후, 다른 사람이 모르고 들어오면 안 되니까 이 종이를 붙였어요."

별일도 아니건만 로쿠탄다 여사는 마치 무용담처럼 이야기했다. 문에는 본인의 이미지와는 그다지 어울리지 않게 또박또박한 글씨로 '사용금지, 총무과'라고 적혀 있었다.

"하지만 지금은 보시다시피 깨끗하죠? 자시키와라시座敷童子, 어린아이의 모습으로 집이나 광 안에 살면서 사람에게 장난을 치거나 복을 가져다주는 정령 짓인가?"

상무가 문을 열고 안으로 들어가 변기를 들여다봤다. 변기에는 평소와 똑같은 양의 물이 고여 있었고, 더러운 곳도, 흠집도, 떨어져 있는 물건도 없었다. 바닥은 젖어 있는 것 같았지만, 넘친 물은 깨끗하게 청소된 상태였다. 아무 이상도 없는 '사건 현장'. 아니, 아무 이상도 없으니까 사건이다. 역시 조금 묘하기는 했다.

상무가 재미있다는 듯이 팔짱을 꼈다.

"과연, 이건 신기하네요. 어쩌다가 저절로 막힌 게 뚫렸다면 바닥까지 깨끗해질 리가 없지."

"어머, 그러고 보니 그렇네요." 로쿠탄다 여사도 고개를 끄덕였다. "그럼 더더욱 화장실의 신이 용의자로 유력해지네요."

"그러게요. 그래도 역시 누군가가 나서서 청소했다고 봐야겠지만." 상무는 복도 방향을 돌아봤다. "그러고 보니 아까 저기에 나가바야시랑 누가 있지 않았던가요?"

"있었습니다."

와카이의 대답에 상무는 재킷 자락을 확 펄럭이며 몸을 돌렸다.

"그럼 탐문 수사를 해보죠. 범인을 봤을지도 몰라요."

말이 범인이지, 나쁜 짓을 하기는커녕 어떻게 봐도 모두에게 도움이 됐다. 그렇게까지 끈질기게 찾아내야 할까 싶지만, 상무는 완전히 탐정이 된 기분에 젖었고 로쿠탄다 여사도 조수가 된 기분을 만끽하는 듯했다. 와카이는 일단 변기 레버를 눌러 물이 제대로 내려가는지 확인한 후, 업자에게 취소 전화를 해야겠다고 생각했다. 상식적으로 가장 먼저 해야 할 일은 탐문 수사보다 이쪽이다.

복도에 있던 사람은 나가바야시 총무과장과 직장동료인 지구사였다. 과장이 태블릿 PC를 들고 있었던 걸 보니 복도에서 잠시 하던 이야기가 '회의'로 발전한 것 같았다. 나가바야시 과장이 워낙 자주 그래서 총무과 직원들에게는 익숙한 일이다. 그렇다면 그들을 점찍은 상무의 판단은 옳았다. 과장의 '복도 회의'는 종종 한 시간 이상 이어지기 때문이다.

서술트릭의 모든 것

"나가바야시, 좀 물어볼 게 있는데. 언제부터 여기 있었나요?"

"상무님." 과장은 태블릿 PC를 갈무리하며 손목시계를 봤다. "죄송합니다. 한 시간 반…… 가까이나 회의를 한 모양이군요."

자기 시계를 들여다본 지구사도 시간이 그렇게 많이 흐른 걸 알고 놀랐다. 하지만 상무는 웃음을 지었다.

"그렇군! 그거 잘됐어요."

"아, 네."

과장은 어리둥절한 표정이었다. 한편 상무는 눈을 반짝였다.

"여기 여자 화장실이 고장 나서 로쿠탄다가 사용금지 안내문을 붙인 거 알아요?"

"아아, 그러고 보니." 지구사가 먼저 대답했다. "로쿠탄다 씨가 종이를 들고 들어갔어요. 그 후에도 두 번쯤 들락날락하며…… 바삐 돌아다니던 것 같은데."

"그동안 계속 여기에 있었어요? 참 잘했어요."

"네?"

지구사도 얼떨떨해했다.

"그렇다면 두 사람은 이 사건의 범인, 사람들이 부르길 '화장실의 신'을 목격한 셈이에요." 상무는 재킷 안주머니에서 수첩과 볼펜을 꺼냈다. "로쿠탄다가 안내문을 들고 들어간 후부터 지금까지 누가 이 화장실에 출입했는지 기억해요? 그중에 범인이 있어요."

"엇. 음, 그야 뭐."

여자 화장실은 눈앞에 있다. 지구사는 과장과 얼굴을 마주 보고 당황스러워하면서 대답했다.

"여기 로쿠탄다 씨랑 후치 씨, 그리고 우미 짱…… 정도인데요."

지구사가 확인하듯 과장을 보자 과장도 고개를 끄덕였다.

"그 세 사람뿐이었습니다."

"틀림없겠죠?"

"네, 봤으니까요." 과장은 그렇게 대답한 후, 로쿠탄다 여사를 보고 허둥지둥 손을 내저었다. "아니, 아니, 엿본 건 아니고. 여기에 있었으니까 보였을 뿐이야."

지구사도 손을 옆으로 흔들었다.

"안 봅니다. 여자 화장실이니까요."

"용의자는 세 명." 상무는 고개를 끄덕였다. "그 세 명 중 누군가가 화장실을 청소한 모양인데, 그런 기척은 없었나요?"

"네? ……청소요?" 왜 그런 질문을 하는지 모르는 과장은 당황스러움을 감추지 못하고 대답했다. "다들 들어갔다 금방 나왔습니다. 청소할 시간은 없었을 것 같은데요."

"금방이었습니다. ……아니, 아니, 관찰하고 있었던 건 아니거든요?"

지구사도 대답한 뒤 부랴부랴 손을 내저었다.

　　　　　　　　　　서술트릭의 모든 것 |

"저는 금방 나왔어요. 휙 들어가서 쌩." 로쿠탄다 여사가 말했다. "바람처럼요."

와카이는 '어?' 하고 생각했다. 상무도 고개를 갸웃했다.

상황이 이상해졌다. 안내문을 붙이고 나서 화장실에 들어간 세 사람이 금방 나왔다면, 범인은 대체 언제 막힌 변기를 뚫고 바닥을 청소했을까.

상무가 "흠" 하고 고개를 끄덕이더니 다시 화장실로 들어갔다. 덜컥덜컥 뭔가 움직이는 소리가 들렸다. 뭘 하는지 궁금해서 쫓아 들어가자 상무는 화장실 입구 옆에 있는 청소 도구함을 뒤지고 있었다.

"저어, 상무님."

"가메 씨*, 이걸 좀 봐요."

지금 누굴 보고 가메 씨라 부르냐고 생각하면서도 와카이는 상무가 꺼낸 대걸레를 보고 깨달았다.

"……사용한 흔적이 없군요."

"맞아요." 상무는 완전히 형사에 빙의해 대걸레를 들어 올렸다. "이러면 더욱 이해가 안 가는 상황이네요. 범인은 그냥 청소만 하고 입을 다문 게 아니에요. 처음부터 몰래 그럴 작정으로 다른 곳에서 도구까지 가져와서 막힌 변기를 뚫고 청소를 한 셈이죠. 왜 그런 짓을?"

---

* 가메이 형사(니시무라 교타로의 추리소설에 등장하는 탐정 도쓰가와 경감의 파트너)를 말하는 건가?

"……자기 때문에 변기가 막혔기 때문이 아닐까요?"

"그렇다면 괜한 짓 말고 그냥 입 다물고 있으면 돼요. 이미 업자를 불렀으니까."

그것도 그렇다. 그러고 보니 업자가 오기 전에 빨리 취소 전화를 해야 한다는 게 기억났지만 와카이는 그보다 이 기묘한 사태가 더 신경 쓰였다.

"업자를 부르면 돈이 들 테니, 큰일로 발전시키기 싫었던 건 아닐까요? 범인이 자기 때문에 변기가 막혔다는 사실에 책임감을 느낀 걸지도 모르죠."

와카이의 말에 상무는 다시 고개를 저었다.

"그렇다면 업자를 부르기 전이나 부른 시점에 자기가 뚫을 수 있을지 한번 해보겠다고 양해를 구하면 될 일 아닐까요? 그렇게 나선다고 범인이라 의심받는 것도 아니고, 책임을 느낀다면 더더욱 자수해야 한다고 생각하는데요. 적어도 어디서 도구까지 조달해 몰래 뚫는 건 부자연스러워요."

확실히 그것도 그렇다. 자기 때문에 막혔다면 자기가 그랬다고 순순히 밝히든지, 업자에게 그냥 맡기고 입을 다물든지 둘 중 하나이리라.

'역시 화장실의 신'이라고 말을 꺼내려는 로쿠탄다 여사를 제지하고 상무가 말을 이었다.

"그리고 수수께끼가 하나 더 있어요. 나가바야시와 지구사의 증언에 따르면, 안내문을 붙인 후에 화장실에 들어간 세 명은 금방 나왔죠. 그렇다면 언제 어디로 화장실

030   서술트릭의 모든 것 |

에 들어가 막힌 변기를 뚫고 청소를 했을까요? 이 사건의 범인, 그러니까 통칭 '화장실의 신'은."

현재 용의자를 그렇게 부르는 건 로쿠탄다 여사뿐이지만, 그것도 신기하기는 하다. 화장실 입구는 한 곳뿐이다. 그리고 그 앞에서 과장과 지구사가 내내 '회의'를 하고 있었다. 우연히 두 사람의 눈을 속이고 화장실로 들어가, 또 우연히 두 사람의 눈을 속이고 화장실에서 나오기는 확률적으로 불가능하다. 그보다는 '어쩌다 막힌 변기가 저절로 뚫리고 갑자기 바닥에서 열이 올라와 넘친 물이 엄청난 속도로 증발했다'라고 보는 편이 훨씬 그럴싸하다.

그런데 와카이가 대체 어떻게 된 걸까 진지하게 생각하기 시작한 순간, 계단 쪽에서 타닥거리는 가벼운 발소리가 들려왔다. 총무과 직원 중에 발소리가 저렇게 가벼운 사람은 없다. 이 시간에 웬 손님인가 싶었지만, 나타난 사람은 '손님'이라기보다 '침입자'라는 단어가 어울리는 수상한 청년이었다. 폴스미스의 캐주얼한 재킷을 걸쳐서 어른스럽게 차려입었지만, 키가 작고 얼굴도 앳되어서 종합적으로는 나이를 거의 알 수가 없었다.

"어, 안녕하세요. 다들 모여 계시는군요. 좋아 보이시네요."

"안녕하세요." 와카이는 일단 인사를 했다. "총무과에 무슨 볼일이 있으십니까? 음, 실례합니다만, 예전에 어디서 뵀던가요?"

"아니요, 초면입니다. 저는 그저 지나가다 화장실을 잠시 빌리려고 들어왔거든요."

네? 뭐라고요? 라고 따지고 싶은 마음을 참았다. "아아, 화장실이라면 1층에도."

"공교롭게도 그쪽은 꽉 차 있어서요. 현재 제 괄약근은 비유하자면 뻥 터지기 직전의 뻥튀기 기계 같은 상태라서요."

"어이쿠." 와카이와 옆에 있던 지구사가 황급히 길을 터줬다. "그거 큰일이로군요. 자자, 빨리, 빨리."

"이봐요, 그런 걸 먹을 것에 비유하는 건 좋지 않아요."

로쿠탄다 여사의 말에 상무가 '네가 할 소리냐'라는 시선을 던졌다. 수상한 청년은 이만 실례하겠다는 듯한 말만 남기고 남자 화장실로 들어갔다.

"……희한한 사람이로군요."

이번에는 모두가 상무에게 '당신이 할 소리냐'라는 시선을 던졌지만, 상무는 전혀 눈치채지 못한 채 남자 화장실을 바라봤다. 곧이어 남자 화장실에서 잔뜩 들뜬 목소리가 들려왔다.

"오, 이거 대단한데. 개별 칸의 문은 평범한 화장판化粧板이고 자물쇠도 일반 빗장인데, 변기는 TOTO의 네오레스트 NX! 이런 로우테크 속의 하이테크라니! 네오레스트 제품 시리즈의 군더더기를 생략한 곡선미와 S번 모자이크 바닥 타일의 부조화로 발생하는 조합이 또, 크으."

"이봐, 와카이. 뭐야, 저 녀석은."

과장이 곤혹스럽다는 듯이 물었지만 물론 와카이도 남자

서술트릭의 모든 것 |

의 정체는 모른다.

"정말 별난 사람이네요."

이미 뻥 터지기 직전 아니었나, 빨리 볼일부터 안 보나 하고 안절부절못하는 과장은 아랑곳하지 않고, 상무는 팔짱을 끼고 감탄한 듯 고개를 끄덕였다.

"화장실 마니아인가. 세상에는 다양한 취향이 있는 법이죠."

괴짜는 괴짜를 이해하는 법일까. 잠시 후, 청년이 얼굴 가득 웃음을 띤 채 화장실에서 나왔다.

"이야, 끝내주는 화장실이었습니다. 오래 써서 미묘하게 색이 칙칙해진 세면대의 TENA형 수도꼭지, 그 색감과 라인이 또" 하며 말을 늘어놓는 청년을 제지하고 제일 먼저 말을 건 사람은 상무였다.

"이봐요, 화장실에 대해 잘 아나요?"

"잘 안다…… 고 하면 글쎄요. 좋아하기는 합니다. 예를 들어, TOTO 상품으로 말하자면 최신형인 네오레스트 퓨어레스트 시리즈도 아름답지만, 전통적인 CS 시리즈와 S 시리즈의 조합이 코너에 딱 들어맞은 모습도 역시."

"알았어요, 알았어요. 잘 아는군요. 어디 수도 쪽 관련 일을 하나요?"

"아니요, 탐정입니다. 그리고 프리랜서 기자 일도 하고요."

화장실과 전혀 관계없지 않은가. 게다가 수상하다. 인터넷 기사에서 봤는데 '입 밖으로 꺼내면 수상한 직업' 1위가

'○○ 컨설턴트'였고 2위가 '탐정'이었다. 그런데 탐정치고 이 남자는 너무 눈에 띄는 것 아닌가. 탐정은 택배기사 같은 사람으로 변장해서 오토 로크 자물쇠를 열게 하거나, 설문조사라고 하면서 신변조사를 하곤 하니 눈에 띄어서는 안 되는 것 아닌가? 하지만 상무는 전혀 의심하지 않는 표정으로 "프리랜서 기자라면 어떤 잡지에 글을 쓰나요?" "다양하죠. 아, 이름은 벳시別紙입니다. 앞으로 잘 부탁드립니다." "벳시? 다른 잡지벳시(別紙)는 일본어로 '다른 종이' '다른 잡지' '별지' 등의 뜻이 있다라고요? 그게 어딘데요?" "아니요, 제 성씨가 벳시라고요. 가가와랑 도쿠시마 인근에 많은 성씨죠." "그렇게 말하면 착각하잖아요." 하고 이야기를 나눴다. 와카이는 이 상무가 감사관리자가 아니라 임원이라 정말로 다행이라고 생각했다.

"이봐요. 화장실을 좋아한다니 좀 물어볼 게 있는데요."

로쿠탄다 여사가 좋은 생각이 났다는 투로 벳시의 팔을 잡고 말을 걸었다.

"마침 잘됐네. 이쪽 변기를 좀 봐줘요. 화장실 좋아한다니까 알겠죠?"

"어어. 저기, 이쪽은 여자 화장실 아닙니까?"

"괜찮아요, 아무도 없으니까. 빨리 와요. 자, 이 안쪽에 있어요."

벳시는 로쿠탄다 여사에게 붙잡혀 여자 화장실로 끌려들어갔다. 와카이는 사정을 모르는 사람이 본다면 완전히 호러 영화 같은 구도가 아닐까 하고 상상했다. 그나저나 그저 화장실을 빌리러 온 청년까지 이 사건에 끌어들여도 될까.

3

"······오호, 그렇군요. 확실히 묘하네요."

여자 화장실에 끌려간 지 5분. 활짝 열린 '현장'의 변기 앞에서 로쿠탄다 여사에게 '화장실의 신 사건'의 자초지종을 들은 벳시는 세면대 옆 핸드 드라이어를 돌아보고 "오오, 이거 미쓰비시 전기에서 나온 초기형 '제트 타올' 아닙니까? 세계 최초로 사이드 오픈 방식을 채택한 역사적인 명품이 아직 여기서는 현역이라니" 하고 떠들었다. 그는 이렇듯 약간 어수선한 태도였지만, 일단 무슨 상황인지는 이해한 듯했다.

"······확실히 기묘한 일이긴 합니다만." 벳시는 변기를 봤다. "신은 아닐 것 같은데요. 누가 몰래 청소했겠죠. 아무리 네오레스트 NX라도 변기 밖으로 넘친 물을 자동 세정하는 기능은 없으니까요. 그리고 무엇보다 저기 창문 자물쇠가 풀려 있고요."

벳시가 개별 칸 앞에 있는 창문을 가리켰다. 불투명 유리가 들어간 커다란 창문인데, 닫혀 있긴 했지만 확실히 크레센트 자물쇠는 풀려 있었다.

"앗, 진짜네."

상무가 창문을 열어젖혔다.

"그리고 위에 환풍기도 달려 있네요. 그러면 환기 때문에 창문을 열 필요는 거의 없을 테고, 열어놓으면 밖에서 안이 훤히 보일 테니 평소 이 창문은 안 열어두시죠? 그렇다면…… 아, 마침 잘됐네요. 거기 당신."

"네?"

와카이가 뒤를 돌아보니 소란스러운 소리를 듣고 보러 왔는지 후치와 우미가 화장실을 들여다보고 있었다. 벳시가 느닷없이 몸을 돌려 손가락으로 우미를 가리키자 그녀는 움찔하며 차렷 자세를 취했다. 하지만 벳시가 "1층 여자 화장실에 가서 도구함의 청소도구에 최근 사용한 흔적이 있는지 확인 좀 해주시겠습니까?" 하고 부탁하자 프릴스커트를 파라솔처럼 둥실둥실 펄럭이며 화려하게 달려갔다. 타다다다닥, 하고 계단을 뛰어 내려가는 소리가 들리더니 그녀는 1분도 채 지나지 않아 뛰어서 돌아왔다. '빠르구나, 가뿐하구나, 젊구나' 하고 성씨만 젊은_{若, 일본어로 젊다는 뜻} 와카이_{若井}는 생각했다.

"어땠나요?"

벳시가 핸드 드라이어를 어루만지며 묻자 우미는 고개를 끄덕였다.

"저어, 누가 사용한 것 같았어요. 1층 대걸레도 사용한 흔적이 있었고, 으음, 그 고무 자루가 달렸고 꾹 눌러서 뻥 하

　　　　　　　　　　　　서술트릭의 모든 것　｜

는 도구에도 사용한 흔적이…… 그거, 이름이 뭐죠?"

"그러고 보니 뭐라고 하더라? 뚫어뻥? 뻥 막대기?"

"'변소 뻥'이겠지. 내가 어렸을 적에는 그렇게 불렀어."

"러버 컵입니다." 아무래도 상관없는 일로 열을 올리는 로쿠탄다 여사와 지구사를 제지하고 벳시가 말했다. "어, 당신이 우미 씨…… 죠? 틀림없습니까?"

"엇…… 네." 우미는 그가 자기 이름을 이미 아는 걸 보고 당황한 것 같았다. "저, 그런데 우리 회사 분은 아니시죠?"

"화장실을 빌리러 온 벳시라고 합니다. 점술사죠."

아까하고는 말이 다르잖아! 하지만 벳시는 주변에서 쏟아지는 의심스러운 시선에도 개의치 않고 모두를 돌아봤다.

"이거 움직일 수 없는 증거군요. 범인이 어떻게 나가바야시 과장님과 지구사 씨 몰래 이 화장실을 청소했는지도 확실해진 것 같은데요."

당연하다는 표정으로 벳시가 모두를 둘러봤다. 와카이는 열린 창문을 봤다. 회사에서 고용한 미화원은 오전에 일을 마쳤으니, 누가 우연히 그 후에 1층 도구함의 청소도구를 사용했다고 보기는 힘들다. 대걸레뿐이라면 모를까 뚫어뻥 아니, 러버 컵이라고 했던가. 그것까지 사용한 흔적이 남아 있다면 틀림없이 그걸 쓴 사람이 범인이리라. 즉, 벳시의 말은 그런 뜻이다.

모두가 침묵을 지켰다. 방금 온 후치와 우미는 대체 무슨 이야기가 진행 중인 건가 불안해하는 기색이었다. 상무는 팔짱을 꼈고, 로쿠탄다 여사는 끄응 하고 앓는 소리를 냈으며, 나가바야시 과장과 지구사는 얼굴만 마주봤다.

"벳시 씨, 잠깐만요." 상무가 입을 열었다. "혹시 범인이 이 창문으로 드나들었다고 하는 건가요?"

벳시는 당연하다는 표정으로 고개를 끄덕였다.

"출입구는 이 창문과 저쪽 입구밖에 없으니까요. 그리고 입구는 나가바야시 과장님과 지구사 씨가 내내 지키고 있었죠. 그사이에 여기 계신 로쿠탄다 씨, 후치 씨, 우미 씨는 현장에 들어갔지만 모두 금방 나오셨잖아요?"

벳시의 시선이 여자 세 명을 향했다. 로쿠탄다 여사는 그렇다며 격하게 고개를 끄덕였고 후치는 어쩐지 불만스러운 듯, 우미는 스카프를 만지작거리며 머뭇머뭇 고개를 끄덕였다. 셋 다 자신들이 용의자 취급을 받는다는 걸 아는 눈치였다.

벳시가 추리소설에 나오는 명탐정처럼 말했다.

"그렇다면 달리 방법이 없죠. 범인은 1층 여자 화장실에서 청소도구와 러버 컵을 꺼내 1층 여자 화장실 창문에서 2층 창문까지 기어올라 막힌 변기를 뚫고 청소를 한 후, 다시 창문으로 나가서 1층 여자 화장실에 도구를 되돌려놓은 겁니다."

"그건 그렇겠지만……."

상무가 와카이를 밀어내고 창문으로 몸을 내밀었다. 분명 바로 밑이 1층 여자 화장실이다. 물받이와 실외기가 달려 있으니 이 창문까지 오르거나 밑으로 내려가기가 불가능하지는 않다만.

상무는 벳시를 돌아보고 모두를 손으로 가리켰다.

"하지만 잘 생각해봐요. 확실히 발 디딜 곳은 있지만 3미터는 기어올라야 한다고요. 내려가는 건 더 힘들겠죠."

과장이 서둘러 덧붙여 말했다.

"맞아. 총무과 직원들을 보라고. 할 수 있을 것 같나?"

벳시는 주변의 총무과 직원들을 둘러보고 고개를 끄덕였지만, 곧바로 다시 말을 꺼냈다.

"하지만 용의자가 꼭 총무과 직원이라는 보장은 없지 않습니까?"

"그럼 외부인이 침입했다는 건가? 그건 아니지. 변기가 막혔다는 걸 알고 있었던 사람은 총무과 직원들뿐이고, 애당초 이 화장실 자체를 총무과 직원 말고는 거의 이용하지 않아. 그러니 다른 사람은 무관하다고."

과장의 말은 사실이다. 우리 회사는 종업원 삼백 명 규모인데, 총무부만 별채처럼 툭 튀어나온 이 북쪽 건물에 자리 잡고 있다. 북쪽 건물이라 볕이 거의 들지 않고 사무실도 추워서 누군가 총무부로 부서 이동이라도 하면 뒤에서 '시베리아행'이라고 쑥덕거린다. 총무과 직원 말고는 북쪽 건물 2층에 좀처럼 올 일이 없으니, 이곳은 평소 여기 있는 로쿠탄다 여사와 후치, 우미, 그리고 상을 당해 오늘 결근한 또 한 명의 전용 화장실이나 마찬가지였다.

"창문으로 드나들기는 무리. 입구도 나가바야시 과장님과 지구사 씨가 보고 있었으니까 무리." 벳시는 상무를 봤다. "……그렇다는 말씀이시죠? 하지만 그래서는 불가능 범죄…… 아니, 범죄는 아니니까 '불가능 선행_{善行}'이 되는데요."

"……현시점에서는 그렇게 볼 수밖에 없겠군요."

"물론 목격 증언이 진실하다는 증거도 없습니다. 예를 들어, 나가바야시 과장님과 지구사 씨 두 분이 결탁해서 거짓으로 증언했을 가능성도 있습니다만."

"아냐, 아냐, 아냐."

"당치도 않아요."

과장과 지구사가 동시에 고개를 저었다. 그때 우미가 입을 열었다.

"하지만 이야기하는 소리가 계속 들렸는걸요."

벳시는 그 반응을 이해한다는 듯이 말을 이었다.

"역시 그것도 무리겠죠. 애당초 현장이 여자 화장실이고 '범인'이 사용한 것도 1층 여자 화장실에 있던 도구입니다. 남자가 범인이라면 그는 일단 현장에 들어와 상황을 확인하고, 1층 여자 화장실의 도구를 챙겨 현장으로 돌아와 청소한 다음, 다시 1층 여자 화장실에 가서 도구를 되돌려놓고 시치미를 뚝 뗀 채 사무실에 돌아간 셈이죠. 아무래도 여자 화장실에 많이 드나들어야 하니 남자라면 심리적 장벽이 너무 높습니다."

심리적 장벽만의 문제는 아닐 것이다. 이 화장실 입구는 복도가 어떤 상황인지 안에서 관찰할 수 없다. 몰래 들어갈 수는 있을지언정 아무에게도 들키지 않고 나오기는 어렵다. 그렇다고 창문으로 드나들면 건물 전체를 빙 돌아가야 하므로 그편이 훨씬 눈에 띈다. 물론 복도에 소형 카메라를 설치해 복도 상황을 확인할 수 있었다든가, 우미가 들은 건 범인이 스피커로 틀어놓은 목소리라든가 하는 추리도 가능은 하겠지만, 애당초 변기가 막힌 건 돌발적인 사태였으니 범인이 그럴 준비를 할 여유는 없었다고 봐야 하리라.

즉, 범인은 여자다. 그것도 평소 이 화장실을 사용하는 여자. 범행이 가능한 사람은 고작 세 명으로 좁혀진다. 하지만.

"……과장님과 지구사 씨의 증언에 따르면 로쿠탄다 씨, 후치 씨, 우미 짱 모두 들어갔다가 금방 나왔다는데요."

와카이가 말했다. 즉 이 사건은 정말로 '불가능 선행'인 것 아닐까. 화장실의 신의 소행, 아니 신통력이 아닐까. 사실 그래도 상관없다는 생각도 들었다.

"그럼…… 이런 건 어떨까요?" 상무가 문 너머로 변기를 봤다. "로쿠탄다가 본 '넘친 물'은 사실 물이 아니라 휘발성 액체였다. 범인이 변기를 막은 뭔가를 녹이려 그 액체를 넣었는데, 너무 많이 넣어서 넘치고 말았다. 액체 작전은 성공해 막힌 변기가 알아서 뚫렸고, 넘친 액체도 휘발되어서 없어졌다."

"호오, 그거 재미있군요. 앞뒤도 맞고요." 벳시는 개별 칸으로 들어가 변기 옆에 쪼그리고 앉아 바닥의 냄새를 맡았다. "하지만 휘발성 물질을 그렇게 많이 사용했다면, 첫 번째 발견자인 로쿠탄다 씨가 무슨 냄새를 맡았을 겁니다. 오히려 두통과 현기증으로 위험한 상태에 빠지지 않았을까요? 또한 무색무취에 인체에 해가 없고 순식간에 휘발하며, 막힌 변기를 단시간에 뚫어주는 편리한 액체는 아쉽게도 이 세상에 존재하지 않습니다."

와카이는 용케 단숨에 그런 생각을 해내는구나 싶어 상무에게 놀랐고, 주저 없이 여자 화장실 바닥 냄새를 맡는 벳시를 보며 기가 찼다. 벳시는 곧 아무렇지도 않은 표정으로 일어섰다.

"그렇다면 결론은 하나밖에 없겠죠."

벳시는 칸에서 나와 모두를 빙 둘러봤다. 선언한다기보다 확인하는 어조였다.

"나가바야시 과장님, 당신은 두 번이나 '총무과 직원'이라는 단어를 사용하셨는데요. 왜 굳이 그런 식으로 말씀하신 거죠?"

그게 부자연스럽다는 건 자각하고 있었는지 과장이 "윽" 하고 눈에 띄게 반응했다.

벳시는 고개를 한 번 끄덕였다.

"제가 보기에는 일목요연합니다. 모두가 입장상 그 결론에서 굳이 눈을 돌리고 멀리 돌아갈 수밖에 없는 것도, 뭐 이해는 갑니다만."

모두가 괜스레 벳시에게서 시선을 돌리거나 고개를 숙이거나 했다. 알고 보니 와카이도 그랬다. 역시 그렇게 결론이 나는 건가 싶었다.

범인은 여자. 게다가 모두가 아무래도 '그 결론'을 피하고 있다는 점에서 진상은 명확해졌다고도 할 수 있겠다. 분명 범행이 가능한 사람은 한 명밖에 없다. 와카이도 처음부터 그 가능성을 어렴풋이 의심했고, 아마 다른 사람들도 도중에 '그 결론'을 알아차리고 조금씩 후회하는 것 아닐까.

"그녀가 범인…… 이랄까 화장실의 신이라고 가정하면 의문점이 전부 해결된다고 생각지 않으십니까? 왜 업자를 기다리지 않고 몰래 변기를 뚫고 청소한 후에 잠자코 있었는가. 왜 나가바야시 과장님과 지구사 씨에게 들켜서는 안 됐는가. 어떻게 들키지 않고 화장실에 드나들었는가."

"아니, 하지만." 상무가 말했다. "그렇다는 증거도 없는걸요."

"뭐, 경찰이 아니니까 물증을 확보하기는 어렵겠지만 증언은 얻을 수 있겠죠." 벳시는 과장과 지구사를 가리켰다. "저쪽 두 분께 누가 언제 어떤 순서로 여자 화장실에 들어갔는지만 물어봐도 범인을 추측할 수 있습니다."

아아, 그렇구나, 하고 와카이는 그제야 이해했다. 이 벳시라는 청년은 수상하지만 하는 말은 정곡을 찌른다. 상무는 아직 이해가 안 가는지 이맛살을 찌푸린 채 입을 다물고만 있었다.

"그럼 여쭤봐도 되겠습니까, 나가바야시 과장님?"

과장은 증언대에 선 것처럼 긴장한 표정을 지었다. 벳시는 그에 아랑곳없이 물었다. "로쿠탄다 씨가 안내문을 붙이고 나온 다음, 누가 어떤 순서로 여자 화장실에 들어갔습니까?"

"그건⋯⋯."

과장은 허가를 구하듯이 상무를 봤다. 이는 외국인이 신기해하는 일본인 특유의 습관인데, 자신의 발언이 뭔가 중대한 결과로 이어질 듯하면 무조건 그 자리에서 가장 높은 사람의 지시를 구하려는 직장인의 본능이다. 하지만 상무는 그 시선을 알아차리지 못하고 벳시만 봤고, 결국 과장은 지구사와 얼굴을 마주본 후에 천천히 입을 열었다.

"⋯⋯처음에 로쿠탄다 씨가 다시 들어갔다 바로 나왔어. 이건 그냥 보러 간 게 아닐까 싶은데. 그리고 나서 잠시 후에 우미 짱. 그리고 또 잠시 후에 후치 씨⋯⋯ 그 순서였지. 그리고 그 후에 다시 로쿠탄다 씨가 들어가서 '첫 번째 발견자'가 됐고. 그밖에는 없어."

다 말했으니 나는 이제 모른다는 표정으로 과장이 말했고, 지구사가 "틀림없어요" 하고 고개를 끄덕였다.

벳시는 만족스럽게 고개를 끄덕였다. "그럼 '화장실의 신'이 누구인지는 명백하군요."

4

그 말에 반응하는 사람은 아무도 없었다. 아무래도 벳시의 말이 아직 이해가 가지 않는 모양이었다. 옆의 남자 화장실을 사용하는 사람이 있는지 벽 너머로 흐릿한 물소리가 들렸다.

벳시는 주변을 둘러보고 아무래도 보충설명이 필요하다고 판단한 듯 거침없이 말했다.

"범인은 우미 씨입니다."

이런 일로 사람을 범인이라고까지 부르나 싶었지만, 벳시는 우미와 과장을 번갈아볼 뿐이었다.

"왜냐하면 안내문을 붙이고 나서 두 번째로 화장실에 들어갔기 때문이죠."

"두 번째……?" 상무가 고개를 갸웃했다. "두 번째인 게 뭐가 문제인데요?"

"이번 사건에서는 첫 번째도 마지막도 아닌, 두 번째로 화장실에 들어가는 게 중요합니다. 가령 화장실에 들어간 사람이 합쳐서 네 명이든, 다섯 명이든, 백억 명이든 두 번째로 들어간 사람이 범인이에요."

화장실에 그렇게 많은 사람이 가겠냐, 애당초 지구상에 사람이 그렇게 많겠냐 싶었지만 벳시의 말은 옳았다. 상무와 과장은 그가 무슨 소리를 하는지 여전히 이해를 못 한 눈치였지만, 우미는 "아" 하고 목소리를 높였다. 무슨 뜻인지 알아차린 모양이었다.

　"요컨대 이런 겁니다. 정황상 범인은 1층 여자 화장실에서 청소도구를 꺼내 2층 여자 화장실 창문으로 들어온 게 틀림없죠. 하지만 그 방법에는 한 가지 문제가 있습니다." 벳시는 왠지 공손하게 유리창을 가리켰다. "오오, 이 YKK APW는 근사하군요. 열 통과율 1.4 미만을 실현한, 종래의 제품보다 높은 단열성의 알루미늄 스페이서_{유리 양면을 고정하기 위한 틀}와 복층 유리라니."

　"저어, 유리 설명은 됐습니다." 와카이는 급히 말허리를 끊었다. 혹시 이 남자는 아무 곳이나 무작정 방문해서 약삭빠르게 자사 제품을 홍보하는 영업사원 아닐까. "그것보다 왜 두 번째 사람이 범인인지 설명부터."

　"실례했습니다." 벳시는 어험, 하고 헛기침을 했다. "간단합니다. 창문으로 침입하려 해도 보통 이렇게 커다란 여자 화장실 창문은 잠가두는 법이죠. 즉, 범인은 범행 전에 미리 안쪽에서 창문 자물쇠를 풀어놓아야 합니다. 따라서 범행 전에 꼭 한 번 현장에 들를 필요가 있었습니다."

　과장이 우미를 배려해서인지 말을 꺼냈다.

　"하지만 우미 짱만 현장에 들어간 게 아닌데……."

　"역시 과장님, 적절한 지적으로 프레젠테이션을 원활하게 진행해주시는군요." 벳시는 어째선지 과장을 칭찬했다. "범인은 처음으로 들어가서는 안 됩니다. 왜냐, 만약 자기를 제외하고 화장실에 가는 사람이 아무도 없다면 어떻게 봐도 자기가 범인이기 때문입니다. 현장인 화장실은 거의 총무과 여직원만 사용했다고 하고, 업자가 올 때까지는 고작 두 시간. 그사이에 다른 사람이 한 명도 화장실에 가지 않을 가능성은 충분합니다. 현장이기도 하니까요."

실제로 지금까지 약 한 시간 반 동안 범인 이외에 두 명이나 화장실에 간 건 비교적 많은 편이라고 생각한다. 뭐, 우리 회사는 화장실과 친한 사람이 유난히 많지만.

"따라서 범인은 자신이 '유일하게 화장실에 간 사람'이 되지 않도록 다른 사람이 화장실에 가는 걸 확인하고 나서 들어가고 싶을 겁니다. 그렇다고 너무 기다렸다가 '화장실에 간 마지막 사람'이 되어도 곤란하죠. 자연스레 범인은 첫 번째 사람이 화장실에 갔다 오자마자 뒤쫓듯이 화장실에 갔다 온 두 번째 사람인 셈입니다. 뭐, 그래도 자기가 '마지막 사람'이 될 가능성은 있지만 제일 먼저 들어가는 것보다는 나으니까요."

우미는 이미 체념한 표정으로 고개를 숙이고 있었다.

"즉, 범인은 여기 이 우미 씨인 셈입니다. 그런데 어떻게 할까요? 여러분의 얼굴을 보니 저는 우미 씨가 왜 몰래 막힌 변기를 뚫고 청소를 했는지 짐작이 갑니다. 개인적으로는 그 이유를 말씀드려도 딱히 문제없을 것 같습니다만."

우미는 "아니, 그건……." 하고 난감해했다. '말하지 말아 줬으면 좋겠다'라는 표정이라 아무래도 우미 본인이 뭔가 잘못한 건 아닌 듯한데.

"애써준 우미 씨도 안쓰럽고, 들켜도 별일은 아니라고 생각합니다만."

벳시는 그렇게 말하고 우미 뒤에서 고개를 숙인 후치에게 말을 걸었다.

"후치 사키코 씨…… 맞으시죠? 어떻습니까?"

와카이는 설마 이 사건이 후치와 무슨 상관이 있을 줄은 몰랐기에 놀라서 그녀를 봤다. 로쿠탄다 여사는 더욱 노골적으로 "어엇? 사키코 짱?" 하고 소리를 치며 그녀를 돌아봤다.

"아무리 노력해도 오늘 안에 들통날 것 같습니다. 왜냐하면 당신은 사건이 발생한 후로 단 한 번도 입을 열지 않았으니까요."

벳시가 말했다.

와카이는 무슨 소리일까 생각하다 금세 깨달았다. 하지만 '그렇게 대대적으로 공개할 것까지는 없을 텐데'라는 기분과 '근데 보통은 감출 일도 아닌가'라는 기분이 뒤섞여 벳시를 칭찬해야 할지 말아야 할지 알 수가 없었다.

"예, 뭐…… 맞아요." 후치는 평소와 완전히 인상이 다른 말투로 입을 열었다. "변기를 막은 거 내 틀니예요. 나, 위아래 이가 모조리 틀니야."

그리고 창피한 듯이 입을 벌려서 모두에게 보여줬다. 이가 없었다.

"도시락 반찬으로 싸 온 우엉이 이 사이에 낀 것 같아서 입을 우물우물하면서 밑을 봤다가 실수로 변기에 틀니를 빠뜨렸어. 어휴, 얼마나 창피하던지." 후치의 뺨이 붉어졌다. "너무 당황해서 바로 물을 내렸는데 변기가 막혔지 뭐야."

"저는 후치 씨 다음으로 화장실에 갔다가 그걸 알아차렸는데요. 어떻게 해야 할지 모르겠더라고요. 일단 저도 흘려보내려 물을 내렸는데 넘쳐버렸어요." 우미도 고개를 숙이고 말했다. "총무과 사람 중에 틀니를 했다는 분은 없으니까 틀니가 빠졌다고는 보고하지 않는 편이 나을 것 같았죠. 하지만 업자가 온다잖아요."

위아래 틀니를 했다고 부끄러워할 필요는 없을 것 같지만, 이는 본인의 미학과 관련된 문제이므로 뭘 부끄러워할지는 사람마다 각자 다르다. 이 없이 아마낫토를 먹는 모습까지 보여줬으니, 후치는 절대로 들키기 싫었던 것이리라. 아무튼 그녀는 난처한 상황이었다. 업자가 오면 틀니 때문에 변기가 막혔다는 게 밝혀진다. 로쿠탄다 여사는 신이 나서 "틀니라니, 아하하하하! 이거 누구 거야?" 하고 소란을 떨지도 모른다.

우미는 그 상황을 차마 볼 수가 없었고, 자기 때문에 물이 넘쳐서 업자를 부르게 됐다는 책임감도 느꼈기 때문에 화장실을 어떻게든 해야겠다고 마음먹었다. 하지만 섣불리 손을 썼다가 들키면 '후치가 틀니를 빠뜨렸다'라는 사실을 우미가 안다는 걸 후치 본인이 알게 된다. 그것 또한 민망하다. 그래서 우미는 저절로 변기가 뚫린 것처럼 위장하기 위해 창문으로 드나들면서까지 몰래 막힌 변기를 뚫었다. 과장과 지구사의 '복도 회의'가 없었다면 평범하게 입구로 드나들 수 있었겠지만.

"……바닥을 청소할 필요까지는 없었잖아."

와카이의 말에 우미는 "그러게요. 어쩌다 보니 그만……" 하고 고개를 떨구었다. 착한 아이다. 이렇게 착한 아이가 무슨 사정으로 등교 거부를 하는 걸까.

후치가 "신경 써줘서 고마워" 하고 우미의 등을 쓰다듬었다. 다른 사람들도 고개를 끄덕였다. 정장과 사무복을 입은 어른들에게 둘러싸여, 홀로 학교 교복을 입은 우미는 유난히 돋보였다.

우미는 임원의 손녀다. 등교 거부를 하느라 마음 편히 있을 곳이 없던 와중에 어쩌다 보니 이 회사에 드나들게 됐고, 이제는 잡일을 적극적으로 도맡으며 완전히 직원처럼 지내고 있다. 그런 우미는 총무과 직원 모두의 손녀 같은 존재였다. 오나리 상무가 '어디까지나 쌈짓돈으로 주는 용돈'이라는 형태로 월급도 지급하지만, 우미는 원래 총무과 직원도 아니고 이 회사 직원도 아니다. 나가바야시 과장이 '총무과 직원'이라는 표현으로 어떻게든 우미를 용의선상에서 제외하려 한 것도 이해는 간다.

"창문으로 들어왔다는 시점에 범행이 가능한 사람은 우미 씨 정도였습니다만." 벳시가 상무를 봤다. "오나리 상무님, 상무님은 뭔가 스포츠를 하신 것처럼 보입니다. 분위기도 어쩐지 여성스러우시니 이름과 달리 상무님이 여자였다면 상무님도 용의선상에 올랐을 겁니다."

"2층 창문까지 기어오르다니 나도 무리예요. 어깨가 안 올라가거든." 상무는 오른쪽 어깨를 누르며 말했다. "그리고 난 올해 일흔여덟 살인걸? 이 나이를 먹고 닌자 놀이를 할 생각은 없어요."

"어머나, 상무님. 저는 작년에 여든을 찍었어요. 사키코 짱은 아직 예순아홉이지만." 로쿠탄다 여사가 그렇게 말한 후 가느다란 손으로 입가를 가리고 크게 웃었다. "에이, 남의 나이는 왜 말하고 그래" 하고 후치가 뾰로통한 표정으로 핀잔을 줬다.

"그렇게 따지면 나도 일흔세 살인걸. 닌자 놀이는 무리야, 무리." 나가바야시 과장도 웃었다. "허리는 욱신욱신, 무릎은 시큰시큰. 위도 절반밖에 없고 전립선이…… 아차, 이건 성희롱인가."

"과장님은 아직 팔팔하신걸요. 저는 고작 예순일곱 살인데 작년에 관 속에 한 발짝 들어갔다 나왔다니까요. 지금도 심장에 굵은 관이 들어 있어요."

지구사가 말했다.

어째서인지 지병 자랑 대회가 펼쳐졌지만, 모두들 나이를 그렇게 먹었으니 무리도 아니기는 하다. 쓴웃음을 짓는 와카이에게 지구사가 말했다.

"다들 몸뚱어리가 누덕누덕 기운 헌옷 같다니까. 건강한 건 와카이 정도겠지. 이름대로 우리 중에서는 네가 제일 젊잖아."

"저도 무리입니다." 와카이는 벳시에게 해명하는 의미도 담아서 말했다. "게다가 저도 이제 예순한 살인걸요? 떨어져서 다치기라도 하면 병석에 드러누워야 할 가능성이 있어요. ……아시겠습니까, 벳시 씨? 인간은 예순 살이 넘으면 모두 동등하게 벼랑 끝에 선답니다."

"맞아. 틀니에 돋보기안경, 볼트를 넣은 허리에 휠체어. 현대인은 모두 어딘가가 사이보그지." 로쿠탄다 여사가 깔깔 웃으며 후치의 어깨를 두드렸다. "겨우 틀니 가지고 누가 뭐라고 한다고 그래?"

후치는 쓴웃음을 지었다. 하긴 아직 열다섯 살인 우미를 제외하면 후치가 이 중에서 제일 몸이 건강하다. 총무과뿐만이 아니다. 총무부 아니, 전 부서를 통틀어서 제일 건강한 축이리라. 이 회사에서는.

주식회사 세븐티즈는 회사명 그대로 종업원의 평균 연령이 72세, 최연소자가 61세고 최고령자는 104세다. '정년 없음. 60세 이상 채용'을 회사 방침으로 정해뒀다고 해야 할까……. 원래 고령자가 모여서 회사를 운영하고 싶다는 이유로 시작했기 때문이다. 이렇게 별난 회사는 전 세계에 유례가 없다. 하기야 그건 60대, 70대가 되어도 '직장인'으로 지내고 싶어 하는 게 일본인 정도라서 그렇겠지만.

참 일하기를 좋아하는 국민이다. 사장이 이 회사를 차릴

서술트릭의 모든 것

당시의 목적은 '연금 지급 개시 연령 상승에 따라 수입이 없어 생활이 궁핍해질 고령자를 구제하는 것'이었다고 한다. 하지만 현재 그 의의는 뒷전으로 밀려나고 그저 '더 일하고 싶다, 일을 시켜달라'라는 제1세대 남성 직장인과 '나도 결혼과 동시에 퇴사하지 않고 더 일하고 싶었다'라는 여성 전업주부가 적극적으로 모여들고 있다.

주식회사 세븐티즈에 취직한 사람은 모두 정년퇴직 제도에 한을 품고 있었다. 와카이도 그렇다. 이만큼 열심히 일했는데, 회사를 위해 몸과 마음이 부서지게 애썼는데, 젊은 사람들을 따라가려 새로운 기술도 기를 쓰고 공부했는데 왜 예순 살이 되면 꼼짝없이 퇴직해야 하고, 회사가 자비를 베풀어 운 좋게 재고용되는 것 말고는 일할 구석이 없단 말인가. 우리 고령자는 이제 쓸모없다는 건가. 물론 빈곤한 요즘 젊은이들을 보면 높은 월급을 받는 고령자는 냉큼 젊은이들에게 일자리를 양보하라며 독촉하고 싶어질지도 모른다. 우리는 퇴직 후 몇 년만 연금 없이 지내는 정도로 그치지만, 지금 젊은 세대가 우리 정도로 나이를 먹으면 연금 지급 개시 연령은 70세나 75세로 높아져, 연금을 받기 전에 대부분이 죽음을 맞이하리라. 그건 너무 냉정하지 않은가. 결국은 다들 늙을 텐데, 자기가 나이를 먹었을 때 그런 풍조가 유지되어도 괜찮겠는가.

이렇듯 한탄해 본들 할 수 있는 일은 신문에 투서하거나 선거에 참여하는 정도가 고작이며, 사회제도나 시류에 뭔가 영향을 주지는 못한다. 적어도 주식회사 세븐티즈가 생길 때까지는 와카이도 그렇게 생각했다.

사장이 그러한 선입관을 깨부쉈다. 정년이 지나면 어디에서도 고용해주지 않는다. 그렇다면 우리가 회사를 만들면 되지 않는가. 고령자는 GDP에 공헌하지 않는다며 방해꾼 취급한다면, GDP에 공헌하면 되지 않는가. 고령자용 상품과 서비스를 착착 제공해 저축률이 높은 고령자의 지갑에서 시장으로 돈을 술술 유통하면 아무도 불평하지 못할 것이다.

당연히 처음에는 고생도 많았다고 한다. 아무래도 젊은이가 유연해서 회사의 방식에 잘 맞추기 때문이다. 다른 회사에서 정년까지 일한 사람들은 자존심이 강하다 보니 처음에는 오합지졸이었다는 모양이다. 하지만 당시 사장은 회사의 이념을 종업원 한 명 한 명에게 설명했고, 때로는 사장의 강한 권력을 이용해 어찌어찌 모두의 마음을 하나로 뭉쳤다. 일단 뭉치면 장점은 많다. 직원들은 사회 경험이 많고 비교적 급료가 싼 데다, 유일무이한 이 회사가 없어지면 큰일이므로 애사심이 월등하게 높다. 그리고 요즘 시장이 더욱 커지는 고령자용 서비스와 상품에 관해서도 스스로가 고령자이기에 아이디어를 내기가 아주 유리하다.

물론 죽거나 몸이 상하는 사람도 보통 회사보다 훨씬 많아서 보험 관련해서는 몹시 고생이고, 거래처의 신뢰를 얻기도 힘들기는 하다. 하지만 직원의 체력을 고려하면 장시간

서술트릭의 모든 것 |

노동이 불가능하며, 쓸데없는 접대나 예민한 분위기는 사양하겠다는 풍토가 생긴 덕분에 오히려 지금은 다른 회사와 비교도 안 될 만큼 일자리 나누기와 재택근무, 워라밸 같은 이념이 자리 잡았다. 심지어 작년에는 젊은 사장이 이끄는 신흥기업을 제치고 '새로운 워킹 스타일'의 기업 모델로 텔레비전에 소개됐다. 그게 참으로 통쾌해서 직원들 모두 배를 부여잡고 웃었다.

와카이는 사람들이 지병 자랑 대회로 열을 올리는 가운데 이런 생각을 했다. 유유자적한 노후를 동경하지 않는 건 아니다. 일흔 살, 여든 살이 되어서도 회사에 다녀야겠느냐는 마음이 없지는 않다. 하지만 아득바득 일하는 노후도 자극이 있어서 제법 괜찮다. 스스로 생각하기에도 일벌이나 다름없다며 와카이는 남몰래 쓴웃음을 지었다.

등을 맞댄 연인

호리키 히카루 1

시작은 아주 사소한 핸드폰 알림이었다.

대학교 2학년 6월 초. 취업 활동이라는 막연히 어두운 구름 같은 건 아직 어렴풋이 보일 뿐이다. 그렇다고 학업에 매진하는 것도 아니고, 아르바이트도 그저 적당한 선에서 하는 정도다. 그렇지만 학점 편하게 따는 법과 수업을 땡땡이쳐도 되는 마지노선 지키기 같은 잔꾀는 대강 익혀서 써먹던 무렵의 어느 날, 최소 필요 학점을 따기 위해 딱 필요한 만큼만 출석하던 강의가 휴강이었다. 그럼 이다음과 그다음 강의도 한 번쯤 쉰들 괜찮겠지, 이 강의라면 나중에 노트를 빌려줄 친구도 있으니까, 라는 핑계로 자율 휴강을 하기로 한 나는 연립주택의 내 방에서 뒹굴뒹굴하고 있었다.

6월치고는 날씨가 서늘했다. 창밖에서는 아주 칙칙해 보이는 잿빛 하늘 아래 딱히 거세지도 않고 추적추적하지도 않은 보통 비가 부슬부슬 내리고 있었다. 우산을 쓰고 밖에 나가본들 딱히 좋은 일 없이 그저 젖을 뿐인, 아무 장점도 없는 비다. 같이 사는 한 살 어린 여동생은 1교시 수업이 있는지 두 시간쯤 전에 쾅, 하고 현관문을 시끄럽게 여닫고 나갔다. 하지만 나는 그런 손해를 보면서까지 밖에 나갈 마음이 들지 않아 막무가내로 두 강의나 연속 자율 휴강을 하고 밖에 나가지 않기로 마음먹었다. 남은 반찬과 얼려둔 밥으로 아침과 점심을 깨작깨작 먹은 후에 빨래를 돌리고 책장에서 몇 번 봤는지 모를 만화책을 꺼내 멍하니 책장을 넘기며 시간을 보냈지만, 이래서는 비가 내리면 쉬는 하메하메하 대왕*과 뭐가 다를까 싶었다.

하지만 그런 생각과는 달리 몸이 말을 듣지 않았다. 침대에 드러누워 진동하는 핸드폰을 집었다. 긴급 전화도, 가족이 보내는 문자도 아닌데 금방 집어 든 이유는 요컨대 할 일이 없었기 때문이다.

SNS 알림이었다. 핸드폰은 어떤 정보를 받으면 반드시 그 주위에 불필요한 정보를 잔뜩 덧붙인다. 브라우저를 열면 상하좌우에 배너 광고가 나타난다. 어딘가에 로그인하면 갑자기 화면이 바뀌면서 광고 애플리케이션 다운로드를 권한다. 통신사는 영업 메일을 보내고, SNS 운영회사도 멋

---

* 〈남쪽 섬의 하메하메하 대왕〉(작사: 이토 아키라)에 따르면, 바람이 불면 지각하고 비가 내리면 쉬는 건 대왕이 아니라 대왕의 자식이다(3절 가사). 덧붙여 이 곡의 모델로 추정되는 카메하메하 1세(1758~1819)는 역사상 처음으로 하와이의 통일을 달성한 후, 발 빠르게 영어를 습득하고 유럽의 기술을 받아들였으며 열강에 대항해 하와이 왕국의 독립을 지킨 명군이다. 군사 전략에 밝고 외교 능력도 뛰어난 인물이었다고 하니, 아무래도 비가 내린다고 쉴 것 같지는 않다.

서술트릭의 모든 것

대로 메시지를 보낸다. 약아빠졌다는 느낌이 들기는 하지만, 웹상의 무료 서비스는 그러한 광고를 노출하는 대신에 그 광고료로 운영회사가 유지되는 구조다. 그러니 무료 서비스만 이용하고 거기 딸린 광고는 그만두라는 건 식당에 가서 무전취식을 시켜달라고 요구하는 거나 마찬가지다. 따라서 이런 광고는 짜증 내지 말고 되도록 자연스럽게, 에너지 소비 없이, 물 흐르듯 무시하는 게 가장 효율적이다. 나도 평소에 그렇게 하고 있다.

그 알림은 '당신을 친구라고 말하는 사용자가 있습니다'라는 식의, 어느 SNS에나 꼭 존재하는 오지랖 기능 알림이었다. 이런 것도 보통은 무시한다. 진짜 친구라면 실제로 만나든지 다른 수단을 쓰든지 해서 서로 승낙한 후에 등록했을 테니, SNS의 이런 알림은 거의 확실히 스팸이나 운영회사의 광고 계정, 아니면 실수, 혹은 먹잇감을 찾는 범죄자다.

화면을 봤다. 내 친구라고 주장하는 이는 drizzle이라는 처음 보는 계정이었고, 프로필 사진은 푸른 하늘에 뭉게뭉게 피어오르는 솜구름 사진이었다. 요즘 어디선가 불법으로 입수한 명부를 보고 불특정 다수에게 친구 신청을 보내고, 그걸 덥석 받아들인 사람의 핸드폰에 바이러스를 심거나 가공 청구_{계약한 적 없는 상품이나 서비스를 마치 계약한 것처럼 꾸며서 가짜 비용을 청구하거나 금품을 갈취하는 사기}를 하는 범죄가 횡행하고 있다. 그런 업자는 계정명을 젊은 여성이 쓸 만한 걸로 만들고, 프로필 사진도 젊은 여자 얼굴, 노골적인 곳은 아예 가슴이나 허벅지 사진을 사용한다. 그렇게 생각하면 얼핏 보기에 남자인지 여자인지 모를 이 계정은 분명 그런 업자가 아니라 일반인이고, 내게 친구를 신청한 건 실수이리라.

한가한 나는 그렇게 판단하고 별생각 없이 drizzle의 프로필에 들어가 봤다. 나이와 성별 외의 정보는 일절 없고, 자세히 보니 아주 장대하여 눈길을 끄는 구름 사진 밑에 '사진이 취미인 학생입니다'라는 간결한 소개문과 미니 블로그의 주소만 적혀 있었다. 모르는 사람이 일방적으로 제시한 URL을 누르는 것만큼 위험한 짓은 없다. 그런데도 내가 drizzle 씨의 블로그에 접속한 건 사진 속 하늘의 색채와 석양을 받아 끄트머리의 색깔이 변한 솜구름 모습에 감탄했기 때문이리라. 그렇다. 결국 난 한가했던 것이다. 실수로 친구를 잘못 신청한 이 사람이 어떤 인물인지 잠깐 살펴보고 싶었다.

재미있게도 drizzle 씨 본인의 블로그에 접속해봐도 그에 대해서는 거의 알 수 없었다. 아니, 프로필 화면으로 들어가자 drizzle이라는 아이디 밑에 '히라마쓰 시오리'라는 사용자 이름이 있었다. 블로그를 운영하는 방식으로 보건대 아마도 본명인 듯했기에 그가 아니라 아마도 그녀이리라는 건 알았지만, 그 이상은 아무 정보도 없었다. 올린 사진에도 전혀 글을 남기지 않았고, 댓글 창도 닫아둬 사진과 함께 표시되는 문자 정보는 날짜뿐이었다. 프로와 아마추어를 가리지 않고 사진작가가 홍보를 위해 자기 블로그 주소만 뿌

　　　　　　　　　　　　　　서술트릭의 모든 것

리고 다니는 일도 종종 있다. 그러나 drizzle 즉, 히라마쓰 시오리 씨의 블로그는 별 정보가 없는 데다 다른 사이트로 유도하는 것도 아니고, 개인전이나 출판물 홍보 게시물도 없었다. 그 무덤덤함을 보건대 정말로 '사진이 취미인 학생' 이 출석 도장을 찍는 겸 자신이 촬영한 사진을 공개하는 기분으로 운영하는 것 같다는 추측이 갔다.

그나저나 게시된 사진은 전부 다 아름다웠다. 사진은 평균 하루에 한 장꼴로 두 달쯤 전부터 꾸준히 갱신되어 나름대로 양이 많았다. 서너 장에 한 장은 "오!"하고 감탄할 만한 사진이었고, 그중에서 다섯 장에 한 장은 단순히 아름답거나 발상이 재미있거나 구도가 세련되어서 언제든지 볼 수 있도록 저장하고 싶을 만큼 좋은 사진이었다.

하늘 사진이 많았지만, 배수구 뚜껑이나 길고양이의 뒷모습 등 거리의 일상적인 풍경을 담은 사진도 많았다. 마주한 채 높이 솟구쳐 마치 하늘에서 서로 인사하는 두 마리의 기린처럼 보이는 크레인. 같은 패턴이 연속되는 보도블록에 떨어진 포플러 잎사귀와 그 그림자. 역광을 받은 건물의 검은 실루엣이 날카롭게 삐져나온 푸른 하늘. 전부 내가 평소에 보고 다니는 풍경인데 히라마쓰 시오리 씨는 독특한 구도와 촬영법으로 그러한 대상을 단순화해 추상화처럼 만들어냈다. 분양주택의 지붕들이 만들어낸 깔쭉깔쭉한 모양은 하늘을 톱질하는 거대한 톱날처럼 보였고, 역광을 받은 가로수의 나뭇가지와 잎은 신비한 만다라 무늬로 보였다. 맨홀 뚜껑에 새겨진 '위험'이라는 글씨는 진지한 얼굴로 부조리한 개그를 하는 코미디언의 대사를 연상시켰고, 잿빛 비구름이 만들어내는 불규칙한 요철 모양은 거대한 뭔가의 내부에 있는 듯한 불안감을 자아냈다.

나는 그 사진들을 즐겼다. 다음 것도 보여줘, 다음은 어떤 소재야, 하고 좋아하는 만화책의 페이지를 넘기는 것만 같은 기분이었다. 차례차례 감상하다 보니 제일 처음에 찍은 사진까지 이동했다. 이걸로 끝인가, 더는 없나 하고 생각하다 다음 업로드를 기다리는 수밖에 없겠다고 판단해 블로그를 즐겨찾기했다.

그러면서 생각했다. 내가 일상적으로 보는 비행기구름이나 도로 표지판에서, 흐리다는 느낌밖에 받지 못하는 잿빛 하늘에서 이렇게 재미있고 아름다운 소재를 찾아내는 사람이 있다고. 보통 사람과는 다른 지성과 유머 감각이 있어야 가능한 일이다. 덧붙여 히라마쓰 시오리 씨는 으스대거나 과시하지 않고 덤덤하게 사진을 공개하며, 블로그에서는 댓글 하나도 바라지 않는다. 글씨가 적은 덕분에 화면에는 고요함이 담겨 있다. 단순한 로고만으로 디자인된 유럽의 명품처럼 깔끔하다. 나를 포함한 '대다수 학생'과는 센스가 전혀 다르다.

히라마쓰 시오리 씨는 대체 어떤 사람일까 궁금했다. 학생이라고 한다. 평일 낮에 찍은 듯한 사진도 많으니까 고등학생은 아닐 테고, 의학부나 교직 과정을 이수하는 등 바쁜

학생도 아닌 듯했다. 어른스러운 인상 때문에 '공부 욕심으로 대학에 입학한 나이 많은 주부'라는 이미지도 떠올랐지만, 소재나 가끔 끼어드는 익살스러운 작품의 분위기로 보면 내 또래 같았다. 내 또래 중에 이런 사람이 있는 것이다. 어느 지방 사람일까. 무슨 학부일까.

이번에는 정보를 찾겠다는 의도로 사진을 한 장씩 살펴보기로 했다. 그리고 알아차렸다. '위험'이라는 글씨가 새겨진 맨홀 뚜껑은 나도 본 기억이 났다. 맨홀 뚜껑은 지역별로 디자인이 다른 경우가 많다니까 촬영 장소는 비교적 가까운 곳일지도 모른다.

그리고 다른 사진을 보다가 또 알아차렸다. 어디에든지 있을 법한 연립주택의 벽면인데, 이 벽도 실제로 본 기억이 났다. 연립주택 이름은 모르겠지만 우리 학교 근처에서 본 것 같았다. 그렇다면.

"⋯⋯우리 학교 학생인가."

몸을 일으켜 침대에 앉아 사진을 자세히 들여다봤다. 틀림없이 우리 학교 북문 밖에 있는 연립주택의 벽이다. 세입자 모두가 우리 학교 학생인 학생용 연립주택이다. 북문으로 나올 때마다 보는 허름한 2층짜리 집. 생협_{대학의 생활협동조합} 앞 게시판에 임대 정보가 붙어 있을 때도 있다.

우리 학교 학생이란 걸 알게 되자 나는 왠지 긴장됐다. 대학 친구들 입에서 '히라마쓰'라는 이름이 나온 적은 없었지만, 그래도 내가 모르는 사이에 캠퍼스에서 히라마쓰 시오리 씨 본인과 마주쳤을 가능성은 있다. 혹시 찾으려면 찾을 수 있지 않을까.

물론 금세 '찾아서 뭐 어쩌려고?'라고 스스로에게 되묻기는 했다. 하지만 본인을 한번 보고 싶었다. 이러한 센스와 유머 감각과 관찰안을 지닌 사람은 어떻게 생겼을까. 무슨 학부에서 뭘 목표로 공부하고 있을까. 나는 아무것도 느끼지 못하고 지나치는 이 평범한 풍경에서 이만한 소재를 찾아내는 그녀와 이야기를 하면 어떤 기분일까.

나는 뭔가 아주 훌륭한 것을 찾아낸 듯한 기분으로, 아직 누군지 모를 히라마쓰 시오리 씨가 어떤 사람일까 하고 이 모저모 상상했고, 그녀가 실제로 존재한다는 사실에 가슴이 두근거렸다.

요컨대, 친구는 웃을 테고 여동생은 어처구니없어 하겠지만, 이건 분명히 '사랑'이었다.

히라마쓰 시오리 1

이건 분명히 '사랑'이었다. 하지만 문제는 이른바 첫눈에 반했다는 데 가깝다는 점이었다.

현대 일본에서 '첫눈에 반한다'는 현상은 대체로 경박하고 유치한 것으로 취급된다. 하지만 고대 그리스에서는 첫눈에 반하는 것이야말로 가장 순수한 사랑이라 여겼던 모양이다. 나는 고대 그리스인에게 감사를 표한다. "에바이네 Ἔπαινῶ! 세피로Σεφιλῶ!" 내 마음은 결코 경박하지 않고 유치하다는 평가도 유감스럽다. 그리고 엄밀하게 말하자면 처음 딱 본 순간에 반한 건 아니다. "신입생이에요?" "교과서 판매소 찾는 거죠? 그거, 이쪽이에요" 하고 말하는 목소리도 듣고 나서 반했다. 첫눈에 반한 건 아니다.

나는 원래 남들과 대화하는 데 서툴고, 그중에서도 처음 보는 사람들끼리 한군데 모여서 인사와 자기소개를 하는 일이 제일 거북했다. 입학식 직전에 학부 건물 대강의실에서 열린 신입생 오리엔테이션 때였다. 조교가 "이제 다 끝났으니까 주변 사람들과 자기소개하세요" 하고 말한 뒤 강의실을 나갔다. 그러자 대번에 주변이 웅성거리기 시작하더니 커뮤니케이션 능력이 좋은 사람들이 시작한 자기소개 대회가 점점 강의실 전체에 번져나가, 물건 빌려오기 경주처럼 예의 바른 인사와 자기소개가 오가기 시작했다.

다른 사람들이 주변에서 척척 친분을 만들어가는 가운데, 나는 누구에게도 말을 걸지 못하고 시선만 이리저리 옮기며 침묵을 지켰다. 다른 사람들은 어떻게 초면인 타인에게 저리도 가볍게 말을 걸 수 있는 건지 신기했다. 호시탐탐 노리고 있었다는 듯이 "사이좋게 지내죠" 하고 느닷없이 말을 걸었다가 상대방이 기분 나쁘게 여기면 어쩐단 말인가. 애당초 이럴 때 어떤 사람에게, 어느 정도 크기의 목소리로 말을 걸고, 처음에는 뭐라고 말해야 한단 말인가. 정해진 문구가 있으면 좋을 테지만, 그런 건 어디를 검색해도 나오지 않았다. 내 목소리가 작아서 못 들으면 다시 좀 더 크게 말을 걸어도 되나? '목소리는 들렸지만 분위기가 별로라서 은근슬쩍 무시했는데 더 크게 말을 걸어서 난처했어. 걔는 그런 것도 모르나. 눈치 좀 챙겨라, 푸흡.' 이런 일이 생기지는 않을까. 그런 경우와 그냥 들리지 않았을 뿐이니 다시 말을 걸어도 괜찮은 경우는 어떻게 구별하면 될까. 그런 건 어떤 어른도 가르쳐주지 않았다. 애당초 고등학생 때까지는 몇 시에 어디로 와라, 교복은 이걸 이렇게 입어라, 이건 꼭 해라, 저건 하지 마라 등등 세세하게 지시했으면서 대학교에 들어가자마자 복장도, 하루하루의 일정도 아무 설명 없이 내팽개치다니 이게 무슨 날벼락인가.

하지만 주변을 두리번거려도 내게 말을 걸어주는 사람은 아무도 없었다. 역시 내 옷이 촌스러운가. 내가 보기에는 명백하게 세련된 몇 명 말고는 전부 비슷한 수준으로 보이지만, 그건 내가 패션에 대해 잘 모르기 때문이 아닐까. 그리고 다른 사람들은 올해의 보졸레누보 맛을 테이스팅하는 소믈리에처럼 옷이 촌스러운지 그렇지 않은지를 당연히 구분할 줄 알기에 역시 내가 촌스럽다는 게 뻔히 보이는 걸까.

이런 식으로 고민하는 인간을 시쳇말로 '커뮤증 환자(커뮤니케이션 능력이 형성되는 과정이 원활하지 못해 해당 능력 발달에 현저한 문제가 발생한 탓에, 인간관계를 구축하는 데 보통 사람 이상으로 장애가 있다는 사실을 자각하는 인물)'라고 한

서술트릭의 모든 것

다. 혹시 보통 사람들 사이에서 '사실 커뮤증은 전염병'이라는 오해가 퍼져 커뮤증인 사람과 이야기를 나누거나 악수하면 커뮤증이 전염된다고 생각하는 걸까. 정말로 커뮤증과 이야기하면 타액이나 숨결로 커뮤증 바이러스 또는 커뮤증 세균이 감염되는 걸까. 이렇듯 남의 탓만 하고 있지만 실제로는 분명 내가 주변을 두리번거리다가도 누군가와 시선이 마주칠 것 같으면 잽싸게 고개를 숙이고 도마뱀처럼 도망치는 게 주된 원인일 거라 짐작하는 동안 환담 시간이 끝났다.

그사이에 커뮤니티를 형성한 건전한 사람들은 한 그룹, 또 한 그룹 함께 강의실을 나섰다. 나는 친구가 한 명도 생기지 않았지만, 마지막까지 혼자 우두커니 서 있으면 비참하니까 그러한 집단들 사이에 섞여 적당한 타이밍에 강의실을 뒤로했다. 스스로 생각하기에도 멋진 고립 상태 은폐술이었다고 자화자찬했지만, 그런 기술만 갈고닦은 탓에 강의계획표를 보고 시간표를 짜는 것도 혼자, 시간표에 맞춰 교과서를 사러 가는 것도 혼자였다.

딱히 학과에서 친구를 만들 생각은 없으니까 괜찮다. 사진 동호회에 가입하면 취미가 똑같고, 마니악한 이야기를 꺼내도 질겁하지 않는 착한 동기, 선배들과 즐거운 캠퍼스 생활을 보낼 수 있다. 그렇게 생각했지만 아무래도 혼자다 보니 시간표를 짜는 동안에도 '이걸로 학점이 채워지나?' '다른 사람은 강의를 얼마나 듣는지 모르겠다'라는 곤혹스러움과 불안의 연속이었고, 첫 번째 강의 전에 갖춰야 할 교과서를 어디서 파는지도 몰라서 난감했다.

생협 서점에는 그럴싸한 코너도, 신입생으로 북적거리는 낌새도 없었다. 혹시 대학 측은 친구가 생긴 사람에게만 비밀 네트워크로 교과서 판매소가 어딘지 알려주고, 설마 친구가 한 명도 없는 학생은 없으리라고 판단해 나 혼자만 방치된 것은 아닐까. 불안했지만 계산대에 서 있는 점원에게 "교과서는 어디 있어요?" 하고 물어볼 용기가 나지 않아 나는 생협 서점을 너덧 바퀴 돌았다. 어쩌면 점원이 나를 좀도둑으로 보지 않을까, 그런 무서운 의혹이 고개를 쳐들어 재빨리 가방을 끌어안고 도망치려 한(이러는 행동이야말로 좀도둑처럼 보인다) 순간, 어떤 남자가 말을 걸었다.

나한테가 아니라 계산대 부근에 있던 다른 남학생한테. 그러고 보니 나 말고도 생협 서점을 떠돌고 있던 남학생이 있었다. 우리 학교 선배인 듯한 남자는 남학생과 "신입생이에요?" "네." "교과서 판매소 찾는 거죠? 그거, 이쪽이에요." "가, 감사합니다"라는 이야기를 나눈 후, 나처럼 남과의 대화가 서툴러 보이는 남학생을 데리고 생협 서점을 나섰다. 아무래도 길을 헤매고 있던 남학생을 교과서 판매소까지 안내해줄 모양이었다. 나는 옳거니, 하고 미행에 필요한 거리를 유지하며 두 사람의 뒤를 밟았다. 두 사람을 미행하면 '커뮤증에게는 금지된 비밀의 교과서 판매소'에 갈 수 있다.

생협 서점을 나서서 교과서 판매소로 향하는 동안 선배는 남학생의 긴장을 풀어주려는 듯 부드럽게 말을 걸었다.

서술트릭의 모든 것 |

그는 교과서 판매소가 생협 서점과는 완전히 다른 곳에 설치돼 있어, 자기도 작년에 그걸 몰라서 친구가 가르쳐줄 때까지 넓은 캠퍼스를 무럼해파리°처럼 흐느적흐느적 헤맸다(대강 그렇게 들렸다), 그래서 역시나 원양해파리°°처럼 흐느적흐느적 헤매는 그가 같은 처지임을 알아차리고 말을 걸었다(대강 그렇게 들렸다)는 모양이다.

나는 감탄하는 동시에 선망의 눈빛을 선배의 뒷모습에 던졌다. 곤경에 처한 낯선 사람에게 아무렇지도 않게 말을 걸 수 있는 사람이 이 세상에는 존재한다. 분명 이 선배는 전철에서 남에게 자리를 양보하고, 역 계단에서 노약자의 캐리어 가방을 들어주고, 넘어져서 우는 아이를 달래줄 것이다.

그런 천사 같은 사람이 말을 걸어준 경험은 내게도 있었다. 초등학교 1학년 때, 대형 쇼핑몰의 장난감 코너에서 부모님을 잃어버렸다. 불안해서 넋이 나갈 지경이었지만 부끄러워서 울지도 못하는 내게 "엄마 잃어버렸니?" 하고 말

° 기구해파리목 무럼해파리과로, 일본 근해에서 가장 흔히 발견되는 해파리. 흰색 투명한 밥공기 모양 몸체에 네잎클로버 같은 무늬가 있다. 일단 독은 있지만, 쏘여도 '사람에 따라서는 따끔'하는 정도다.

°° 기구해파리목 원양해파리과로, 여름에 나타나는 '쏘는 해파리'. 독이 비교적 강하고 육식성이라 성질도 난폭하다. 개체에 따라 차이는 있지만 갈색이나 분홍색 색상, 길게 흔들리는 촉수 등으로 무럼해파리와 구별이 된다. 하지만 물놀이하는 도중에 해파리를 구별하기는 어려우므로 바다 생물에는 함부로 손을 대지 않는 편이 제일 좋다.

을 걸어준 오빠가 지금도 기억난다. 오빠는 나를 안내센터로 데려가 방송으로 부모님을 불러줬고, 부모님이 올 때까지 대기실에서 말 상대를 해주며 나와 놀아줬다. 처음에는 불안해서 한마디도 못 했지만, 오빠가 멋있어서 서서히 기분이 풀렸고 부모님이 온 후에도 오빠와 헤어지기가 아쉬웠다. 나중에는 또 그 오빠와 만날 수 있을지도 모른다는 생각에 대형 쇼핑몰에 가면 일부러 부모님과 떨어져서 돌아다니기도 했다. 돌이켜보면 그게 첫사랑이었지만, 자세히 생각해보니 그 오빠 옆에는 언니가 있었고, 그 언니도 내게 이것저것 말을 붙였다. 아마 부인 아니면 여자친구였으리라.

나는 적절한 거리를 유지한 채 두 사람을 추적하며 그때 일을 생각했다. 선배가 그때의 오빠와 조금 닮아서 좀 더 자세히 보고 싶기도 했지만, 커뮤니케이션 능력이 좋은 사람은 빛이 나므로 똑바로 보면 위험하다. 인간관계의 지하에서 살아가는 커뮤증은 빛 자극의 수용기관이 퇴화했기 때문에 강한 빛을 받으면 추체 세포錐體細胞가 죽는다. 아무래도 나처럼 추체 세포가 빈약한 듯한 그 남학생도 고개를 숙이고 있었지만, 그런 그를 내려다보며(그러기 딱 좋게 키 차이가 났다) 말을 거는 선배는 다정한 형 같은 분위기라 '아아, 남자 형제는 이런 분위기인가? 좋겠다' 하고 생각했다.° 두 사람을 쫓아 신입생이 잔뜩 모인 교과서 판매소에 도착하자 나

° 망상이다. 보통은 그렇게 아름다운 관계가 아니다.

서술트릭의 모든 것 |

는 남학생과 같은 타이밍에 은근슬쩍 선배에게 머리를 숙였다. 선배는 온화하게 "그럼" 하고 떠나갔다. 멋진 사람이구나 싶었다.

세상에는 기분 나빠하지는 않을까, 느닷없이 공격하지는 않을까 하는 걱정을 하지 않고 낯선 타인에게 말을 걸 수 있는 사람이 존재한다. 그 남학생은 곤란하다느니 난처하다느니 그런 말은 한마디도 하지 않았다. 플래카드를 걸지도 않았고, 손이나 얼굴에 '곤란한 상황에 빠졌습니다'라고 적혀 있던 것도 아니리라. 그런데도 선배는 척 보자마자 그가 '교과서 판매소를 찾지 못해 난처해하는 신입생'임을 알아차리고 말을 걸었다. 굉장하다. 게다가 내 추체 세포가 죽을 테니 너무 빤히 보지는 못했지만 입에서 '엄마야, 내 스타일이데이' 하고 문득 간사이 사투리가 튀어나올 만큼 이목구비가 단정하게 생겼다. 사교적이지만 경박하지 않고, 진득하니 어른스러워 보이는 게 좋다. 너무 아까웠다. 선배가 말을 건 남학생은 생협 서점 계산대 근처 눈에 띄는 위치에 있었다. 내가 있던 곳은 안쪽 책장 사이였다. 만약 위치가 반대였다면 선배는 내게 말을 걸었을 것이다. 물론 그때는 그때대로 추체 세포가 큰일 나겠지만.

그리하여 단지 그만한 일로 호리키 씨의 존재가 내 대뇌 피질에 깊이 새겨지고 말았다. 물론 그 당시는 '안내해준 선배'라는 이름으로만 기억하고 있었고 호리키 히카루 씨라는 이름은 나중에 알았지만, 나는 며칠 후 생협 서점에서 '그 사람'을 또 봤다. 멀리 있어서 무슨 책을 샀는지는 모르지만 서점에는 자주 오는 듯 계산대의 아주머니랑 한두 마디 유쾌하게 이야기를 나눈 후에 꾸벅 인사를 하고 서점에서 나갔다. 역시 사교적이고, 멋쟁이인지 아닌지는 모르겠지만 바람직한 외모라는 것도 재확인했다.

냉큼 '뒷모습을 사진으로 찍자'라는 생각이 떠올랐지만 그건 완전히 '도를 벗어난' 행동이기에, 꺼낸 카메라로 위치 관계가 재미있는 일반교양 학부 건물 옥상의 모서리와 하늘의 뭉게구름을 역광으로 담는 데 머물렀다. 집에 돌아와서 컴퓨터로 확인해보니 상상했던 만큼 썩 좋은 구도는 아니었기에, 거기에 머무르며 대여섯 장 더 찍을 걸 그랬다고 후회했다. 대여섯 장 찍으면 그중 한 장에 우연히 그 사람이 찍혀 있어도 부자연스럽지 않을 텐데. 그런 생각을 하며 사진을 미니 블로그에 올리고 나도 모르게 한숨을 쉬었다. 우연하게도 짧은 기간에 두 번이나 본 덕분에, '그 사람'은 완전히 내 머릿속에 박혀버렸다.

세상에는 그렇듯 수많은 '사교적인 사람'들이 길 한복판을 돌아다니고 있다. 그런 사람은 대개 자기주장이 강하고 기운도 넘쳐서 똑바로 마주하면 이쪽은 움츠러든다. 하지만 '그 사람'은 뭔가 다른 것 같았다. 사교적이지만 폭풍 같지 않고 온화한 햇살 같은 사람을 나는 처음 봤다. 예를 들어, 그 사람이라면 나 같은 음지의 인간에게도 상냥하고 온화하게 대해주지 않을까. 만약 그렇다면 나도 좀 더 고개를 들고 대화를 나눌 수 있을지도 모른다. 어떤 대화를 나눌까.

그렇게 생각하자 '그 사람'이 아주 귀중한 존재로 여겨졌다. 그저 생긴 게 내 취향이라면 살아오면서 그 외에도 본 적이 있지만, 그러면서 내가 무서워하지 않고 이야기할 수 있을지도 모를 분위기까지 지닌 사람은 처음 봤다. 그런 멸종위기종과 같은 존재가 또래 중에, 그것도 같은 대학에 있다니 엄청난 일이다. 이제 두 번 다시 볼 수 없을지도 모를 아주 희귀한 사람이라 생각하자 어찌할 바를 모를 지경이었다. 하지만 물론 안다. 그런 사람에게는 당연히 여자친구가 있을 것이다. 이미 누군가의 것이겠지. 그렇게 되뇌면서 마음을 진정시켰다.

객관적으로 보면 그 시점에서 나는 이미 80퍼센트쯤 고대 그리스인이었다. 그리고 고대 그리스인인 나는 그날부터 캠퍼스에서 '그 사람'의 모습을 찾게 됐다.

호리키 히카루 2

히라마쓰 시오리 씨가 우리 학교 학생인 걸 알고 나서 어쩐지 캠퍼스에서 그녀의 모습을 찾게 됐다. 얼굴도 모르는 이상, 뜬금없이 찾아내기는 불가능에 가깝겠지만.

그렇게 주변을 두리번거리며 걷자 이것저것 눈에 들어오

는 게 있었다. 강의가 끝난 후, 일반교양학부 건물 A호관 앞에서 하늘을 올려다보고선 이게 바로 히라마쓰 씨가 예전에 찍은 구도란 걸 알아차렸다. 찾으려던 게 아니라 정말로 우연히 눈에 들어왔기에 놀란 나머지 "오" 하는 감탄의 목소리가 나왔다. 오늘은 푸른 하늘과 옅은 구름이 반반 정도라 흐린 하늘을 찍은 그녀의 사진과는 인상이 크게 달랐지만 아무튼 발견했다. 이건 행운이었다.

히라마쓰 시오리 씨의 블로그에 새로운 게시물이 올라오길 기다리는 건 이제 완전히 내 취미 중 하나가 됐다. 블로그에는 변함없이 하루에 한 장꼴로 사진이 올라왔다. 그녀는 특히나 하늘을 좋아하는 듯했는데, 푸른 하늘이나 저녁놀처럼 호불호가 갈리지 않는 것뿐만 아니라 흐리거나 비 오는 하늘도 똑같이 좋아하는 모양이었다. 행동 범위는 넓지 않아 어디까지나 근처 사진이 많은 듯하고, 새를 좋아하는지 까마귀와 찌르레기 등 도시에서도 흔히 볼 수 있는 새들의 야성미와 귀여움이 느껴지는 사진도 있었다. 시오리 씨의 카메라는 길가의 평범한 자동판매기나 배수로 뚜껑, 또는 울적하다는 인상밖에 없는 흐린 하늘 등에서 깜짝 놀랄 만한 구도의 미美를 찾아냈다. 가끔 사진에 유머러스한 아이디어를 끼워 넣었으며, 블로그는 여전히 아무 글도 없이 단순했다. 그녀의 눈에는 이렇듯 평범한 사물도 이렇게 아름답게 비치는 걸까. 그렇게 생각하자 그 세계를 좀 더 알고 싶어졌고, 그러면서도 유머 감각을 잃지 않는 그녀와 이

서술트릭의 모든 것

야기를 해보고 싶다는 마음이 날마다 부풀어 올랐다.

어느덧 캠퍼스에서 지나쳐가는 여자를 '혹시 그 사람인가' 하는 눈으로 쳐다보게 됐다. 이건 확실히 연애감정이었다. 친구가 "좋아하는 타입은?" 하고 물어보면 나는 반드시 "조용하고 차분한 사람"이라고 대답하는데, 실은 이렇게 지적이고 고상한 유머 감각을 지닌 사람에게 약하다. 남들이 나를 젠체하는 놈이라고 볼 것 같아서 '조용하고 차분한 사람'이라고 바꿔서 말하지만 실은 그렇다.

그리고 히라마쓰 시오리 씨는 도저히 만날 수 없는 존재는 아닐 듯했다.

블로그에 올라온 사진을 찬찬히 살펴보니 이 근처에서 찍은 것으로 보이는 사진이 참 많았다. 그래서 최근에는 학교 안팎을 돌아다니며 그녀가 찍은 풍경을 찾는 게 내 소소한 취미다. 어디인지 확실히 알게끔 찍지 않아도, 촬영 장소에 실제로 가보면 그곳이란 걸 알 수 있었다. 그렇게 찾아낸 곳이 지금까지 일곱 군데. 집에 가서 컴퓨터로 확인은 하겠지만, 이번의 여기가 여덟 번째임은 거의 확실하다. 어쩐지 그것만으로도 오늘 좋은 일이 하나 있었다는 기분이 들었다.

주변을 둘러봤다. 5교시 수업 중이라 학생은 하나둘 정도밖에 보이지 않았다. 무슨 업자인 듯한 정장 차림 남자 두 명이 파일을 펼친 채 이야기를 나누며 현관으로 들어갔다. 바로 여기에 히라마쓰 시오리 씨도 서 있었던 것이다. 그녀는 일상적으로 이용되는 곳에서 그렇게 멀리 벗어나지 않고 사진을 찍으니까 이대로 기다리고 있으면 그녀가 여기를 지나갈 가능성도 있다. 그런 생각이 들자 기다려보고 싶어졌다. 하지만 그건 완전히 스토킹이나 다름없는 사고방식이다.

우두커니 서 있으면 수상쩍게 보일 테니 걸음을 옮겨 A호관과 C호관 사이에 있는 광장으로 갔다. 어제 내린 비가 다 마른 걸 확인한 후 벤치에 앉아 점심을 걸러 고픈 배를 채우려 산 빵을 꺼냈다. 동아리에 들를까 했지만, 그 전에 나는 고민에 빠졌다.

히라마쓰 시오리 씨는 우리 학교 학생이다. 그렇다면 전혀 손이 닿지 않는 존재는 아닐 터였다. 여동생한테 부탁한다면.

여동생 소라나는 올봄에 우리 학교에 입학했다. 나는 4월 4일생이고 동생은 3월 28일생. 어머니 말로는 동생이 출산 예정일보다 1주일쯤 빨리 태어났다니까 만약 예정대로 태어났다면 나와 생일이 겹칠 가능성도 있었다. 만약 그랬다면 분명 생일을 함께 축하받아 영 찜찜한 추억으로 남았으리라. 아무튼 실질적으로는 거의 두 살 차이지만 입학 연도는 한 해 차이라 우리는 연년생 취급을 받는다. 그런 동생이 우리 학교에 입학한 이유는 귀가 얇은 동생이 도시에서 자취하는 걸 불안해하던 부모님이 '오빠가 다니는 대학에 들어가서 같이 산다면 자취를 시켜주겠다'라는 조건을 달았기 때문이다. 동생은 그게 무슨 자취냐고 당연한 반론을 펼쳤지만 결국 부모님을 이기지 못했고, 어쨌거나 집을 떠나보고 싶다는 마음으로 열심히 공부해서 우리 학교에 붙었다.

나는 부모님이 여동생의 몫까지 합쳐서 많이 보내주는 생활비로 남매가 각각 자신의 공간을 확보할 수 있는 2DK(방이 둘, 식당과 부엌이 있는 집) 자취방을 얻었다. 학교는 같지만 일상 스케줄은 꽤 동떨어져 있어 가끔은 한 번도 얼굴을 마주치지 않는 날도 있다.

그리고 그런 동생이 히라마쓰 시오리 씨와 관련된 열쇠를 쥐고 있다. 4월 중순, 입학했을 때 안내한 후 처음으로 캠퍼스에서 동생을 봤는데 그때 그 애는 친구에게 카메라를 빌려서 만지작거리고 있었다. 동생은 아침에 나랑 같이 학교에 가는 것도 싫어하므로 말을 걸까 말까 망설이다가 이야기를 나누는 두 사람을 그냥 멀찍이서 바라봤다. 동생에게 손을 흔들고 떠난 그 친구는 카메라에 상당히 해박한 것 같았을 뿐만 아니라 동생과 친해 보였다.

"우와, 오라방." 집에서 부르는 호칭으로 나를 불러놓고, 내가 말을 걸자 동생은 주변의 시선을 신경 썼다. "여긴 대체 왜 있는 거야?"

"야, 나도 여기 다니잖아."

나는 멀어지는 동생 친구의 뒷모습을 봤다.

"친구야? 인사할 걸 그랬나."

"어우, 그런 말씀 마셔."

딱히 오빠 바보라고 할 정도는 아니지만, 기본적으로 혼자 지내지 못하는 성격이면서 소극적인 동생이 대학교에서 이야기 상대를 얻은 듯해 약간 안심했다. 하지만 생각해보니 동생은 고등학교 다닐 때 좋아하는 친구와 쭉 붙어 다녔고, 분명 그 친구도 우리 학교에 붙었을 것이다.

"……아, 쟤가 사이좋다던 걔야? 늘 함께 다닌다는."

이름은 마쓰모토라고 했던가. 고등학교에 다닐 때 동생이 학교에서 있었던 일을 이야기하면 한 가지 화제에 한두 번은 꼭 그 이름이 나왔다. 동생이 우리 학교에 들어온 이유 중 하나도 그 친구가 우리 학교에 지원할 거라고 해서였다.

"내가 그렇게 자주 말했나? 딱히 늘 함께 다니는 정도는 아니야."

"학부는 다르댔지? 다른 친구는 생겼어? 학과에 친구가 한 명 정도는 있어야 편해."

"알아. 걱정하지 마. 동아리에도 들어갈 거야. 사진 동호회에 가입 권유받았거든."

"사진……."

변함없이 귀가 얇은 녀석이었다. 지금까지 사진에 흥미를 보인 적은 한 번도 없었으면서. 사진이라면 오히려 내가 더 좋아할지도 모르겠다.

"카메라 사려고? 돈이 꽤 많이 들 텐데."

"처음에는 지금 가진 디지털카메라를 써도 괜찮댔어."

뭐, 친구 따라 강남 간다고는 하나 흥미가 없었던 동호회에라도 뛰어드는 거니까 저가 여행이나 다니는 동아리에서

빈둥거리는 나보다 훌륭할지도 모르겠다. 그나저나 마쓰모토도 큰일이다. 고등학교에서 찰싹 붙어 다니던 사람이 대학까지 쫓아와서 같은 동아리에 들겠다고 한다니. 역시 한번 제대로 인사할 걸 그랬다고 생각하며 마쓰모토가 멀어진 쪽을 봤지만, 물론 그녀는 이미 사라진 뒤였다.

그게 두어 달 전 일이다. 그때 동생이 앉아 있던 벤치에 앉아 참치마요콘 빵의 진한 맛을 만끽하며 생각했다. 히라마쓰 시오리 씨가 사진 동호회 소속이라는 확실한 증거는 없지만, 가능성은 충분하다. 그리고 내 동생도 일단 사진 동호회 회원이다. 즉, 어쩌면 나와 접점이 없는 게 아닐 수도 있다.

하지만 동생은 여태 그럴듯한 카메라를 사지 않았고, 집에서 사진 이야기도 안 한다. 사진 동호회 동아리방에는 가끔 가는 것 같으니 마쓰모토와 싸웠다든가 그런 건 아니고, 단순히 열의가 별로 없는 것이리라. 그렇다면 동생이 사진 동호회 사람들 연락처를 제대로 알고 있을지 의심스럽다. 그렇다고 내가 "동생이 신세를 지고 있어서 인사드리러 왔습니다!" 하며 사진 동호회를 찾아가는 것도 부자연스럽다. 만약 내가 그런다면 동생은 분명 화를 낼 것이다.

그렇다면 동생보다 열의가 있는, 즉 사진 동호회 사람들의 정보도 여동생보다 많이 파악하고 있을 법한 마쓰모토에게 의지하는 수밖에 없지만, 그녀와는 아직 이야기 한번 해본 적이 없다. 동생이 고등학생 때, 아니면 하다못해 두어 달 전에 봤을 때 제대로 인사를 해둘 걸 그랬다. 물론 동생 소개로 마쓰모토와 접촉해 히라마쓰 시오리 씨를 아는지 물어볼 수도 있겠지만, 그저 히라마쓰 시오리 씨를 찾기 위해 동생에게 든든한 버팀목이 되어주는 친구와 접촉하는 건 뻔뻔한 짓이다. 동생···▶마쓰모토···▶히라마쓰 시오리 씨. 아무튼 그녀에게 다다를 길은 있지만 일단 동생이 난관이다. 솔직히 이야기하면 얼마나 놀려먹을까. 마쓰모토에게 마음이 있다고 오해하면 그것도 귀찮다. 얼핏 보기에 마쓰모토는 차분하고 조용한 분위기였고, 착실해 보이는 옷차림도 한몫하여 솔직히 호감이 가기는 했다. 그런 만큼 동생이 오해하면 내가 부정해도 믿어주지 않을 것 같았다. 오해한 여동생이 잘못된 정보를 흘려서, 그게 히라마쓰 시오리 씨의 귀에까지 들어간다는 가능성마저 떠오르자 어떻게든 동생은 피해서 가고 싶었다. 하지만 무리다. 마쓰모토밖에 경로가 없는 이상, 결국 동생을 통하지 않으면 안 된다.

내가 든 빵에 눈독을 들였는지 참새 네 마리가 날아와서 얼쩡거렸다. 귀엽지만 그래도 야생동물이니까 먹이는 줄 수 없다. 남은 빵을 입에 밀어 넣었을 때 시야 가장자리에 뭔가가 느껴졌다.

어쩌면 시선 아니었을까 싶어 그쪽으로 고개를 뻗어 사람을 찾았다. 두 남자가 비슷한 백팩을 메고 이야기를 나누며 걸어갔지만, 그들이 이쪽을 본 듯한 낌새는 없었다. 자전거를 탄 여자가 눈앞을 지나갔다. 모르는 사람이고 그녀도 나를 보지는 않았다. 기분 탓일까. 캠퍼스에 있을 친구, 지인, 선배, 후배를 머릿속에 늘어놓고 찾아봤지만, 나를 일방적으로 따라다니며 관찰하는 취미를 가졌을 만한 사람은 없었다.

광장 한복판에 바람이 휘몰아쳐 모래 먼지와 마른 잎이 잠깐 소용돌이 모양으로 맴돌았다. 이 벤치는 응달에 있어서 해가 지면 생각보다 서늘하다. 나는 팔을 문지르며 일어나 동아리 회관으로 향하며, 어떻게 말하면 동생에게 웃음을 사지 않고 마쓰모토와 접촉할 수 있을지 궁리했다. 접촉한 결과가 어떻게 될지는 지금 생각하지 않아도 된다. 경험상 히라마쓰 시오리 씨 같이 센스가 뛰어난 사람에게는 '오랜 옛날부터 사귀어온' 남자친구가 있고 서로 일편단심이라 다가갈 방도가 없는 게 대부분이었다. 하지만 지금 그걸 걱정해 본들 의미도 없고, 어쩌면 나는 밑져야 본전, 될 대로 되라는 심정으로 난생처음 사랑 쟁탈전에 뛰어들지도 모른다. 하지만 지금은 그 이전 단계다. 어떻게든 여동생을 통하지 않고 마쓰모토와 접촉할 방법은 없을까.

빵 봉지를 꽉 움켜쥔 채 그때 말을 걸어둘 걸 그랬다고 후회했다. 한 달쯤 전에 캠퍼스에서 사진을 찍는 마쓰모토를 봤다. 작년 대학 축제 때 사진 동호회가 전시한 작품을 보니 비교적 근처를 촬영한 사진이 많았다. 그렇다면 사진 동호회에서는 보통 그러는지도 모르겠다. 그녀는 정문 바로 안쪽의 화단 속에서 뭔가를 찍고 있었다. 진지한 표정으로

이리저리 카메라 앵글을 바꾸는 마쓰모토를 보자 히라마쓰 시오리 씨가 떠올라 호감도가 쑥 상승해 '사진이 취미인 여자는 멋지구나' 하고 생각했다. 그리고 방해가 되지 않도록 말을 걸지 않고 지나쳤다.

지금 생각하면 그게 뼈아픈 오산이었다. 그때까지만 해도 여동생을 우회해 마쓰모토에게 직접 히라마쓰 씨에 관해 물어보자는 생각이 없었다. 우리 학교는 학생 수가 천 명이 넘고 캠퍼스 면적은 35만 제곱미터나 된다. 그러니 또다시 우연히 마쓰모토와 마주칠 가능성은 적다. 덕분에 지금은 어떻게든 동생이 놀리지 않고 마쓰모토에게 다리를 놓아줄 만한 핑계를 찾아야 하지만, 아무 생각도 나지 않았다. 블로그에서 사진만 봤을 뿐 히라마쓰 시오리 씨의 얼굴도 모른다고 하면 동생은 웃든지 진저리를 치든지 둘 중 하나일 것이다. 좀처럼 용기가 나지 않았다.

하지만, 하고 입속으로 중얼거렸다. 얼굴도 모르는 사람을 좋아하는 게 그렇게 이상한 일일까.

히라마쓰 시오리 2

얼굴밖에 모르는 사람을 좋아하는 게 그렇게 이상한 일일까. 실제로는 상당히 흔할 것 같은데.

예를 들어, 자주 가는 카페 점원이 좋아졌다는 이야기를 들은 적 있다. 점원 대 손님으로 마주한 적밖에 없는데도 반했다면 그건 거의 얼굴밖에 모르는 셈이다. 접객 중인 점원은 영업 방침에 따라 가게의 이익을 위해 움직이므로 사생활과는 인격이 다르기 때문이다. 중고등학생 때 누구누구가 좋아서 고백할까 고민 중이라느니 하는 이야기에 열을 올리던 아이들도, 상대가 원래부터 친구가 아니라 '○○부의 ××'일 경우에는 대부분 직접 이야기를 나눠본 적이 없었다. 이러한 사례 또한 겉모습 이상의 정보가 얼마나 있을지 의심스럽다. 요컨대 친구나 지인 이외의 사람에게 반했다고 한다면 다들 그게 그거인 셈이다.

왜 이렇게 기를 쓰고 변명을 하는 건지 나 스스로도 잘 모르겠다. 연애 상담을 할 친구는 없다. 대학교에서 유일하게 은하수처럼 희미한 교우관계를 유지하는 사진 동호회에서도 나는 여느 때와 똑같이 '말 없는 사람'의 위치를 차지해…… 아니, 그런 위치를 부여받아 말하고 싶을 때도 온 힘을 다해 입을 꾹 다무는 부자유스러운 생활을 강요당하고 있었다. 평소 말이 없는 사람이 흥미 있는 화제가 나와 눈을 반짝이며 몸을 내밀고 큰 소리로 떠들면 얘가 왜 이러나 하고 희한하게 생각하기 때문이다.* 하물며 연애감정은 죽어도 못 털어놓는다. 부조리하다. 말이 없다고 해서 머릿속에 하고 싶은 말이 없는 건 아니며, 하물며 아무 생각도

---

* 누구나 그럴 수 있으니까 너무 놀라서 격한 반응을 하지 말기를 바란다.

없는 것도 아닌데. 오히려 평소 입으로 토해내지 못하는 만큼, 머릿속으로는 격하게 동의하거나 자신의 경험을 속사포처럼 늘어놓거나 울거나 웃는 등 내면은 고흐의 〈삼나무와 별이 있는 길〉이나 뭉크의 〈절규〉, 니나가와 미카일본의 사진작가이자 영화감독으로, 다채로운 색상의 꽃 사진을 주로 찍는다의 〈꽃〉 같은 모습인데.

그렇게 입을 움직이지 않고 하소연하며 역 앞을 걷다가 화단에 큼지막하게 거미줄을 쳐놓은 커다란 호랑이 무늬의 거미를 발견했다. 벌레는 싫어하지만 거미줄은 아름답다. 거미가 긴 다리를 두 개씩 모아 예쁜 X자 모양으로 거미집 중앙에 붙어 있는 모습도 아름다움이 소름 끼침을 상쇄해서 제법 볼 만했다. 배경에 소고기 덮밥집이 들어오면 구도가 꽤 재미있을 것 같아서 카메라를 들었지만, 가느다란 거미줄은 빗방울에라도 젖어 있지 않으면 촬영이 어렵다. 나는 떨어져서 각도를 잡거나 소름 끼치는 걸 참고 바짝 다가서서 접사를 시도하는 등 이래저래 애를 썼다. 뒤를 지나가는 사람과 부딪칠 뻔해서 허둥지둥 고개를 숙였다. 공공도로에서는 마음껏 촬영하기가 쉽지 않다. 땅바닥에 엎드려서 찍고 싶을 때도 제법 많지만 너무 열을 올리면 경찰에 신고당할지도 모른다.

셔터를 누른다. ……나는.

다시 한 번 셔터를 누른다. ……경로를 알고 있다.

엉거주춤한 자세를 바로 하고 파인더에서 얼굴을 뗐다.

그렇다. 마음을 단단히 먹고 돌격하면 호리키 히카루 씨에게 다다를 경로는 존재한다.

거미집 너머 반대편 인도에 바로 그 '경로'가 걸어가고 있었다. 그 옆에는 사진 동호회의 마쓰모토 씨도 있었다.

호리키 소라나 씨. 동아리방에 별로 얼굴을 내밀지 않고, 사진에 관해서도 특별히 잘 아는 것 같지는 않지만 이야기를 나눈 적은 있다. 또 예전에 그녀와 호리키 히카루 씨가 이야기를 나누며 주택가 골목길을 나란히 걸어가는 모습을 멀리서 본 적도 있다. 어쩐 일인가 놀라서 나중에 동아리방에 온 소라나 씨에게 겨우겨우 물어보자 남자친구가 아니라 오빠라고 했다. 남매가 함께 사는 연립주택으로 돌아가는 길이었던 것이다. 그때는 진심으로 안도했다. 그리고 '그 선배'의 이름이 호리키 히카루라는 것도 그때 처음으로 알았다.

소라나 씨는 당연히 내가 있는 줄 모르고 멀어져 갔다. 이럴 때 큰 소리로 부르거나 손을 흔들지 않으면 나중에 무시했다는 식의 이야기가 나올까? 아니, 반대쪽 인도니까 괜찮지 않을까 고민하고 있자니 노선버스가 지나는 바람에 시야가 가려지고 말았다.

호리키 소라나 씨. 그녀의 오빠인 히카루 씨. 자세하게 물어본 건 아니지만 사이는 좋을 것이다. 소라나 씨와 좀 더 친해지면 히카루 씨에 대한 정보를 얻어낼 수 있다. 소라나 씨와는 메신저 아이디도 교환했다. 뒤에서 몰래 훔쳐본 게

다인 지금 상황보다는 훨씬 더 앞으로 나아갈 수 있을 것이다.

솔직히 그런 순정만화 같은 경험을 내가 하게 될 줄은 몰랐지만, 4월에 만난 뒤로(아니, 일방적으로 뒤에서 훔쳐봤을 뿐이지만) 지금까지 약 석 달 동안 나는 네 번쯤 호리키 히카루 씨를 봤다. 첫 번째는 처음 만났을 때, 두 번째는 생협 서점에서. 그리고 소라나 씨와 골목길을 걷는 모습과 광장에서 혼자 빵을 먹는 모습. 참새를 가만히 관찰하고 있었으니 히카루 씨도 새를 좋아하는지 모른다. 동물을 향한 눈빛도 다정해서 역시 이 사람이라면 무서워하지 않고 함께 있을 수 있을 것 같다는 기분이 들었다.

그렇다면 역시 경로는 소라나 씨다.

실은 동아리방에서 그녀에게 히카루 씨에 관해 물어봤을 때 내 마음은 이미 들통났다. 예전에도 그런 적이 있었는지, 아니면 그저 사이가 좋아서 그런 건지 소라나 씨는 오빠에게 흥미를 품는 여자가 있으면 민감하게 알아차리는 듯, 내가 "아아, 오빠구나" 하고 안심하자 씩 웃으며 "소개해줄까?" 하고 말했다. 그 후로 나와 히카루 씨를 대면시키려 이래저래 수를 썼고, 몇 번은 딱 마주칠 뻔한 적도 있었지만 현재로서는 그걸로 끝이었다.

그러니까 역시 소라나 씨밖에 없다. 내가 대뜸 히카루 씨에게 직접 돌격하는 한여름 밤 불나방 같은 짓을 하지 않으려면 역시 소라나 씨의 권유에 응해 소개를 받는 수밖에 없

서술트릭의 모든 것 |

다. 예를 들면 나보다 소라나 씨와 친한 마쓰모토 씨에게 간접적으로 '소라나 씨의 오빠'에 대한 정보를 캐내는 방법으로 소라나 씨를 우회할 수 없을까 생각도 해봤지만, 마쓰모토 씨가 소라나 씨에게 그 이야기를 전하지 않을 리 없으므로 역시 무리였다.

까마귀가 "까악" 하고 울며 전선에서 날아올랐다. 건너편 인도를 가렸던 노선버스가 출발하자 소라나 씨와 마쓰모토 씨는 이미 가버리고 없었다.

하지만 망설여지기는 했다. 소라나 씨는 "소개해줄까?" 하고 말했지만(왜 그때 덥석 받아들이지 않았을까!) 정말로 응원해줄까. 혹시 소라나 씨가 말과는 반대로 엄청난 브라더 콤플렉스라서 '오라버니에게 접근하는 나쁜 벌레는 내가 없애버리겠어!'라는 기세로 방해하지는 않을까. 그런 사람이 오빠라면 가능성이 있을 법도 하다. 또 함께 살 정도니까 사이도 아주 좋을 것이다. 혹시 소라나 씨는 '도시의 대학에서 오빠에게 못된 벌레가 달라붙을까 봐' 열심히 공부해서 오빠를 따라 우리 학교에 들어왔다든가 그런 사정이 있는 건 아닐까. 아니, 우리 학교는 딱히 열심히 공부하지 않아도 들어올 수 있지만.

안 좋은 상상은 점점 커져갔다. 그렇다면 내 마음을 이미 알고 있는 소라나 씨가 나에 대해서 오빠에게 대화가 아예 성립하지 않는 커뮤증 환자라든, 음침해서 무슨 생각을 하는지 모르는 위험한 사람이라는 둥, 어떤 나라의 스파이라는 둥, 연쇄 살인마라는 둥 있는 소리 없는 소리 떠들어댈 지도 모른다. 앞쪽 두 가지는 대강 사실이긴 하다. 아직 잘 모르는 소라나 씨를 그렇게 나쁘게 생각해서는 안 된다는 건 알지만, 커뮤증을 앓는 사람은 안 좋은 상상을 하는 게 특기다.

호리키 히카루 3

나는 옛날부터 안 좋은 상상을 하는 게 특기랄까, 일단 안 좋은 방향으로 생각하기 시작하면 그만두지를 못하는 버릇이 있다. 그런 탓에 아직도 동생에게 히라마쓰 시오리 씨에 대해 상의를 못 했다. 아무 말도 못 한 채 7월이 찾아 왔다.

새로운 아이디어는 떠오르지 않았지만 한동안 골똘히 고 민한 결과, 지금까지 뒤로 제쳐뒀던 방법을 검토 단계에 올 리는 일은 종종 있다. 즉, 사진 동호회 동아리방에 쳐들어가 는 것이다. 히라마쓰 시오리 씨의 얼굴조차 모르는 이상, 회 원에게 부탁한들 본인을 만나게 해줄지는 미지수고 아마도 수상쩍어하지 않을까 싶다. 블로그를 보고 팬이 됐다고 설 명한들 믿어줄까 불안하기도 했고, 무엇보다 그녀가 사진 동호회 회원이라는 확실한 증거도 없다. 하지만 일단 마쓰 모토와 만나는 건 어떻게든 될 것 같았다.

동생 이야기에 따르면 사진 동호회에 '마쓰모토'는 한 명 밖에 없다니까 동아리방을 찾아가서 마쓰모토에게 물어보고 싶은 게 있다고 부탁하면 직접 접촉할 수 있으리라. 동생이 옛날부터 많은 도움을 받았다며 동생의 고등학교 때 이야기를 꺼내면 나를 믿어줄 것이다. 그리고 마쓰모토에게는 놀림 받기 싫으니까 동생에게는 비밀로 해달라고 부탁하는 수밖에 없다. 몇 번이고 생각해봐도 이 이상의 방책은 없었다. 요전에 따져봤듯이 학생들이 수두룩한 이 넓은 캠퍼스에서 혼자 있는 마쓰모토를 우연히 찾아낼 가능성은 거의 기대할 수 없으니까.

하지만 현실은 그렇지도 않았다.

그날 내게 느닷없이 기회가 찾아왔다. 캠퍼스에서 마쓰모토를, 그것도 혼자 있는 그녀를 발견한 것이다. 두툼한 먹구름이 하늘을 뒤덮어 비가 내릴락 말락 날씨가 나빴지만, 운은 좋은 날이었다.

3교시가 끝난 후 담배를 피우러 간다는 친구를 따라가, 경제학부 2호관 옆 흡연구역에서 부류연副流煙[*]을 참으며 이야기를 나누다 함께 4교시 강의를 들으러 가려던 참이었다. 나는 도서관 정면 입구에서 나오는 마쓰모토를 발견했다. 무심코 "아" 하고 목소리가 새어 나왔다. 친구가 왜 그러냐

[*] 흔히 오해하는데, 흡연자가 빨아들였다가 내뿜는 연기가 주류연이고 담배 끝에서 피어오르는 연기가 부류연이다.

고 묻기에 마쓰모토를 보고 있었다는 걸 들키면 성가셔질까 봐 말을 얼버무리면서도, 나는 대학생답게 옆구리에 책을 끼고 걸어가는 마쓰모토를 훔쳐봤다. 혼자인 걸 보자 도저히 가만히 있을 수가 없었다. 한 번밖에 없을 기회를 이미 두 달 전에 놓쳤다. 두 번째 기회는 존재 자체가 기적이다. 이번에 잡지 못하면 평생 못 잡는다.

"어, 미안해. 볼일이 있다는 걸 깜박했네. 가봐야겠다."

"뭐?" 친구가 담배꽁초를 재떨이에 버리고 핸드폰을 봤다. "곧 강의 시작할 텐데."

"도중에 들어가지 뭐."

그렇게 말하며 가방을 어깨에 고쳐 메고 흡연구역을 벗어났다. 너무 노골적으로 마쓰모토에게 다가가면 뒤에서 보는 친구에게 오해받을 것 같아서 일단 약간 거리를 두고 그녀를 뒤따라갔다. 어쩐지 스토커 같아서 남들이 보기에는 어떨까 걱정도 됐지만, 뭐 무관한 사람들이 오해한들 딱히 문제는 없다.

마쓰모토는 캠퍼스의 중앙로를 남쪽으로 내려갔다. 1학년이니 남쪽 일반교양 학부 건물에 4교시 수업이 있는 것이리라. 걸음걸이가 조금 빨랐다. 나는 거리를 좁히려 종종걸음을 치다가 옆에서 나타난 자전거에 치일 뻔해서 뒤로 펄쩍 물러났다. 우리 캠퍼스는 남북으로 길어서 북쪽 끝에서 남쪽 끝까지 걸어가는 데 족히 30분은 걸린다. 그래서 자전거로 쌩쌩 오가는 학생들도 있어서 중앙로는 위험하다. 캠퍼스라고 방심하는 건지 스마트폰을 보면서 걸어 다니는 사람도 많고, 몰상식하게도 자전거를 타고 가면서 핸드폰을 만지작거리는 사람도 가끔 있다. "도로에 나가면 자기 말고는 전부 미치광이라고 생각하세요"라는 운전면허학원 강사의 말은 우리 캠퍼스에도 해당한다.

어디서 잠깐 멈춰주면 좋으련만 마쓰모토는 당연히 걸음을 멈추지 않는다. 이래서는 따라붙어서 뒤에서 말을 걸어야 한다. 그건 영 아니다 싶었다. 자기소개라도 하면 경계심은 풀리겠지만, 남자가 숨을 헐떡이며 뒤에서 쫓아오면 일단 무서울 것이다. 처음 보는 남자가 느닷없이 그렇게 말을 걸면 나라도 무섭다. 결국 말을 걸지 못한 채 일반교양 학부 건물에 도착하고 말았다. 슬슬 강의가 시작될 시간이라 우르르 드나드는 학생들에게 막혀 다가가지 못하는 사이에 그녀는 강의실에 들어가고 말았다.

핸드폰으로 시간을 확인해보니 강의 시작 시각이었다. 강의실 앞에서 강의가 끝날 때까지 기다릴까, 대강의실 강의니까 차라리 몰래 섞여들까 고민하다가 강의가 끝날 때 다시 와야겠다는 마음으로 나는 계단을 내려갔다. 강의가 끝나고 마쓰모토와 접촉하면 히라마쓰 씨를 소개해줄지도 모른다. 만날 수 있다. 직접. 계단을 내려가면서 심장 언저리가 꽉 오므라드는 감각을 맛봤다. 마쓰모토와 이야기하기에 따라서는 오늘 만날 수 있을지도 모른다. "블로그를 보고 팬이 됐다고 하면 분명히 기뻐할 텐데 만나보시지 않을래요?"하고 제안할지도 모른다. 히라마쓰 씨는 어떻게 생겼을까. 어떤 옷을 입고, 어떤 음악을 듣고, 어떤 표정으로 말할까. 나는 내 옷차림을 보고 평상시 입는 옷으로 괜찮을까 고민했다. 하지만 일단 머리도 뻗치지 않았고 코털도 삐져나오지 않았다.

일반교양 학부 건물을 나서서 북쪽으로 돌아갔다. 강의를 들을까 했지만 어차피 여기로 돌아와야 하니까 적어도 강의가 끝나기 15분 전에는 강의실을 빠져나와야 한다. 수강 인원도 적은데 지각을 한 것도 모자라 강의가 끝나기도 전에 빠져나가다니 너무 무례한 짓이다. 게다가 마음이 너무 싱숭생숭해서 어차피 강의 내용이 머릿속에 들어가지 않을 것 같았다. 어쩔 수 없이 친구에게 SNS로 '미안해. 나중에 노트 좀 복사하자!' 하고 메시지를 보낸 후, 일단 도서관으로 향했다. 친구에게 알겠다는 답장이 왔다. 평소에는 내가 그 역할을 한다. 그 덕분일지도 모르지만, 역시 친구밖에 없다.

아무튼 강의가 끝날 때까지는 할 일이 없었다. 나는 심호흡을 한 번 했다. 마음을 가라앉혀야 한다.

어디서 기다릴까 생각하며 도서관 앞에 도착하자 정면 입구에서 주변을 두리번거리는 안경 낀 소녀가 눈에 들어왔다.

강의가 시작되어 사람이 없었던 탓에 그 소녀는 눈에 확 띄었다. 소녀라고 생각한 건 대학생답지 않게 어쩐지 어린 느낌이 들었기 때문이다. 평범한 셔츠와 청바지 차림인데,

서술트릭의 모든 것

안경이 어울리지 않는다고나 할까. 어째 사복이 익숙해 보이지 않는 것이, 사복 대신에 교복을 입히면 딱 괜찮지 않을까 싶은 인상이었다. 소녀는 핸드폰으로 통화를 하며 주변을 둘러봤다. 그 모습도 어쩐지 어려 보이는 느낌이었다. 그렇다면 시기는 이르지만, 캠퍼스를 견학하러 온 고등학생일까.

　—저어, 벳시 씨. 도서관 앞이랬죠? 저 도착했는데요.
　—아니요, 맞아요. '신전' ……음, 정면 현관의 기둥은 그런 느낌인데요.
　—네. 동문에서…… 여보세요? 저기, 벳시 씨, 통화 상태가 엄청 안 좋은데 지금 어디 계세요? ……동아리 회관? 그게 뭔데요?

　통화 상대의 목소리는 당연히 들리지 않았지만, 소녀의 목소리는 또랑또랑해서 잘 들렸다. '벳시'가 사람 이름이라는 건 잠시 후에야 알았지만, 아무튼 '동아리 회관'이라는 말을 모르는 걸 보니 역시 견학 온 고등학생이 길을 잃어버렸나 보다. 동아리 회관은 북쪽 끄트머리에 있으니까 여기서 가려면 제법 걸어야 한다. 벳시라는 사람도 길을 잃고 헤매는 걸까.
　통화가 끊긴 듯 소녀가 핸드폰을 보며 걸어왔다. 멈춰 서서 주변을 두리번거리며 "동아리 회관……." 하고 중얼거리다가 나와 눈이 마주쳤다.

한순간 침묵이 흘렀다. 서로 똑같은 생각을 한 것이리라. 내가 먼저 말을 걸었다. "우리 학교 학생이 아닌가 보네. 혹시 길 잃어버렸어?"

"아, 네." 소녀는 양손을 모으고 고개를 숙여 인사했다. "저어, 죄송한데요. 동아리 회관의 사진 동호회에는 어떻게 가면 되나요?"

놀라서 나도 모르게 소리를 지를 뻔했다. '사진 동호회'. 콕 집어 그 이름을 꺼낸 것이다.

"동아리 회관 내부는 복잡한데 안내해줄까?"

나는 망설이지 않고 그렇게 말했다. 웬걸, 나와 전혀 무관했던 사진 동호회에 갈 수 있다. 길을 헤매던 견학생을 안내한다는 당당한 명목으로. 그렇다면 마쓰모토와 접촉할 필요도 없다. 동아리방에 누군가 있다면, 회원 중 한 명과 안면을 트면 동생을 통하지 않고도 히라마쓰 씨의 정보를 손에 넣을 수 있을지도 모른다. 행운이었다. 신이 등을 떠밀어주는 기분이었다.

히라마쓰 시오리 씨와의 거리가 급속도로 가까워진 것만 같았다. 고맙다며 고개를 숙이는 소녀에게 '나야말로!' 하고 속으로 답한 후, 날아오를 것 같은 기분을 억누르고 걸음을 옮겼다.

잔뜩 들뜬 내 마음과는 상관없이, 이 시점에서 사건은 이미 시작됐다.

　　　　　　　　　　　　서술트릭의 모든 것 ∣

히라마쓰 시오리 3

4교시 강의가 시작되기 전인지 끝난 후인지는 모르겠지만, 아무튼 그날 4교시쯤에 사건이 발생한 모양이다.

7월 초, 하늘이 예뻐서 사진을 찍고 싶은 날이었다. 4교시는 일반교양인 '예술학 I'으로, 법학부인데 이런 과목으로 2학점을 받아도 되냐며 기쁜 마음으로 선택한 과목이다. 대강의실에 마쓰모토 씨가 있는 걸 보고 옆자리에 앉았다. 지난 학기에 너무 땡땡이를 쳐서 낙제했지만, 재미있어서 재수강한다고 한다. 재미있는데 왜 낙제할 때까지 땡땡이를 친건지 잘 모르겠지만, 재미있어도 땡땡이를 칠 때가 있고 땡땡이를 치다 보면 깜박하고 낙제할 때도 있다고 한다. 나하고는 다른 세상 사람 같은 느낌이 들기도 했다. 강의가 끝나자 오늘은 동아리방에 가지 않고 역 앞 서점에 들렀다가 집에 가겠다는 마쓰모토 씨와 헤어졌다. 아뿔싸, 호리키 소라나 씨한테 다리를 놓아달라고 부탁할 걸 그랬다고 후회하며 일반교양 학부 건물을 나서자 핸드폰이 울렸다.

"큰일 났어, 히라마쓰. 지금 시간 있어? 시간 있으면 빨리 좀 와줘. 사건이야. 동아리방에 이상한 남자가 있어. 그럼."

회장은 자기 할 말만 하고 이쪽 반응은 듣지도 않고서 전화를 끊었다. 이게 뭐냐 싶었다. 그러고 보니 회장은 전화만 하면 그런다는 이야기를 마쓰모토 씨한테 들었다. 일방적으로 자기 용건만 말하고 끊는 행동이 우리 친할머니와 똑같다. 회장도 올해는 취업 활동을 나갈 텐데 회사 방문 약속을 제대로 잡을 수 있을까 걱정됐지만, 어쩌면 자질구레한 예절이니 상대의 반응이니 그런 무서운 것에서 '귀를 닫기 위해' 그렇게 행동하는 건지도 모른다. 어쩌면 회장도 나와 같은 부류일지도 모르겠다.

나는 서둘러 동아리방으로 향했다. 구체적인 내용은 모르겠지만, 이상한 남자가 출몰해서 난리가 난 모양이다. 뭐가 어떻게 난리인가. 그렇다기보다 '동아리방에 이상한 남자가 있다'라면서 회장도 동아리방에 있는 걸까. 별생각 없이 동아리방으로 가는 나는 안전한 걸까.

동아리 회관은 캠퍼스 북쪽 끄트머리에 있고, 도중에 흰뺨검둥오리가 있는 연못과 수로를 다리 위로 건넌다. 흰뺨검둥오리가 만드는 아름다운 파문을 보고 오, 이거 괜찮다고 생각했지만 사진을 찍을 상황은 아니었다. 전화를 건 회장은 수상한 남자와 함께 동아리방에 있는 모양이다. 설마 묶인 채 전화를 걸라고 강요당했다든가, 반대로 남자를 제압한 채 지원을 요청하는 상황이라면 어쩌지. 회장의 체력을 감안해보면 분명히 전자일 가능성이 더 크니 동아리방문을 연 순간 나도 습격당하는 게 아닐까 더럭 겁이 났다. 아무튼 캠퍼스의 두메산골, 벽은 무너지고 창문은 흐릿해 멀리서 보기에는 흉가로밖에 보이지 않는 동아리 회관의 현관을 통과했다. 옛날에는 슬리퍼를 신었던 모양이지만, 어느 틈엔가 신발을 신고 들어가게 됐다는 먼지투성이 로비를 빠져나와 벽보 천지인 계단을 올랐다.

동아리방 문은 꼭 닫혀 있었지만, 반쯤 썩어서 구멍이 뚫린 탓에 안쪽의 이야기 소리가 선명하게 들려왔다.

—오호, 여기에는 엡손의 COLORIO EP-880도! 아주 안목이 높으시군요. '사진에는 엡손'이라는 사용자도 많죠. 아담하면서도 야외에서 생기는 음영의 대비, 특히 컬러풀한 정경에 진가를 발휘하는 우수한 기종입니다.

—전에는 4색짜리 잉크를 썼는데, 역시 발색이 다르다고 할까 한계가 있어서 말이죠. 그리고 우리는 글씨 인쇄용으로도 사용하니까 검은색이 또렷한 쪽이 좋아서 엄청 고민했어요. 사진 동호회 포스터의 글씨가 시원찮으면 창피하잖아요?

—검은색 글씨는 캐논의 안료 잉크가 잘 뽑아내니까 확실히 고민 좀 되셨겠군요. 옛날 감성을 살리려 할 때는 저가 4색 브라더 DCP-J572가 오히려 독특한 온기를 자아내서 선호하는 사람도 있습니다만.

한쪽은 회장 목소리지만, 존댓말을 쓰고 아무래도 회장보다 더욱 마니악한 구석이 있는 다른 남자는 누구인지 모르겠다. 왜 모르는 사람이 동아리방에 있는 거지, 들어가려니 민망하다, 하고 생각했지만 회장도 있으니까 괜찮을 거라며 문을 열었다. 그랬더니 흰색 재킷에 암청색 셔츠, 오래

된 5엔짜리 동전 같은 색깔의 넥타이를 한 희한한 차림새의 남자가 동아리방 프린터를 어루만지고 있었다.

"음, 아담하면서도 안정감 있는 이 몸체. 예전 기종보다 훨씬 커진 액정 패널. 새 기종은 아이디어와 진보의 결정체로군요."

정말로 '이상한 남자'다. 우리 회장도 상당한 괴짜지만 그에 비할 바가 아니다. 도저히 직접 말을 걸 용기가 나지 않아 나는 회장을 봤다.

"그, 전화로 '큰일 났다'라고……."

"응? 아아, 그랬지. 실은."

이상한 남자가 먼저 다가왔다.

"오오, 당신도 회원이신가요. 만나서 반갑습니다. 앗, 그 스트랩은 HAKUBA의 오리이로 시리즈. 아주 멋지군요."

"아니, 저어."

나도 모르게 반사적으로 부정하면서 뒷걸음치려다가 문에 등을 부딪쳤다. 머릿속으로 어쩐지 냉정하게 '그러고 보니 지금 난생처음으로 멋지다는 말을 듣지 않았나?' 하고 생각했다. 아니, 디지털카메라에 달린 스트랩 이야기지만.

"아니요, 네. 히라마쓰라고 해요."

이상한 남자가 다가왔다. 정확히는 내가 아니라 어깨에 건 디지털카메라의 스트랩으로 다가왔다. 나는 시선으로 회장에게 도움을 요청했지만, 회장은 이상한 남자를 소개해달라는 뜻이라고 착각했는지 그를 엄지로 가리켰다.

"아까 동관(동아리 회관) 밖에서 만난 벳시 씨야. 동관의 고양이를 촬영하는데 내게 말을 걸기에 신나게 카메라 스트랩 이야기를 나눴지."

그게 뭐냐 싶었다.

"······그럼 전화로, 그."

"아아, 맞다. 큰일이 났어. 아까 벳시 씨랑 함께 그걸 목격했는데, 벳시 씨가 관계자를 불러서 이야기를 들어보자고 하더라고."

이 이상한 남자의 이름은 벳시인 모양이다. 어쩐지 헷갈리기 쉬운 이름이다.

당사자인 벳시 씨는 내가 자신을 어떻게 생각하든 개의치 않는지 선반에 쌓아둔 케이스에서 프린터 용지를 꺼내 "오오, 역시 후지필름사에서 만든 '갓사이'로군요. 용지는 화질에 거의 영향을 주지 않습니다만, 역시 디지털카메라 초창기부터 명맥을 이어 오는 이 유서 있는 시리즈는" 하고 혼잣말을 했다.

나는 회장 옆으로 가서 속삭였다.

"이 사람이 무슨 일이라도······?"

"사건하고는 무관해." 회장은 고개를 저었다. "전화로 말했잖아? '사건'이 났고 '동아리방에 이상한 남자가 있다'라고."

문맥이 바로 파악되지 않는다.

"······무슨 일 있었나요?"

"네, 큰일이 있었습니다." 어째선지 벳시 씨가 몸을 빙글 돌려 대답했다. "아까 전 담소를 나눈 김에 회장님이 현상하시는 걸 도왔는데요. 그때 사건이 발각됐습니다. 암실에 있는 일포드 씨의 필터가 어느 틈엔가 전부 0호로 교체되어 있더라고요."

"네?" 확실히 그건 큰일이다. 회장도 현상 후에 알아차리고 혼란에 빠졌으리라. "사진이 흐릿하겠네요. 회장님은 4½호를 사용하는데. 그나저나 어떻게 한 거예요? 케이스에 무슨 수작을 부렸나요? 전부? 왜 그런 번거로운 장난을."

아차, 갑자기 너무 많이 말했다. 뜬금없이 얘는 왜 이러냐고 생각하리라 예감했지만 벳시 씨는 내 기세에 맞춰서 목소리를 높였다.

"그렇습니다. 흐리터분해요. 그래서 회장님은 우셨습니다."

벳시 씨가 손으로 가리키자 회장은 우는 시늉을 하기 시작했다.

"내가 사진을 흐릿하게 현상할 줄이야."

사진 동호회 회원 말고는 무슨 소리인지 통 모르겠지만, 뭐 확실히 큰일이기는 했다. 일포드 씨라는 건 동아리방 암실에 놓아둔, 아날로그 사진을 현상할 때 사용하는 사진확대기의 이름이다. '0호'와 '4½호'는 멀티그레이드 필터의 호수이고, 숫자가 클수록 콘트라스트가 강해진다. 회장은 어째선지 강한 콘트라스트를 좋아해서 대부분 4½호로 인화하는데, 그 필터가 0호로 바뀌어 있었던 모양이다. 회장은

서술트릭의 모든 것

그걸 모르고서 콘트라스트가 약해 흐릿한 사진을 현상한 것이다. 사실 네거티브필름이 남아 있으면 다시 현상하면 그만이지만, 이런 일이 되풀이되면 곤란하고 0호 말고 다른 필터는 어디에 있느냐도 문제다.

그나저나 사진, 그것도 아날로그 사진을 찍는 사람이 아니면 뭐가 어떻게 사건인지도 모를 것이다. 누구일까. 이런 마니악한 사건을 일으킨 사람은.

"……아니, 누구긴 누구겠어."

나는 속마음을 작게 소리 내어 말했다. 누구에게 말하는 건지 혼잣말인지 모르게 어중간한 목소리가 튀어나와 주변 사람들을 당황하게 한 적이 한두 번이 아니다. 나는 '아차, 지금 건 무효. 부디 다들 못 들은 걸로 하고 넘어가 주세요' 하고 속으로 빌었다.

하지만 벳시 씨가 이쪽으로 몸을 빙글 돌렸다.

"오호, 히라마쓰 씨. '누구긴 누구겠어'라니 그게 무슨 말씀이시죠?"

그런 말에는 반응 안 해도 되는데, 하고 생각하면서도 대답했다.

"……우리 동호회에서 아날로그 사진을 열심히 찍는 사람은 회장님뿐이거든요."

회장이 허리에 손을 짚고 과장되게 고개를 저었다.

"한탄스럽도다. 아날로그야말로 사진의 순문학이야. 상업사진과 예술의 울타리가 점점 사라진 건 시대의 흐름이지만, 요즘 젊은이들은 이를 자각하면서 울타리를 없앤 게 아니라 그저 단순하게."

"그 이야기는 일단 제쳐놓죠. 그리고 당신도 젊어요." 벳시 씨가 회장의 말허리를 싹둑 잘랐다. "다시 말해 범인은 회장님을 노렸다. 그 말인즉슨 회장님께 원한이 있는 사람이라는 말씀인가요? 덧붙여 여기 동아리방에 들어와도 의심받지 않고, 회장님이 강한 콘트라스트에 집착한다는 것까지 알고 있었던 인물."

말을 시작하면 그칠 줄 모르는 회장의 입을 잘도 막았다고 감탄하면서 나는 고개를 끄덕였다. 회원 중에 몇 명은 그 조건에 해당하지만, 이렇게 하면서까지 회장에게 마니악한 장난을 칠 동기가 있는 사람은 한 명밖에 없었다.

회장이 인상을 잔뜩 찌푸리고 말했다.

"마쓰모토다. 분명 그 녀석이야. 그 녀석밖에 없어."

맞다. 그밖에는 없다. 애당초 아날로그 사진에 박식한 사람도 회장 말고는 마쓰모토 씨뿐이다.

"……또 싸우셨어요?"

"견해의 차이야. 그 논의를 싸움으로 몰고 간 건 마쓰모토고."

싸운 모양이다. 회장과 마쓰모토 씨는 사귀는 사이지만 종종 '예술성의 차이' 때문에 싸움을 벌인다. 너무 자주 싸워서 상급생은 물론이고 나도 익숙해졌다. 부부싸움은 칼로 물 베기라는 말도 있듯이, 대개 일주일쯤 지나면 두 사람은 원래대로 사이가 좋아진다.

하나 이번만은 사랑싸움으로 넘어갈 수 없었다. 나도 은근슬쩍 아날로그 사진에 도전해보려 했는데, 다른 필터는 어디에 됐단 말인가. 사랑싸움 때문에 동아리 비품에 손을 대다니, 그건 안 된다.

"아까 전화로 말했어. 동아리 비품에 손을 대는 건 아니지 않느냐고." 회장이 말했다. "그랬더니 걔가 뭐라고 했는지 알아, 히라마쓰?"

"글쎄요."

"무슨 소린지 모르겠다고 시치미를 뚝 떼더라고. '나는 4교시 강의에 출석했어. 3교시, 4교시 둘 다 일반교양 학부 강의라 건물에서 한 발짝도 나가지 않았고 4교시가 끝나자마자 역 앞 서점에 갔어'라고 그러는 거야. 히라마쓰가 강의를 같이 들었으니까 확인해보라더라." 회장은 긴 책상을 허리로 밀어내고 이쪽으로 왔다. "히라마쓰, 마쓰모토가 한 말이 진짜야?"

"진짜예요." 이 사람은 거리감이 거의 없구나, 하고 생각하며 나는 발을 끌어 살그머니 뒤로 물러났다. 커뮤증에게도 개의치 않고 말을 걸어주는 건 고맙지만.

"4교시 강의를 같이 들었어요."

"대강의실이잖아? 도중에 빠져나간 거 아니야?"

"아니요, 옆에 앉았거든요. 저보다 먼저 앉아 있었으니, 적어도 4교시부터는 마쓰모토 씨한테 알리바이가 있어요." 범인은 마쓰모토 씨밖에 없지만, 그 부분은 명확하게 말해둬야 공정하다. "4교시 이전 아닐까요?"

회장은 안쪽 암실 문을 봤다. 물론 지금은 '사용 중'이라는 램프가 꺼져 있다. "내가 낮에도 암실을 사용했는데 별 이상 없었어. 그리고 3교시가 끝날 때까지 동아리방에 있었지만 아무도 오지 않았고. 그리고 녀석은 3교시에 절대로 낙제해서는 안 되는 강의를 들으니까, 일부러 그 시간에 빠져나오지는 않을 거야."

그렇게 사정을 잘 아는 걸 보면 결국 사이가 좋은 거 아닌가 싶었다. "그럼 3교시가 끝나고 4교시가 시작되기 전 아닐까요? 우리 학교 캠퍼스는 넓고 북쪽 동관과 남쪽 일반교양 학부 건물은 반대편이지만, 휴식시간 15분을 최대한 사용해서…… 예를 들어 자전거를 탄다면요? 회장님이 동아리방을 나선 후에 숨어들어서 범행을 저지르고, 서둘러 일반교양 학부 건물로 돌아가서 4교시 강의를 들을 수 있지 않을까요?"

말하면서 생각했다. 15분이면 제법 여유가 있는 것 같지만, 강의 시간을 5분쯤 초과하는 교수님은 얼마든지 있고, 대강의실은 강의가 끝난 후 출입구 부근이 혼잡해서 움직이기 힘들다. 일반교양 학부 건물 앞에 자전거를 준비해놓고 동아리 회관과 일반교양 학부 건물을 전속력으로 왕복해야 할지도 모른다.

"그렇다면 누군가 죽도록 자전거 페달을 밟는 마쓰모토

씨를 목격했을 가능성이 있겠군요." 벳시 씨가 핸드폰을 꺼냈다. "제 조수가 입시에 대비해 이 대학을 견학하고 싶다고 했거든요. 지금 와 있을 겁니다. 자전거를 타고 전속력으로 달리면 일반교양 학부 건물에서 동아리방까지 몇 분 만에 왕복할 수 있는지 실험을 시켜보죠."

"저어, 그게, 어." 나는 당황해서 말렸다. "위험해요. 그리고 자전거가 있나요?"

"캠퍼스 주변에서 얼마든지 팔겠죠."

"아니요, 아니요, 그러지 마세요."

자전거 구매를 무슨 곽 티슈 하나 사는 것처럼 이야기하다니. 그리고 이 벳시라는 사람은 대학을 안내해주기로 한 아이를 내팽개치고 회장을 따라 여기까지 온 걸까. 그건 너무하지 않은가.

"확실히 캠퍼스에 익숙한 마쓰모토 씨와 제 조수를 비교하면 시간이 너무 차이 나서 그다지 참고가 되지 않을지도 모르겠네요." 벳시 씨는 고개를 끄덕이고 핸드폰을 다시 꺼내 들었다. "그럼 주변 탐문을 시켜보죠. 마쓰모토 씨의 인상착의는 아십니까?"

무슨 조수인지는 모르겠지만 사람을 너무 마구잡이로 부려먹는다.

"머리는 예쁜 밝은 갈색이고, 소매 이쯤이 펼쳐진 흰색 블라우스에, 이쯤에 큼지막한 버튼이 달린 청반바지 차림이에요. 신발은 뭐였더라. 가방에는 폭발한 것 같은 꽃무늬가 들어갔어요." 사진이 취미인 사람 중에는 예술적 센스가 있는 사람이 많으며, 그 센스가 약간 독특하게 느껴질 때도 적지 않다. 당연히 나는 그런 계통이 아니며 짜잔, 하고 다리를 내놓고 당당하게 돌아다니는 마쓰모토 씨를 다른 세상 사람이라고 생각한다. "어, 그런데 탐문을 시키신다고요?"

"그 정도는 할 수 있는 아이입니다. 그리고 목격 증언이라는 객관적인 증거가 없으면 범인에게 자백을 받기가 어려워요."

"그야 뭐, 그렇겠지만요." 조수라는 애는 대학을 견학하러 왔을 텐데. "아니, 그래도 그건 좀. ……저어, 제가 일단 마쓰모토 씨를 만나볼게요."

"직접 설득하는 것도 한 가지 방법이죠. 부탁드리겠습니다." 벳시 씨가 전화를 걸었다. "……응. 아니, 저는 지금 동아리 회관에 있어요. 마침 잘 됐군요. 탐문을 하면서 오세요. 사진 동호회의 마쓰모토 씨를 봤는지 못 봤는지. 잘 들으세요, 인상착의는……."

그러고 보니 나는 벳시 씨와는 별 거부감 없이 이야기를 나눴다. 벳시 씨가 어지간한 대화 예절이나 행동 양식 따위는 날려버릴 만큼 확실하게 이상하기에 안심한 걸 거라고 나는 스스로를 분석하며 동아리방을 나섰다. 밖에서 마쓰모토 씨에게 전화를 걸어 지금 어디 있는지 물었다.

그 조수는 당혹스러운 목소리였다. 늘 이렇게 벳시 씨에게 휘둘리는 걸까.

호리키 히카루 4

안경 낀 소녀를 안내하고 있자니 그녀에게 전화가 걸려왔다. 내가 말을 걸기 전에 전화한 벳시라는 사람인 듯 그녀는 당혹스러운 목소리로 통화했다.

"네? 탐문요? 네. ……음, 뭐, 저는 조수니까요. 그런데 무슨 사건인가요? ……아니요, 하지만 지금 동아리 회관에."

가엾게도 이래저래 휘둘리는 모양이다. 그런데 '탐문'이라니 대체 뭘까.

소녀는 난감한 표정으로 나를 힐끗 봤다. "그게, 아니요, 친절한 학생분이 안내하고 계세요. 그러니까 일단, 아니요."

나는 안녕하세요, 친절한 학생분입니다, 라고 말하듯 고개를 끄덕여봤다. 만약 동아리방에 히라마쓰 시오리 씨가 있다면 첫인상은 괜찮을지도 모르겠다. 그나저나 소녀는 '탐문'이라고 했다. '사건'이라고도 말했다. 대관절 무슨 일일까.

"……네, 사진 동호회의 마쓰모토 씨. 네. 인상착의는 그렇고, 음, 머리 길이나 체격도 부탁드릴 수 있을까요?"

정말로 '탐문'인 모양이다. 게다가 익숙한 모습이다. 무슨 조수인지는 모르겠지만 조수라는 소녀가 가방에서 수첩과 볼펜을 척 꺼냈다.

"네, 자전거로. 알겠습니다. 그런데……대체 무슨 사건인데요? 마쓰모토 씨를 용의자로 봐도 되겠죠?"

"……'마쓰모토 씨'." 역시 그렇게 말한 것 같아 조수에게 확인해봤다. "저, 지금 '사진 동호회의 마쓰모토 씨'라고 했지?"

조수가 의아하다는 듯 안경 속의 눈을 크게 뜨고 고개를 끄덕였다.

나는 말을 이었다. "저기, 나 아까 그 사람 봤어. 일반교양 학부 건물에 가는 도중에."

"오오, 그거 고맙군요! 몇 시경이었습니까?"

조수가 아니라 핸드폰에서 반응이 있어서 놀랐다. 용케 내 목소리를 들었구나, 생각하며 대답했다. 조수와 핸드폰 중 어디를 향해 말하면 될지 모르겠다.

"어, 4교시가 시작되기 전에…… 도서관에서 나와 걸어서 일반교양 학부 건물 대강의실로 갔어요." 왜 그렇게까지 자세히 봤는지는 설명 못 하지만, 일단 그렇게 말했다. "틀림없습니다."

"오호라!"

한층 큰 목소리가 나는 바람에 핸드폰에서 급히 귀를 뗀 조수가 "으이그!" 하고 화를 냈다.

"도서관! 마쓰모토 씨는 '일반교양 학부 건물에서 한 발짝도 나가지 않았다'라고 했다는데 그럼 거짓말을 한 셈이로군요. 하지만 동시에 도서관에서 걸어서 대강의실로 향했다고 하면 알리바이도 성립할 것 같습니다. 일이 묘하게 굴러가는군요. 아아, 거기 당신, 참 쓸모 있는 증언을 해주셨

서술트릭의 모든 것

습니다. 멋져요!"

벳시 씨는 흥분했는지 정중한 말투였지만 이쪽까지 들릴 만큼 크게 말했다. 조수는 벳시 씨가 또 느닷없이 소리를 지르지는 않을까 핸드폰을 힐끔힐끔 확인한 후 전화기를 귀에 댔다.

"어떻게 할까요? 탐문 진행할까요?"

"아니요! 거기 있는 분에게 증언을 자세하게 듣는 편이 낫겠습니다. 즉시 동아리 회관 3층, 사진 동호회 동아리방으로 오세요."

"······알겠습니다."

조수가 미안하다는 듯이 이쪽을 봤다. 나는 고개를 끄덕였다. 아무튼 사진 동호회에는 갈 수 있을 듯했다.

그런 연유로 나는 절호의 핑곗거리를 얻어 동관 3층의 사진 동호회 동아리방에 처음으로 발을 들여놓았다. 하지만 히라마쓰 씨 본인은 없었다. 아직 5교시 강의 중이고, 어느 동아리든 동아리방에 죽치며 지내는 사람은 모든 부원의 몇 퍼센트에 지나지 않는 게 보통이니, 그 정도까지 행운을 바라는 건 과한 욕심이다.

동관 내부의 동아리방은 테니스 동아리든, 무슨 오타쿠 동아리든, 교육 자원봉사 동아리든 죄다 비슷하게 생겼다. 좁은 공간의 한복판을 점령한 긴 책상과 접이식 의자, 안 그래도 '빈틈'에 지나지 않는 그 공간을 더욱 협소하게 만드는 벽 앞의 선반, 천장까지 닿는 책장 대용의 컬러 박스, 스티커를 치덕치덕 붙인 문, 상황에 따라서는 열지도 못할 만큼 꽉 찬 사물함 등으로 구성되는데, 사진 동호회도 마찬가지였다. 다만 다른 동아리방과는 약간 구조가 달라, 한쪽 벽에 암실로 통하는 문이 있었고 문 위쪽에는 '사용 중'을 나타내는 램프가 달려 있었다. 암실 이용 중에 밖에서 문을 열면 필름이 감광되기 때문이리라.

그리고 벽에는 현역 회원이나 졸업생의 작품으로 보이는 사진이 수두룩하게 붙어 있었다. 많이 먹기 도전을 하는 식당에서 기념사진을 이런 식으로 벽에 쭉 붙여놓지 않나 생각하며, 이 중에 히라마쓰 시오리 씨의 작품이 있을까 궁금해서 살펴봤다. 대충 훑어봤지만 그럴싸한 사진은 눈에 띄지 않았다. 좀 더 자세히 살펴보고 싶었다. 만약 히라마쓰 씨의 사진을 발견하면 "이 사진 좋네요. 누구 작품인가요?" 하고 회장에게 정보를 끌어낼 수 있지 않을까 싶었지만, 애당초 내가 여기에 온 건 증언을 하기 위해서니 일단 4교시가 시작되기 전 마쓰모토를 봤을 때의 이야기부터 해야 했다. 내가 대체 무슨 사건의 증인이 됐는지 궁금했는데, 나보다 그걸 더 궁금해하던 조수가 먼저 물어봐서 사건의 세부 내용이 밝혀졌다. 마쓰모토가 회장과 사귀는 사이인 데다 이런 사건까지 일으켰다니, 겉모습에서 느껴지는 이미지만 봐서는 의외였다.

"……역시 거짓말을 한 건가, 그 녀석."

회장은 침울한 표정으로 팔짱을 꼈다.

"나한테는 일반교양 학부 건물에서 한 발짝도 나가지 않았다고 했는데."

"하지만 이 분의 멋진 증언 덕분에 마쓰모토 씨의 알리바이는 성립합니다. 남쪽 끄트머리에 있는 일반교양 학부 건물에 있던 척하고 북쪽 끄트머리에 있는 여기까지 왕복했다면 도서관에 들렀다가 유유히 걸어서 일반교양 학부 건물로 돌아갈 여유는 없겠죠."

"도서관은 동쪽이죠. 이 건물까지는 5백 미터 가까이 돼요. ……혹시 잘못 보신 건 아니겠죠?"

"……아닙니다." 어느 틈엔가 나는 고등학생일 조수에게도 존댓말을 쓰게 됐다. 벳시 씨의 희귀한 흰색 재킷에 압도당한 데다, 그런 그와 파트너임을 알았기 때문일까. "뭐, 잘못 볼 만한 거리는 아니었으니까요."

실은 말을 걸 기회를 노리며 계속 따라갔기 때문이지만, 거기까지는 말하지 않았다.

"흠." 벳시 씨는 넥타이 모양으로 생긴 희한한 넥타이핀을 검지로 탁 튕겼다. "당신께 한 가지 여쭙겠습니다."

"경제학부 2학년 호리키입니다."

회장이 놀란 듯한 표정을 지었지만, 벳시 씨가 곧바로 질문을 던졌다.

"호리키 씨, 이번 사건의 용의자…… 사진 동호회의 마쓰모토 씨를 어떻게 알고 계셨습니까?"

나는 동생이 사진 동호회 소속이며 마쓰모토와 친하게 지낸다는 것을 알려줬다.

"……그래서 마쓰모토에게도, 다른 회원분들께도 한번 인사를 드릴까 싶었어요."

"예의도 바르셔라." 어째선지 회장이 고개를 꾸벅 숙였다. "호리키의 오빠시군요. 오빠 분은 어떠신가요. 사진에 흥미 없으신가요?"

나는 즉시 대답했다.

"있습니다. 동생이 가입한 걸 계기로 약간 흥미가 생겼어요. ……카메라는 비싼가요?"

"아니요, 아니요. 괜찮은 일안 리플렉스 카메라는 7만 엔쯤 하지만, 처음에는 콤팩트 카메라도 상관없습니다. 제일 싼 건 1만 엔도 안 해요. 뭐, 개인적으로는 초심자야말로 어느 정도 좋은 장비로 시작해야 한다는 게 제 지론이고, 장비로 입문하는 편이 역시 즐거우니까 일안 리플렉스 중에 니콘의 D 시리즈나 펜탁스의 K 시리즈를 마련하는 게 좋다고 생각합니다. 본체만이라면 4, 5만 엔에 살 수 있고 싸게 살 수 있는 사이트도 있으니까요."

왠지 벳시 씨가 회장의 말에 반응했다.

"호오, 회장님은 카메라를 잘 아시는군요."

"에이, 그쪽도 잘 알면서."

"아니요, 저는 카메라는 잘 모릅니다. 프린터와 주변기기는 좋아합니다만."

서술트릭의 모든 것 |

"그건 또 뭔 소리?"

초면이라면서도 벳시 씨와 회장은 아주 사이가 좋아 보였다. 그 모습을 보고 조수가 두통이 오는 듯한 표정을 지었으니 벳시 씨는 늘 이러는지도 모르겠다.

"그건 그렇고." 회장이 팔짱을 꼈다. "난감한걸. 범인은 분명 마쓰모토일 텐데, 시간상으로는 범행이 힘들어."

"3교시가 끝난 후 일반교양 학부 건물을 나서는 데 1분, 일반교양 학부 건물에서 이 건물까지는 직선거리로 4백 미터 가까이 되니까 자전거를 타도 2분은 걸리겠죠. 암실에서 범행을 저지른 후 이 건물을 나서기까지 빨라도 3분. 자전거로 이번에는 도서관까지 가는 데 2분. 도서관에 들어갔다 다시 나오기까지를 1분으로 잡아도, 도서관에서 일반교양 학부 건물까지는 시속 5킬로미터의 걸음으로 6분 이상 걸립니다. 게다가 호리키 씨의 증언에 따르면 마쓰모토 씨는 교실에 아슬아슬하게 도착한 것도 아닌 모양이고요. 히라마쓰 씨도 '자기보다 먼저 앉아 있었다'라고 증언했습니다. 그렇다면 강의가 시작되기 2분 전에는 강의실에 있어야 하겠죠."

벳시 씨는 항복이라는 듯 과장된 표정을 지었다. 아무래도 지금 이 상황을 즐기고 있는 듯하다.

"그러니까 최단시간으로 계산해도 합쳐서 15분입니다. 게다가 호리키 씨가 본 마쓰모토 씨도, 히라마쓰 씨가 본 마쓰모토 씨도 숨을 헐떡이거나 땀을 흘리지 않았죠. 그렇다면 좀 더 시간이 걸렸을 테니, 어떻게 봐도 시간이 모자라요.

마쓰모토 씨는 알리바이가 성립하는 것 같은데요."

벳시 씨의 설명을 들으며 나는 드디어 '히라마쓰'라는 이름이 나왔다고 생각했다. 역시 히라마쓰 씨는 사진 동호회 회원이었다. 나는 몸을 내밀었지만, 물론 말허리를 뚝 끊고 히라마쓰 씨에 관해 물어볼 상황은 아니었다. 더구나 벳시 씨의 설명대로 사건에서 어쩐지 불가능성만 드러났다.

"알리바이는 둘째 치고, 애당초 마쓰모토 씨는 범인이 아니지 않을까요?" 조수가 안경을 고쳐 쓰며 벳시 씨를 봤다. "범인이라면 도서관에 들르지 않고 일반교양 학부 건물과 이 건물만 왕복하면 되겠죠. 자전거로 왕복하면 시간이 충분한데 굳이 멀리 있는 도서관에 들르다니, 범인의 행동치고는 이상하지 않나요?"

"하지만 달리 범인 후보가 없는걸." 회장이 앓는 소리를 냈다. "……뭔가 이유가 있었나. 아니면 도서관에 들르는 것 자체가 알리바이 트릭에 필요했을지도."

하지만 벳시 씨도 "그렇지만요" 하고 말을 꺼냈다.

"애당초 호리키 씨가 마쓰모토 씨를 목격한 건 우연입니다. 덧붙여 호리키 씨가 이렇게 저희에게 마쓰모토 씨의 알리바이를 증언하는 것도 저희가 만들어낸 우연이고요. 즉, 마쓰모토 씨가 저희에게 뭔가 트릭을 사용해 알리바이가 있는 것처럼 꾸민 게 아닙니다. 마쓰모토 씨 본인은 아무것도 하지 않았을 거예요. 그런데도 불가능 상황이 생긴 거고요."

들고 보니 그랬다. 마쓰모토의 알리바이는 우리가 '발견'

한 것이다. 최면술사도 아닌데 설마 우리가 알리바이를 발견하도록 조종했을 리 없다. 잘 생각해보니 아주 기묘한 상황이었다.

"······트릭을 사용하지 않은 불가능 범죄인 건가요."

"필터를 교체한 것만으로는 범죄가 맞는지 긴가민가하니까 '불가능 마니악 장난'이라고 하죠. 트릭을 사용하지 않은 불가능 마니악 장난. 멋집니다."

그런 게 가능할까 싶어 나는 고개를 갸웃거렸지만, 벳시 씨는 고급 요리를 음미하듯 눈을 감고 "음, 멋있어" 하고 중얼거리다가 말을 이었다.

"취향이 마니악하군요. 하지만 이야기를 듣고 저는 어떤 가능성이 보였습니다만."

벳시 씨는 웃는 얼굴로 말했다. '마니악'이라는 단어를 최고의 찬사로 사용하는 부류의 사람이구나 싶었다.

옆에서 핸드폰이 진동하는 소리가 나서 돌아보자, 전화를 받은 회장이 모두를 둘러봤다.

"······히라마쓰야. 마쓰모토를 찾아서 카페테리아에 같이 있대."

조수가 그곳이 어디냐는 시선으로 묻기에 나는 "일반교양 학부 건물 바로 옆입니다" 하고 대답했다. 대답하면서 설레는 마음이 왈칵 솟아오르는 것을 느꼈다. 드디어 히라마쓰 씨를 만날 수 있다.

"그럼 가실까요. 일반교양 학부 건물 바로 옆이라니 다행이군요. 카페테리아라면 확인하고 싶은 점도 있으니까요."

"카페테리아에서요?" 이번 사건에는 등장하지도 않은 곳일 텐데.

"네, 그리고 한 가지 더." 벳시 씨가 나를 봤다. "동생이신 호리키 소라나 씨를 불러주시지 않겠습니까? 그러면 모든 수수께끼가 풀립니다."

"……네?"

동생이야말로 이 사건과 전혀 무관하지 않은가. 하지만 벳시 씨는 확신하는 듯, 눈이 아프도록 빛이 반사되는 흰색 재킷을 펄럭 나부끼며 동아리방을 나섰다. 나는 망설였다. 기껏 히라마쓰 씨를 직접 만날 기회가 왔는데, 굳이 동생을 개입시켜야 한단 말인가.

하지만 물론 그건 내 사정이다. 그리고 사건이랄까, 벳시 씨의 말을 빌리자면 '불가능 마니악 장난'의 진상도 궁금했다. 나는 핸드폰을 꺼내 동생에게 전화를 걸었다. 동생은 바로 전화를 받더니 "어쩐 일이야?" 하고 딱히 성가셔하는 듯한 기색도 없이 물었다. 이런 걸 보면 역시 주변 사람들 말대로 남매 사이는 좋은지도 모르겠다.

동생은 생협 서점에 있었지만 바로 갈 수 있다고 했다. 나는 그렇다고 모두에게 전달했다. 아무튼 목적지는 카페테리아다. 보아하니 사건은 벳시 씨가 곧바로 해결할 듯한 분위기다. 그렇다면 히라마쓰 씨에 대해서는 그 후에 생각하기로 했다.

히라마쓰 시오리 4

나는 카페테리아에서 마쓰모토 씨와 케이크를 먹으면서 통화를 하다가 놀랐다. 틀림없이 마쓰모토 씨가 범인이니까 일단 만나서 이야기를 하면서 어떻게 마쓰모토 씨를 '자수' 시킬까 고민하고 있었는데, 벳시 씨의 말에 따르면 마쓰모토 씨에게는 '완벽한 알리바이'가 있는 모양이었다. 이름은 모르지만 지나가던 사람이 우연히 그걸 증언해줬다면 허위가 개입될 여지도 없다. 그럼 속수무책 아니냐 싶었지만, 통화 분위기상 벳시 씨는 곧바로 '사건'을 해결할 것 같은 낌새였다.

먹느라고 말을 못 하는 나는 묵묵히 롤 케이크만 씹으며 생각했다. 하지만 알 수가 없었다. 앞에 앉아 뉴욕 치즈 케이크를 오물거리는 마쓰모토 씨는 완벽하게 알리바이가 성립한다. 자리에 앉자마자 사건 이야기를 해봤지만, 마쓰모토 씨는 "나, 일반교양 학부 건물에서 한 발짝도 안 나갔어" 하고 딱 잘라 말하더니 "지금 회장과 냉전 중이거든. 그러니 그쪽도 나를 범인으로 몰고 싶은 거 아니겠어?" 하고 눈 하나 깜짝하지 않았다. 확실히 일반교양 학부 건물에서 동관, 덧붙여 도서관 사이를 순간이동이라도 하지 않으면 범행은 불가능하다. 그리고 인간은 순간이동을 할 수 없다.

다른 화제를 찾아야 할까, 이번 사건에 대해 뭔가 더 이야기해야 할까 망설이다 나는 일단 홍차를 마시며 다시 생각해보기로 했다. 추리소설은 싫어하지 않으므로 예를 들어 자전거가 아니라 오토바이를 감춰놨다면 어떨까 가정해봤다. 하지만 기껏해야 몇백 미터 거리에서는 오토바이를 탄다 해도 시간을 크게 단축할 수 없다. 그럼 공범이 있었다? 공범을 이용했다면 마쓰모토 씨는 더욱 완벽한 알리바이를 만들 수 있었을 테니, 3교시부터 4교시 사이에 혼자 있지는 않았을 것이다.

롤 케이크를 5분의 1 정도 포크로 떼어냈다. 크림이 적은 걸 보고 크림만 다시 떠서 그 위에 얹었다. 기대했던 만큼 폭신폭신하고 표준적으로 달콤한 케이크를 맛보며 역시 눈앞에 있는 이 사람은 범인이 아닌 걸까 하고 생각했다. 하지만 동기도, 범행의 전제가 되는 지식도 마쓰모토 씨를 빼면 가지고 있을 사람이 얼마 없다. 그리고 마쓰모토 씨는 도서관에서 일반교양 학부 건물로 걸어가는 모습이 목격됐는데도 "일반교양 학부 건물에서 한 발짝도 나가지 않았다"라고 거짓말을 했다. 어떻게 봐도 마쓰모토 씨가 범인이다.

결국 나는 두 손 두 발 다 들었다. 그러므로 풀리지 않는 수수께끼 때문에 고민하는 척해서 침묵하는 지금의 상황을 얼버무렸다. 커뮤증은 침묵이 무섭다. 하지만 지금 상황이라면 마쓰모토 씨에게도, 주변 사람에게도 '케이크를 먹고 있으니까 잠자코 있는 것'이라는 변명이 통한다. 왜 그렇게 사소한 일만 신경 쓰는 거냐고 한마디 들을 것 같지만, 이게 우리 같은 커뮤증의 사고방식이다.

서술트릭의 모든 것

"……그 인간, 아직도 내가 범인이라고 의심해?"

마쓰모토 씨가 빛나는 갈색 머리를 흔들며 한숨을 쉬었다.

나는 "음……아마도요." 하고 대답했다. "하지만 마쓰모토 씨가 그런 거 아니죠?"

"아니야."

마쓰모토 씨는 나직하게 대답했다. 하지만 몰래 표정을 살피자 아무래도 힘이 없어 보였다. 평소 성격상 마쓰모토 씨는 누명을 뒤집어쓰면 더 화를 낼 것이다.

그때 입구에서 이야기 소리가 들려왔다. 흰색 재킷을 입은 벳시 씨는 안 그래도 한눈에 알아볼 만큼 눈에 띄는데, 어째선지 입구에서 금전등록기를 어루만지고 있는 바람에 주변의 점원과 손님들 사이에서 한층 눈에 확 띄었다.

"이야, 척 보기에도 카페테리아 느낌이 물씬 풍기는 금전등록기군요. 태블릿 전성기인 요즘 세상에 유서 깊은 도시바 테크의 TS-1! 아담한 노 프랜차이즈 가게의 독특함이 잘 드러나 있어요. 이 앙증맞은 크기의 서랍이."

요컨대 전자기기 마니아구나 싶었다. 그러고 보니 저 사람은 동아리방의 인화지와 내 카메라 스트랩에도 반응을 보였다. 잘 모르겠다. 마쓰모토 씨도 고개를 돌리더니 '어쩐지 이상한 사람이 들어왔다'라는 식의 표정을 지었다.

그리고 우리는 벳시 씨를 따라 들어온 사람을 보고 동시에 소리쳤다.

"엑, 왜 여기에."

"앗, 왜 여기에."

마쓰모토 씨가 소리친 건 회장을 봤기 때문이리라. 내가 소리친 건 놀랍게도 회장 옆에 호리키 히카루 씨가 있었기 때문이다. 이게 어찌 된 일인가 싶었다. 옆에 있는 안경 소녀가 잡아당기자 금전등록기에서 떨어진 벳시 씨는 우리를 보고 싱글대며 다가왔다.

"오, 마쓰모토 씨와 히라마쓰 씨. 함께 계시는군요."

함께고 뭐고 내가 불렀다. 하지만 벳시 씨는 상황을 이해하지 못해 당혹스러워하는 마쓰모토 씨를 본체만체하며 다른 사람들과 함께 의자와 테이블을 가져와 우리 주변에 늘어놓았다. 마쓰모토 씨는 회장을 보고 자리에서 일어서려 했지만 벳시 씨의 별난 행동에 주눅이 들어 기회를 놓친 듯도로 앉았다.

"오오, 두 분 다 변함없으신 듯해서 다행입니다. 잘 지내셨습니까."

벳시 씨가 유난히 명랑하게 굴자 마쓰모토 씨는 당황스러워했다.

"저어, 우리 어디서……?"

"아니요, 초면인데요."

"네?"

마쓰모토 씨가 '이 사람 뭐냐'는 눈으로 나를 봤다. 나라고 뭘 어떻게 설명하겠는가. 호리키 히카루 씨도 어리둥절

서술트릭의 모든 것

한 표정으로 마쓰모토 씨와 벳시 씨를 번갈아 봤다.

그걸 잽싸게 알아차렸는지 벳시 씨가 말을 꺼냈다.

"이쪽은 제 조수. 마침 이 학교를 견학하러 왔습니다. 그리고 이쪽은 잘 아시다시피 사진 동호회 회장님. 그리고 이쪽이 증인 호리키 히카루 씨입니다. 저희 조수를 안내해주신 모양인데, 마쓰모토 씨를 봤다고 해서서요."

웬걸, 도서관에서 일반교양 학부 건물로 향하는 마쓰모토 씨를 봤다는 사람이 호리키 히카루 씨였다니. 나는 내심 문자로는 표현할 수 없는 소리를 지르며 놀랐다. 이 무슨 우연, 어쩌면 행운. 그 후 사람들은 각자 우리 주변에 앉았고, 호리키 씨는 어쩌다 보니 내 옆에 앉았다. 우와아, 헉, 옆이다. 무심코 의자를 빼서 도망칠 뻔했다.

조수가 당혹스러워하는 마쓰모토 씨를 배려하는 표정으로 말했다.

"음, 일단 마쓰모토 씨께 상황을 설명해드리는 편이 좋겠네요."

하지만 점원이 왔다. 회장은 로열 밀크티, 조수는 레어 치즈 케이크와 홍차 세트, 호리키 씨는 블렌드 커피. 오, 커피를 좋아하는 건가 하고 내가 정보를 수집하는 동안 벳시 씨는 팔짱을 낀 채 고민했다.

"시험 삼아 블렌드 커피의 맛을 음미해보고 싶지만, 두유라테를 마셔보고 싶은 기분이기도 합니다. 어떻게 할까요?"

그렇게 남에게 물어본들 답은 안 나온다. 그 후로도 벳시 씨는 혼자 계속 고민했다. 조수는 익숙한지 벳시 씨가 고민하는 사이에 재빨리 상황을 설명해줬다. 이야기를 들은 마쓰모토 씨는 당황한 기색이었지만, 회장과 한순간 시선이 마주치자 눈을 내리깔았다.

"……어쩐지 일이 커진 것 같네요."

호리키 히카루 씨가 마쓰모토 씨와 내게 마음을 써주듯 말했다. 나는 눈을 내리깔고 "아니요" 하고 말하는 게 고작이었다.

"두유 라테. 아냐, 블렌드."

벳시 씨는 여전히 고민 중이었다. 뒤에 서 있는 점원은 난감한 기색이었다.

회장과 마쓰모토 씨도 말없이 고개를 숙이고 있었다. 호리키 히카루 씨가 분위기를 밝은 방향으로 끌고 가려는지 물 흐르듯 자연스럽게 조수에게 말했다.

"우리 학교를 견학할 예정이었죠? 상관도 없는 일에 말려들어서 고생이네요."

"아니요, 늘 있는 일이니까요."

조수는 태연하게 답했다.

"'오리 연못'에 내려가 봤어요? 우리 캠퍼스에서는 그쪽 숲이 제일 분위기가 편한 곳이에요. 봄에는 신입생 환영회 때문에 '술판의 숲'이 되지만."

"봤어요. 오리가 있더군요. 동물은 좋아해요."

"이번에는 역시 기분을 우선해서 두유 라테. 하지만."

홀로 고민하던 벳시 씨는 뒤에 서 있는 점원이 난감해하는 걸 알아차린 듯 "어이쿠, 이거 기다리게 해서 미안합니다"하고 말했다. 실제로 '어이쿠'라는 감탄사를 사용하는 사람은 처음 봤다.

　"에잇, 결정했습니다. 블렌드 커피와 두유 라테 주세요."

　점원은 주문을 입력하며 되물었다.

　"블렌드 커피와…… 어, 두유 라테…… 는 어느 분이신가요?"

　"둘 다 접니다. 음. 그게 최선이겠죠. 그럼 사건 말씀인데요."

　옆에서 조수가 "네, 괜찮아요. 이 사람이 둘 다 마실 거니까 같이 주세요"하고 점원에게 해명하는 사이에 벳시 씨가 모두를 둘러보고 말을 꺼냈다.

　"사건의 개요는 방금 설명한 대로입니다만, 그렇다면 의문이 생깁니다. 마쓰모토 씨께는 알리바이가 있으니 범행은 불가능하지 않느냐는 의문이죠. 게다가 알리바이는 히라마쓰 씨와 호리키 씨 두 분 다 마쓰모토 씨를 '우연히' 본 결과 성립합니다. 즉, 마쓰모토 씨가 작위적으로 연출한 게 아니에요. 요컨대 마쓰모토 씨 본인은 알리바이 트릭이라고는 사용하지 않은 셈입니다. 그런데도 불구하고 마쓰모토 씨의 알리바이는 성립했고요."

　벳시 씨는 알리바이를 증언한 나와 호리키 씨를 교대로 봤다.

"물론 예를 들면 마쓰모토 씨 본인이 뭔가 트릭을 실행했고, 실은 호리키 씨 말고 다른 사람에게 목격되기 위해 또는 도서관의 대출기록 시각을 증거로 이용할 목적으로 도서관에 들렀을지도 모릅니다. 하지만 그것도 이상해요. 마쓰모토 씨는 회장님이 전화로 물었을 때 '일반교양 학부 건물에서 한 발짝도 나가지 않았다'라고 거짓말을 하셨습니다."

"하지만."

마쓰모토 씨가 반론하려 하자 벳시 씨가 제지했다.

"마쓰모토 씨는 왜 알리바이가 성립하는가? 더구나 마쓰모토 씨 본인은 알리바이 공작을 전혀 하지 않은 듯한데, 그건 어째서인가? 그리고 마쓰모토 씨는 왜 회장님에게 '일반교양 학부 건물에서 한 발짝도 나가지 않았다'라고 거짓말을 했는가? 모든 수수께끼는 이제 곧 오실 호리키 소라나 씨가 풀어주실 겁니다."

호리키 소라나. 갑자기 왜 그 이름이 나온 걸까. 그녀는 사진 동호회 소속이기는 하지만, 동아리방에는 거의 얼굴을 내밀지 않는 데다 애당초 이번 사건에는 전혀 등장하지 않았다.

무심코 옆에 앉은 호리키 히카루 씨를 보자 그도 뭐가 뭔지 모르겠다는 듯 고개를 갸웃거리고 있었다.

"……제 동생이 이번 일과 무슨 관계가?"

"소라나 씨가 오시면 수수께끼가 저절로 풀릴 겁니다."

점원이 음료와 케이크를 가져왔다. 벳시 씨는 그걸 휘 둘러봤다.

"그때까지 느긋하게 음료나 마십시다."

음료를 마시며 소라나 씨를 기다리는 동안 벳시 씨는 입을 다물 줄 몰랐다. 회장과 카메라 주변기기 이야기에 열을 올렸는데, 히카루 씨도 거기에 흥미를 보였다. 어쩌면 이 사람을 사진 동호회에 가입시킬 수 있을지도 모른다는 원대한 꿈이 내 머릿속에 새록새록 샘솟았다.

나는 이야기를 하면서 옆에 앉은 히카루 씨를 슬금슬금 쳐다봤다. 입학 직후에 본 '그 사람'이 지금 옆에 앉아 있다. 뒤에서 훔쳐보는 게 아니라 이렇게 제대로 만나는 건 처음이었다. 이런 기회가 올 줄은 꿈에도 몰랐기에 그야말로 충격이었다. 사건에 직면한 와중이기도 해서 마음이 정리되지 않고 어수선했다. 히카루 씨가 느닷없이 옆에 앉아서 놀랐지만, 바꿔 말하면 나를 별로 경계하지 않는다는 뜻이리라.

하지만 그런 한편으로 가슴 한구석이 철렁 내려앉는 느낌도 들었다. 히카루 씨가 비스듬히 앞에 앉은 마쓰모토 씨를 힐끔거렸기 때문이다. 몰래 관찰하고 있다고 해도 되겠다. 반면 옆에 있는 내게는 그다지 주의를 기울이지 않았다.

그렇다고 딱히 낙담한 것은 아니다. 내 입장에서는 몇 달간 끙끙거린 끝에 기적적으로 만난 거지만, 히카루 씨가 보기에 나는 '어쩌다 보니 사건에 말려든 관계자'에 지나지 않을 테니까 별 관심을 두지 않는 게 당연하다.

어쩌면 히카루 씨 취향은 마쓰모토 씨 같은 사람인가, 하는 생각을 떨쳐냈다. 그건 지나친 생각이다. 상식적으로 생각하면 히카루 씨도 지금은 사건으로 머릿속이 가득한들 이상하지 않다. 용의자인 마쓰모토 씨를 눈여겨보는 것도 당연했다.

호리키 히카루 5

진짜 히라마쓰 시오리 씨와 제대로 만나는 건 처음이었다. 이런 기회가 올 줄은 꿈에도 몰랐기에 그야말로 충격적이었다.

이야기하면서 몇 번 몰래 그녀를 쳐다봤지만, 그녀는 기본적으로 고개를 숙이고 있었다. 한 번 눈이 마주치긴 했지만 냉큼 시선을 돌렸다. 생각해보면 내가 일방적으로 알고 있을 뿐, 그녀 입장에선 나는 생판 남이다. 내 입장에서는 몇 달간 끙끙거린 끝에 기적적으로 만난 거지만, 히라마쓰 씨가 보기에 나는 '어쩌다 보니 사건에 말려든 관계자'에 지나지 않는다. 친하게 이야기를 나눌 필요도 없거니와 눈을 마주칠 이유도 없다.

어쩌면 나를 거북한 타입이라 여기는 걸까. 어쩐지 다들 입을 다물기가 일쑤라 분위기가 답답해지지는 않을까 싶어 조수에게 말을 걸고 회장에게 이것저것 물어보는 등 계속 떠들었는데, 지적이고 차분한 성격인 히라마쓰 씨에게는 그게 '거북한 타입'으로 느껴졌을지도 모르겠다. 나를 경박하다고 여기는 걸까.

그녀는 한 번도 나를 보지 않았다. 하지만 그렇다고 딱히 낙담한 것은 아니다. 그리고 상식적으로 생각하면 지금은 사건으로 머리가 가득한들 이상하지 않다. 그녀는 사진 동호회의 '관계자'니까. 모든 것은 사건이 해결되고 나서다. 그리고 그 사건은 동생이 오면 저절로 해결된다고 한다. 처음에는 대체 무슨 소리냐고 캐묻고 싶었지만, 회장과 벳시 씨는 이미 다른 화제에 열을 올리고 있었다. 또 어차피 사건은 곧 해결된다고 하니 사진 이야기를 들으며 그냥 기다리기로 했다.

곧 나타난 동생은 마쓰모토에게 손을 흔들었고, 예상대로 벳시 씨의 흰색 재킷에 깜짝 놀란 반응을 보이면서도 옆테이블에서 의자를 가져와 모두의 안색을 살피며 히라마쓰 시오리 씨 옆에 앉았다.

"어…… 오라방, 이거 무슨 상황이야?"

"나도 몰라." 솔직하게 말하기로 했다. "뭐, 일단 쏠게."

"앗싸, 그럼 케이크 세트로. 뉴욕 치즈 케이크랑 카페라테."

다가온 점원에게 동생의 주문을 전하려는데 벳시 씨가 만족스럽게 고개를 끄덕였다.

"자, 배우가 다들 모인 것 같으니 결론을 말씀드리도록 할까요."

뒤에 서 있던 점원이 그 말을 듣고 어리둥절해하기에 나는 '아니요, 그쪽하고는 관계없는 일이에요' 하고 눈짓으로 설명하며 주문을 마친 후, 자세를 바로잡고 벳시 씨에게 물었다.

"……이번 사건이 제 여동생하고 무슨 상관인가요?"

"결론부터 말씀드리죠. 제가 추측하기에 사진 동호회 동아리방에서 멀티그레이드 필터를 바꿔 회장님의 사진을 흐릿하게 만든 범인은 그쪽의 마쓰모토 미오 씨입니다."

히라마쓰 씨가 눈살을 찌푸리며 고개를 들었다. 마쓰모토는 딱히 반론하지 않고 그저 히라마쓰 씨를 힐끔 보더니, 벳시 씨의 말을 기다렸다.

"다만 마쓰모토 씨는 뭔가 특별한 트릭을 사용한 게 아닙니다. 마쓰모토 씨는 3교시가 끝나자 일반교양 학부 건물 앞에 세워둔 자전거를 타고 서둘러 북쪽 끄트머리 동아리 회관으로 가서 범행을 저지른 후, 다시 서둘러 일반교양 학부 건물로 돌아와 천연덕스럽게 4교시 강의를 들었습니다. 그리고 회장님이 전화로 물어봤을 때는 '일반교양 학부 건물에서 한 발짝도 나가지 않았다'라고 거짓말을 했고요. 그게 전부입니다."

"어, 아니." 히라마쓰 씨가 당황한 듯 말을 꺼냈다. "하지만 알리바이가 있다고 하셨잖아요."

"알리바이가 있는 것처럼 들렸을 뿐이죠." 벳시 씨는 차분히 대답하고 나를 봤다. "거기 계신 호리키 히카루 씨가 착각하신 탓으로."

모두의 시선이 모였고, 나도 나 자신을 가리켰다.

"……저요?"

"그렇습니다." 벳시 씨는 고개를 끄덕였다. "간단히 말씀드리자면 당신이 4교시가 시작되기 전에 도서관 앞에서 보고 일반교양 학부 건물까지 같이 걸어간 사람은 마쓰모토 미오 씨가 아닙니다."

"엇……?"

기억을 더듬었다. 그리고 무심코 마쓰모토를 봤다. 복장도 똑같고, 얼굴도 똑똑히 봤다. 확실히 이 마쓰모토다. "아니요, 잘못 본 게 아닌데요……."

"잘못 본 게 아니라 '착각'입니다." 벳시 씨가 말했다. "당신과 히라마쓰 시오리 씨, 회장님의 증언을 듣고 저는 금방 이 가능성을 떠올렸습니다. ……여러분, 눈치채지 않으셨습니까? 저희 조수는 아직 대학생이 아니라서 모를 수도 있습니다만."

뜻밖에도 조수는 고개를 저었다.

"아니요. 알아요. '재수강' 정도는."

"맞습니다." 벳시 씨는 조수를 보고 만족스레 고개를 끄덕였다. "즉, 이 점입니다. 히라마쓰 시오리 씨의 증언에 따르면 마쓰모토 씨는 4교시에 '낙제했지만 재미있어서 재수강'한 '예술학Ⅰ' 강의를 들었습니다. 그런데 호리키 히카루 씨의 이야기에 따르면 마쓰모토 씨는 고등학교 때부터 동생분과 친하게 지냈다고 하셨죠. 이 부분이 마음에 걸렸습니다. 호리키 히카루 씨의 이야기에 나오는 '마쓰모토'는 호리키 소라나 씨와 고등학교 때부터 친구. 게다가 같은 대학에 함께 원서를 넣었다니까 현재 1학년일 겁니다. 한편 히라마쓰 시오리 씨의 이야기에 나오는 '마쓰모토'는 7월, 즉 1학기 단계에서 '재수강'을 하고 있습니다. 다시 말해 1학년일 수가 없습니다."

그때까지 입을 다물고 있던 마쓰모토가 처음으로 큰소리를 냈다.

"……아!"

나는 혼란스러웠다. 듣고 보니 그랬다. '마쓰모토'가 두 명이다. 이건 어떻게 된 걸까?

"용의자가 '마쓰모토'였던 것도 원인 중 하나겠죠. 일본에서 제일 많은 성씨는 '사토', 2위는 '스즈키', 3위는 '다카하시'지만 '마쓰모토'도 15위입니다. 어림셈입니다만 '가네코' 씨나 '마쓰다' 씨보다 두 배, '무라타' 씨보다 세 배는 더 많은 '마쓰모토' 씨가 일본에 살고 계실 겁니다."

벳시는 몇 위일까 싶었지만, 그건 아무래도 상관없다. 그러니까.

"제가 본 건 다른 '마쓰모토'였단 말씀입니까? 어라, 하지만 잘못 본 건 아닌데……."

"오라방, 잠깐만." 소라나가 손을 들었다. "오라방이 말하는 '마쓰모토'는 누구야?"

"뭐?" 나는 동생을 봤다. "그야 여기 있는 마쓰모토. ……
고등학교 때부터 사이가 좋았다는 네 친구."

"……그건 마쓰모토 모에카잖아. 걔는 우리 대학에 떨어
져서 고향에 있는 사립대학에 갔어. 여름에 만나기로 약속
했지만."

동생이 말했다.

"사진 동호회의 마쓰모토는 마쓰모토 미오 씨야."

그러면서 히라마쓰 시오리 씨를 손으로 가리켰다.

나는 그걸 보고 한순간 동생이 이상해진 게 아닌가 싶
었다.

하지만 바로 깨달았다. 틀린 건 나였다.

그리고 동생은 '마쓰모토'를 가리키며 말했다. "이쪽은 히
라마쓰 시오리."

그제야 나는 내가 어떤 착각을 했는지 이해했다. 4월 중
순, 나는 일반교양 학부 건물 앞 광장에서 동생에게 카메라
를 주고 이야기를 하는 사람을 봤다. 나는 그 사람을 '고등
학교 때부터 동생과 친하게 지냈던 마쓰모토'라고 생각했
다. 하지만 사실 그 마쓰모토 (모에카)는 우리 학교 학생조
차 아니었다. 그 사람은 마쓰모토가 아니라, 동생이 대학에
들어와서 친구가 된 히라마쓰 시오리 씨였다.

"……그렇다면."

나는 중얼거리며 두 사람을 번갈아 보고 겨우 이해했다.
나는 지금까지 비스듬히 앞쪽에 앉은 마쓰모토 씨를 '히라

마쓰 시오리 씨'로, 옆에 있는 히라마쓰 시오리 씨를 '마쓰
모토'로 뒤바꿔 인식하고 있었던 것이다. 카페테리아에 왔을
때 벳시 씨와 '히라마쓰 씨'가 왠지 초면인 것처럼 굴어서 어
떻게 된 건가 싶었는데, 그건 내가 '히라마쓰 씨'라고 생각
했던 밝은 갈색 머리 여자가 마쓰모토 씨이고, 벳시 씨와는
정말로 초면이었기 때문이었다.

그리고 동시에 깨달았다. 계속 '동생 친구인 마쓰모토'라
고 생각해서였지만, 지금 나는 히라마쓰 시오리 씨 옆에 떡
하니 앉아 있다.

"으앗, 죄송합니다."

몸을 뒤로 물리자 의자가 바닥에 끌려 드드득 하고 큰소
리가 났다. 나는 간신히 일어나지 않고 버텼다. 고개를 숙인
히라마쓰 시오리 씨를 빤히 들여다봤다. 이쪽이 진짜였다.
그리고.

"······4교시가 시작되기 전에 제가 도서관에서 보고 일반
교양 학부 건물까지 함께 걸어갔던 분은 이쪽의······ 히라마
쓰 시오리 씨예요. 마쓰모토 미오 씨는 보지 못했습니다."

"오, 그렇다면."

회장이 맞은편에 비스듬히 앉은 마쓰모토 씨를 봤다. 마
쓰모토 씨는 눈을 휙 돌렸다.

즉, 그녀의 알리바이는 깨졌다. 내 목격 증언은 허위였으
므로 마쓰모토 씨는 4교시가 시작되기 전까지 알리바이가
없는 셈이다. 그렇다면 이야기는 간단하다. 벳시 씨의 말처

서술트릭의 모든 것 |

럼 자전거로 일반교양 학부 건물과 동아리 회관을 왕복하면 그만이다. 그리고 회장에게는 "일반교양 학부 건물에서 한 발짝도 나가지 않았다"라고 거짓말을 했다.

그러면 의문점이 모조리 해소된다. 내가 본 '마쓰모토'가 느긋하게 도서관에 들른 것은 그녀가 실제로는 히라마쓰 씨이며 범인이 아니었기 때문이다. 아까 '히라마쓰 씨'가 느닷없이 "알리바이가 있다고 하셨잖아요" 하고 당황한 건 그녀야말로 범인인 '마쓰모토 씨'였기 때문이다.

"······오라방, 언제부터 착각한 거야?"

동생이 어이없다는 표정으로 나를 봤다. 그러고 보니 4월 중순에 내가 동생과 함께 있던 히라마쓰 씨를 가리키며 "쟤가 사이좋다던 애야? 늘 함께 다닌다는" 하고 말하자 동생은 "내가 그렇게 자주 말했나? 딱히 늘 함께 다니는 정도는 아니야" 하고 고개를 갸웃했다. 히라마쓰 씨와 동생은 대학에 들어온 후에 친해졌으니까 당연한 반응이었다.

"······그랬구나." 회장이 마쓰모토 씨를 매섭게 노려봤다. "즉, 미오······ 아니, 마쓰모토가 틀림없이 범인이야. 왜 그런 짓을 한 거지?"

마쓰모토 씨는 고개를 숙인 채 입을 삐죽 내밀었다.

"······그게."

"자, 이제부터는 두 분의 문제니까 저희는 이만 물러가도록 하죠."

벳시 씨와 조수가 일어서기에 나와 히라마쓰 씨도 서둘러

뒤따랐다. 금방 온 동생은 "어, 잠깐, 뭐가 그렇게 급해" 하며 케이크를 입에 꾸역꾸역 밀어 넣더니 금세 다 먹어치우고 일어섰다. 계산은 따로 부탁했다. 나는 동생 몫까지 2인분의 돈을 내고 카페테리아를 나섰다.

"오호, 아주 재미있는 경험이었습니다." 벳시 씨가 만족스럽게 말했다. "그럼 저희는 이만 실례하겠습니다. 예정대로 대학을 좀 둘러봐야겠어요."

그러고 보니 이 사람들은 원래 그럴 목적으로 여기에 왔다. 조수가 째려보자 약간 당황하는 벳시 씨의 태도로 보건대, 벳시 씨는 반쯤 잊어버렸던 모양이지만.

밖으로 나가자 하늘은 변함없이 암울하게 찌뿌드드했다. 바람에 습기가 차서 마치 열대식물원에 있는 것 같았다. 전혀 상쾌하진 않았지만 벳시 씨와 조수가 떠나자 내 마음은 살짝 들떴다. 내내 '동생 친구인 마쓰모토'인 줄 알고 마음 편히 생각해 왔던 사람이 히라마쓰 시오리 씨 본인이었던 것이다. 그러고 보니 지지난달 정문 근처에서 사진을 찍던 사람도 히라마쓰 시오리 씨 본인이었다. 계속 어떤 사람인지 보고 싶었는데 이미 봤다.

그리고 그녀는 지금 내 대각선 뒤쪽을 걷고 있다. 뭐라고 말을 걸면 좋을까.

"어째 정신없었지만, 나도 이만 갈게." 동생은 고개를 돌리더니 히라마쓰 씨를 보고 씩 웃었다. "이제부터는 두 분의 문제니까."

"……응?"

나는 멈춰 서서 엉겁결에 히라마쓰 씨를 봤다. 고개를 숙인 히라마쓰 씨의 귀가 빨갰다.

느닷없이 머릿속에 생각이 번뜩였다. 히라마쓰 시오리 씨는 동생의 친구였다. 하지만 그건 우연이 아니다. 애당초 내가 그녀를 알게 된 건 SNS에서 '실수'로 친구 신청이 왔기 때문이다. 혹시 그게 '실수'가 아니었다면? 예를 들어 동생이 장난으로 내 아이디를 히라마쓰 씨에게 알려줬고, 히라마쓰 씨가 본인 아이디로 내게 친구 신청을 보낸 거라면.

동생이 히죽히죽 웃으며 손을 팔랑팔랑 흔들고 멀어졌다. 나와 히라마쓰 시오리 씨 둘만 남겨졌다.

……동생이 왜 그런 짓을 했을까. 그 대답은 그녀의 지금 태도를 보자 상상이 갔다. 설마, 혹시, 하는 기대로 내 심장이 갑자기 자기주장을 시작했다. 히라마쓰 씨도 어디선가 먼저 나를 알고 있었고, 게다가 그뿐만이 아니라 어쩌면.

히라마쓰 씨를 봤다. 그녀는 여전히 고개를 숙이고 있었다. 낙관적인 생각일지도 모르지만, 그래도 솔깃할 만한 가치는 있었다. 나는 이렇게까지 밥상을 차려줬는데도 물리칠 만큼 겁쟁이는 아니다.

나는 입을 열었다.

"……저어, 블로그 사진 봤어요."

히라마쓰 씨가 고개를 숙인 채 움찔 반응했다.

"그 뭐지, 엄청 좋더라고요. 평범한 풍경도 구도에 따라서는 이렇게 예뻐 보이는구나 싶었죠. 가끔은 유머러스하기도 하고요. 뭐랄까, 센스가 참 좋으세요."

히라마쓰 씨와 마주 서서 얼굴을 봤다. 그녀는 고개를 숙이고 있었지만 얼굴이 발그레해진 것은 보였다.

"그래서 그." 여기까지는 그냥 블로그를 본 감상이다. 이제부터는 용기를 내 앞으로 발을 내디뎌야 한다. "이런 사진을 찍는 사람은 어떤 사람일까, 계속 생각했어요."

내 얼굴도 뜨거워졌다. 빨개졌으면 마음이 들통나겠구나 싶었지만, 그래도 상관없었다. 이제 곧바로 그 마음을 전할 생각이니까.

"……한번 뵙고 싶었어요. 괜찮으시면 그, SNS 아이디라든가."

그러고 보니 아이디는 이미 교환했다. 남은 건 친구 신청 승인뿐이었다. "아니, 그것보다 괜찮으시면 다음에 같이 어디 안 가실래요?"

히라마쓰 시오리 5

어마어마하게 빠른 전개에 나는 머리가 과열됐다. 정말인가. 정말인가요. 정말이옵니까. '정말인가'가 세 배로 공손해져도 모자란다. 호리키 히카루 씨가 내 블로그를, 내 사진을 봐준 것이다. 그리고 아주아주 칭찬해줬다. 있다. 이렇게 근사한 일이. 실제로.

　사진 동호회 사람들과 얼마 안 되는 친구는 내 사진을 칭찬해줬다. 그것 자체는 몹시 기뻤다. 그렇지만 그건 '친구 보정'이 들어간 평가니까 80퍼센트 정도는 깎아서 들어야 한다고 생각했다. 그런데 칭찬을 받았다. 나를 모르는 사람에게.

　난생처음이었다. 그런 일은 일어나지 않으리라 생각했기에 나는 블로그 댓글도 허용하지 않았다. 블로그에 사진을 공개한 것도 그저 누가 재미 삼아 봐주면 좋겠다는 정도의 작은 자기 현시욕 때문이었다. 분명 누군가가 말없이 감상하고 말없이 '좋다'라고 평가한다. 그렇게 상상하고 남몰래 즐길 뿐이었다. 감상한 사람과 이야기를 나누리라고는 생각도 못 했다.

　그게 이런 좋은 결과로 이어질 줄이야. 설마 '그 사람'에게, 호리키 히카루 씨에게 칭찬을 받을 줄이야. 그뿐만이 아니라 히카루 씨는 내게도 흥미를 보였다.

　나는 소리 없이 고함을 지르고, 고개를 숙인 채 속으로 양손을 번쩍 들어 승리의 포즈를 취했다. 딱히 이걸 위해 사진을 찍은 건 아니다. 그건 그냥 내 취미였다. 그래도.

　……사진을 취미로 삼길 잘했어!

　"저어."

　이미 상대방이 먼저 제안했다. 이제 받아들이기만 하면 된다. 하지만 그 전에 해야 할 말이 있다.

"죄송해요. 소라나 씨가 제 핸드폰으로 히카루 씨한 테…… 멋대로 친구 신청을 해버렸어요. 설마 블로그를 봐 주실 줄은." 도저히 고개를 못 들겠다. 나는 땅에 깔린 보 도블록 무늬를 보면서 말했다. "그, 제가 전에 히카루 씨를 보고. 그, 좀, 괜찮다고 생각해서…… 그래서 소라나 씨에 게, 그."

목소리 크기가 잘 조절되지 않았다. 배에 힘을 주고 제대 로 말하려 하면 너무 큰소리가 나오고, 그래서 부랴부랴 소 리를 낮추면 말꼬리가 사라진다. 하지만 나는 고개를 들고 내 나름대로 똑똑히 말했다.

"……그, 기쁘네요." 큰소리가 나왔다. "기꺼이 같이 갈게 요!"

고개를 들자 '그 사람' 뒤편에 내가 좋아하는 예쁘게 흐린 하늘이 펼쳐져 있었다.

서술트릭의 모든 것

갇힌 세 사람과 두 사람

아담은 과시하듯 긴 다리를 꼰 채 갈색 턱수염을 손가락으로 만지작거렸다. 이미 몇 번이나 봤으므로 그게 그가 생각에 잠겼을 때 나오는 버릇임은 분명하다. 턱수염을 기른 남자라면 누구나 무의식중에 그러는지도 모르지만, 아담의 그 동작은 아주 연극 같아서 "내 턱수염, 섹시하지?" 하고 은근히 자랑하는 것처럼도 보였다. 꼬고 있는 긴 다리도 마찬가지다. 분명 아담은 나와 잘 안 맞는 소위 라틴계 섹시 마초(가슴 털 계열) 그 자체이며, 난로를 피웠다고는 하나 창가는 추울 텐데도 가슴께를 살짝 열어젖혀 쇄골을 노출한 차림이었다. 내게 자랑해서 어쩌자는 거냐 싶지만, 딱히 누구에게 자랑하려는 게 아니라 늘 그렇게 행동하는 게 버릇인지도 모른다. 그런 캐릭터로 설정한 걸까, 원래 본성이 그런 걸까.

아담 뒤에서 유리창이 비바람에 덜컥덜컥 흔들렸다. 아무래도 빗발이 한층 강해진 모양이다. 그렇다면 더더욱 산장에서는 아무도 나갈 수가 없다. 테이블 위, 아담이 손을 뻗으면 닿을 곳에 놓아둔 산탄총이 무게감을 풍겼다.

그 옆에 있는 의자에는 해밀턴이 앉아 있다. 머리가 희끗희끗하니 아담보다 열 살쯤 많아서인지, 이쪽은 지적이고 사려 깊은 표정으로 입가에 깍지 낀 손을 댄 채 생각에 잠겨 있다. 내 옆의 벳시 씨는 어떻게 볼지 모르겠지만, 내가 보기에 '아담'은 아무래도 구약성경의 알몸 이미지가 떠올라서인지 어쩐지 에로틱하면서도 약간 사려가 부족한 성격으로 보인다. 반면 '해밀턴' 하면 약간 고상하고 지적인 이미지다. 물론 이건 일본인 특유의 앨리스 쇼크* 비슷한 것으로, 정작 영국인에게는 '아담'이 지적이고 '해밀턴'이 에로틱한 이미지일 가능성도 있지만, 이렇게 보고 있자니 일본인인 내가 품은 이미지와 이 두 사람의 캐릭터는 잘 들어맞는다. 대화를 들어보니 아무래도 해밀턴은 직업이 의사인지 처음부터 '닥터'라고 불렸고, 샘슨 프레이저의 시체가 발견됐을 때도 그가 먼저 나서서 동공 등을 확인했다. 뭐, 정말로 의사라면 사망을 확인하기 전에 심장 마사지부터 먼저 해야 하는 게 아닐까 싶기도 하지만, 이 상황에서 자잘한 점은 아무래도 상관없다. 그러고 보니 샘슨이라는 이름도 어쩐지 죽은 사람에게 어울리는 것 같다. 성경 속에 나오는 삼손일본어로 '샘슨'

---

* '앨리스'하면 귀여운 소녀를 떠올리는 일본인이 해외에서 진짜 앨리스(당연히 아주머니이거나 할머니일 수도 있다)를 봤을 때 제품에 충격을 받는 현상. 파생형으로 독일 계열의 '샤를로트 쇼크'와 프랑스 계열의 '샤를 쇼크' 등이 있다.

서술트릭의 모든 것

과 '삼손'의 발음은 같다을 그릴 때 죄다 죽는 장면만 묘사해서 그런 걸까.

동물원의 곰처럼 혼자 이리저리 돌아다니는 건 키가 작고 간도 작은 월이다. 이 밀폐된 공간에서 느닷없이 샘슨의 시체와 대면하게 됐으니 당연하다면 당연하지만, 그 혼자만 침착하지 못한 태도였고 겁먹었다는 걸 숨기기 위해 자꾸만 성질을 부렸다. 본명은 윌리엄 텍스터지만 약칭인 월이 잘 어울린다. 이것도 악의에 가득 찬 편견이겠지만, 이름만 가지고 멋대로 솟아오르는 이미지를 주체하기는 쉽지 않다. 실제로는 사토 씨도 구즈류 씨도 똑같이 평범한 사람이고사토는 일본에서 아주 흔한 성이고 구즈류는 굉장한 희성이다 호소이細井 씨보다 히만肥滿* 씨가 더 뚱뚱하다고 생각할 근거일본어로 '호소이'는 가늘다, 작다는 뜻이고 '히만'은 비만이라는 뜻이다는 전혀 없지만 말이다.

내가 이런 생각을 하는 건 '깊은 산속의 산장에 갇힌 여섯 명 중 한 명이 시체로 발견됐다'라는 상황에 불안을 느꼈기 때문이기도 하다. 당연히 핸드폰은 불통이다. 월이 방 안 여기저기를 돌아다니며 전파가 잡히는 곳이 없는지 안달복달하며 살피는데, 실은 이게 가장 합리적인 행동일지도 모른다. 왜냐하면 아마도 샘슨은 제 손으로 목숨을 끊은 게 아니라 누군가에게 살해당했기 때문이다. 물론 전파가 잡힌다

❋ 실제로 있는 성이다. '히만(肥滿)'은 비옥하고 풍족하다는 뜻이므로 농업과 축산업 쪽에서는 아주 복스럽고 반가운 성씨다.

고 해서 윌 일행이 911°에 신고를 할 수 있는 상황은 아니었지만 적어도 이 산장에선 달아나야 하고, 그러기 위해서는 날씨와 주변 도로 상황을 확인해야 한다.

한동안 모습이 보이지 않던 샘슨이 시체로 발견된 건 조금 전의 일이다. 아담을 비롯한 세 명이 산장에서 나갔다 돌아왔을 때 샘슨은 이미 산장 어디에도 없었다. 짐은 물론이고 웃옷까지 남아 있었기 때문에 처음에 그들은 샘슨이 멋대로 산책하러 나간 줄 알고 화를 냈지만, 저녁이 되고 비까지 내리는데도 그는 돌아오지 않았다. 윌은 "혹시 쫄아서 도망친 것 아닐까?" 하고 말했지만 그렇다면 웃옷 정도는 들고 갔을 테고, 무엇보다 차가 그대로 있었다. 걸어서는 하산할 수 없는 곳인데 어디로 갔느냐며 불안한 분위기가 차오르는 가운데, 해밀턴이 벼랑 밑에 쓰러진 샘슨을 발견했다. 나무에 동여맨 로프를 타고 겨우 내려간 해밀턴은 샘슨의 시체를 조사한 후, 위쪽 두 사람에게 "머리를 세게 찧어서 뇌타박상을 입었어. 추락사야"라고 알렸다. 아담과 윌은 샘슨이 왜 이런 날씨에 어둠을 무릅쓰고 벼랑에서 아래로 고개를 내밀었을까 수상쩍어했지만.

그렇다. 해밀턴도, 벼랑 위에서 기다리고 있던 아담과 윌도 이미 알고 있었을 것이다. 샘슨 프레이저는 누군가에게 떠밀려 떨어진 것이다.

° 미국의 경찰 신고 전화. 덧붙여 러시아는 02, 스웨덴은 112, 오만은 9999다.

그 가능성을 월이 입에 담은 시점에 이미 불안한 예감이 들었다. 아니, 이 외진 산장에 아담 일행 네 명이 몰려와서 "전파가 안 잡히네"라느니 어쩌니 말하기 시작했을 때부터 찜찜한 예감은 들었다. 누가 시체로 발견되는 것 아니냐, 이미 심상치 않던 날씨가 적당한 타이밍에 궂어져 이 산장이 추리소설에서 말하는 클로즈드 서클closed circle이 되는 것 아니냐고.

내 찜찜한 예감은 적중했다. 하긴 나를 여기에 데려온 사람이 벳시 씨인 만큼 어쩐지 이런 식으로 전개되지 않을까 어느 정도 예상은 했지만. 그렇다면 역시 샘슨은 어디까지나 '첫 번째 피해자'고 이제부터 아담 일행은 '이 가운데 범인이 있다'라는 둥 서로 의심하다가, 예를 들면 월이 산탄총으로 누군가를 쏘는 사건으로 시작해 마지막에는 『그리고 아무도 없었다』가 되는 걸까.

그들 세 명의 알기 쉬운 캐릭터와 지금까지의 알기 쉬운 행동방식만 봐도 그럴 가능성은 충분할 것 같았다. 그들은 각자 산탄총을 소지하고 있다. 아담은 자기 손은 금방 닿지만 다른 사람들에게서는 먼 곳에 총을 놓아뒀고, 월은 그게 유일한 버팀목이라는 듯 총을 꼭 끌어안은 채 왔다 갔다 하고 있었다. 유일하게 해밀턴만 자기 총을 금방 잡을 수 없게 뒤쪽 벽에 기대어뒀지만, 이건 '재빨리 총을 겨눠야 할 상황은 발생하지 않는다. 오히려 세 사람이 서로를 의심할 만한 상황에서 총을 드는 건 위험하다'라고 판단했기 때문이리라. 하지만 아담과 월이 먼저 총을 쏘지 않는다는 보장은 없다. 그들은 원래부터 서로 알고 지내던 사이가 아니라, 인터넷을 통해서 때마침 뭉친 강도단인 듯하다. 우정이고 신뢰고 뭐고 있을 리 없다.

아담, 해밀턴, 월, 샘슨, 이 네 명은 강도였다. 아주 식상할 정도로 타입이 다른 네 명(샘슨은 과묵한 마초였다)은 이 또한 식상하달까, 미국에서는 이미 오랜 상식이 됐다 할 수 있을 '남부 시골 동네라면 어느 집에든 한 자루는 있을 법한 수평 2연식 샷건'을 들고 모였다. 그들은 오후에 조지아주 달튼 시내의 주유소를 습격했다. 이런 시골 동네의 주유소에 큰돈이 있을 리 없겠지만 아무튼 성공했고, 누가 나쁜 놈들 아니랄까 봐 범행 후에 은신처로 삼으려 했는지 이 산장에 침입했다. 하지만 계절상 아무도 없어야 했을 이 산장에는 마침 일본인 두 명이 머무르고 있었다. 당연히 일본인 두 명은 영문도 모른 채 총으로 위협당해 의자에 묶였고, 생사여탈권을 강도들에게 빼앗겼다. 그게 현재에 이르기까지의 정황이다.

외딴 산장에 무법자 강도단이 침입해, 거기 머무르고 있던 젊은 여자가 묶이게 된 상황이다. 강도단은 틀림없이 재미 좀 봐야겠다며 여자에게 몹쓸 짓을 하려 들 텐데, 나는 부디 그렇게 끔찍한 일이 벌어지지 않기를 빌었다. 실제로 아담이 추파를 던지고 월이 흥분한 기색을 보였을 때 나는 의기소침해져서 뭔가 다른 일이 터지기를 바랐다. 내 기도

서술트릭의 모든 것

가 통했는지 샘슨의 시체가 발견되어 상황이 바뀌었다. 그들은 가해자 측에서 피해자 측이 된 것이다. 그들은 불안해했다. 나는 옆의 벳시 씨에게 '꼴좋네요' 하고 눈짓으로 말했지만, 벳시 씨는 내 시선을 알아차리지 못하고 그저 당황해하는 그들의 모습을 관찰했다.

"……확실해."

아담이 말했다.

"뭐가?"

윌이 멈춰 서서 불안한 말투로 물었다.

아담은 여전히 여유 있는 자세를 유지하고 있었다.

"말해서 뭐해. 샘슨은 살해당했어. 떠밀려서 떨어진 거야. 이 중의 누군가가 그런 거지. 너야? 아니면 당신?"

시선이 날아오자 해밀턴은 냉정하게 고개를 저었다.

"우리 중에 하나라고 단정하는 건 너무 성급한 짓이야. 그런 생각을 입에 담는 것도."

"맞아! 농담이지? 배신자가 있을 리 없어!" 윌은 비명을 지르듯이 말했다. "그래. 저기 일본인 두 명이 그런 거 아니야? 저것들, 대관절 왜 이런 곳에 있었던 거지? 우리를 죽이려 잠복했었던 거 아니야?"

나는 '아무리 그래도 그건 아니지' 하고 생각했지만 벳시 씨는 목소리를 내어 말했다.

"그건 시간상으로 봐도 이상한데. 아까 강도가 된 자들을 어떻게 숨어서 기다린다는 거야?"

"벳시 씨."

나한테 들으라고 그런 건지 혼잣말인지는 모르지만 목소리가 너무 컸다. 나는 손가락으로 조용히 하라는 몸짓을 취해 벳시 씨를 조용히 시켰다.

"진정해, 윌. 거기 두 사람은 그냥 관광객이야." 해밀턴이 말했다. "그것보다 외부에서 누가 왔다고 봐야 하지 않을까?"

"그거야말로 말도 안 돼, 닥터."

아담은 해밀턴에게 대꾸하고 보란 듯이 창문 커튼을 조금 젖혔다. 밖은 이미 컴컴했지만 빗방울이 유리창을 두드리는 것은 알 수 있었다.

"아침부터 허리케인이 온다고 일기예보에서 떠들었어. 지금은 보다시피 이렇고. 이런 상황에 아무것도 없는 이 산속에 누가 온다는 거야? 그것도 '출입금지'를 무시하면서까지."

무계획적으로 보였지만 그들에게도 용의주도한 면은 있었다. 이 산장으로 통하는 유일한 길 어귀에 'DO NOT ENTER'라는 간판을 세워놓은 것이다. 일본과는 달리 이 나라에서는 그런 경고를 무시하고 무단으로 들어가면 총에 맞아 죽을 가능성도 있는 이상, 이 산장에 접근할 사람은 없는 셈이다. 그리고 어차피 그들이 왔을 당시부터 비가 평평 쏟아지고 있었으니, 간판이 있든 없든 외부인은 오지 않았을 것이다. 그렇다면.

해밀턴이 약속이라도 한 듯 예상과 전혀 다르지 않은 대

서술트릭의 모든 것

사를 내뱉었다.

"……이 중에 샘슨을 죽인 범인이 있어."

윌은 식상하게 벌벌 떨며 현실을 거부했다.

"이상한 소리 하지 마, 닥터. 우리 세 명이 서로 배신할 리 없잖아."

"글쎄? 돈을 나누기 싫어졌다는 가장 단순한 동기가 있는걸." 아담이 능글맞게 웃었다. "우리 모두에게."

아담은 여유 있게 히죽거리며 '위험한 상황에서 농담(대체로 성적인)을 하는 것이 터프한 남자라고 믿어 의심치 않는 전형적인 미국 마초'를 완벽하게 연기하는 듯했다. 하지만 아직 산탄총에 손을 뻗지는 않았으니 그나마 훌륭하다 해야 할지도 모르겠다.

"이봐, 너희들."

"윌, 진정해. ……아담, 윌을 너무 겁주지 마." 해밀턴이 연장자답게 나서서 분위기를 수습했다. "잘 들어. 너희들도 알겠지만, 우리 세 명 모두 샘슨을 못 죽여. 누구에게도 그럴 기회는 없었으니까."

윌이 "그렇지?" 하고 말하듯 아담을 봤다. 아담은 섹시하게 가슴 털을 드러내며 양손을 벌리고 고개를 저을 따름이었다.

해밀턴이 말을 이었다.

"우리는 내내 함께였어. 넷이서 여기 와서 저기 일본인 두 명을 묶었지. 그게 두 시간 전이야. 그리고 축배를 들었어.

하지만 이 산장에서는 인터넷이 안 된다는 걸 알고, 어디까지 나가면 접속되는지 확인하려 산길을 내려갔어. 샘슨과 같이 있지 않았던 건 그때뿐이야."

그리고 돌아온 그들 세 사람은 산장 바로 뒤편 벼랑 밑에서 위를 보고 쓰러져 움직이지 않는 샘슨의 시체를 발견했다. 시체 곁에는 발포한 흔적이 없는 총도 떨어져 있었으므로, 샘슨이 별안간 떠밀렸다는 건 그들이 보기에도 명백했으리라.

"우리는 산길을 내려갔다 돌아올 때까지 딱 30분간 샘슨과 떨어져 있었어. 그 사이에 샘슨은 벼랑에서 떨어져 죽었지. 그동안 우리 세 명은 계속 함께 있었잖아."

"그럼." 월이 총을 들어 올렸다. "역시 저기 일본인 두 명이 그런 거군. 아니면 누구겠어. 저것들이 무슨 수를 써서 로프를 풀고, 무슨 수를 써서……."

"진정하라고 했잖아. 그게 제일 말이 안 돼." 해밀턴이 양 손바닥을 내보이며 흥분한 개를 달래듯 말했다. "저들은 계속 의자에 묶여 있었다고. 내가 단단히 묶었고, 산장에 돌아왔을 때도 월 네가 제일 먼저 묶인 상태를 확인했잖아. 둘 다 산장을 나서기는커녕 의자에서 한 발짝도 움직일 수 없어. 기껏해야 의자를 끌면서 방 안을 돌아다니는 정도겠지. 그런데 어떻게 밖에 있는 샘슨을 밀어서 떨어뜨린다는 거야?"

그러고 보니 나도 슬슬 엉덩이가 아파 왔다. 화장실에도 가고 싶었지만, 그건 최대한 참아보는 편이 나을 것 같았다.

"그럼 누가 그랬다는 거야?" 윌은 총구를 천장으로 향했다가, 딱한 일본인 두 명에게 향했다가, 마지막으로 아담을 향했다. 아담이 워워, 하고 타일렀다. "이 산장에 누군가 숨어 있다는 거야? 그놈이 우리를."

"저기 있는 두 사람의 동료가 숨어 있다면 혹시 닌자?" 아담이 웃으면서 말했다. "〈오페라의 유령〉에 나오는 팬텀이 숨은 건물치고는 천장 샹들리에가 너무 후졌고 말이야."

윌이 흠칫 놀라 천장을 올려다보더니 자기가 조명 바로 아래 서 있다는 걸 알고 부리나케 옆으로 피했다. 아담은 그 모습을 보고 하하하 웃었다. 이렇게 열심히 윌을 놀리는 걸 보면 실은 아담 또한 꽤 불안한지도 모르겠다.

"아까 왔을 때 확인했잖아. 산장이나 이 주변에 숨어 있는 사람은 없어."

해밀턴이 말했지만 윌은 물러서지 않았다.

"그럼 어떻게 된 건데? 우리 세 명에게는 알리바이가 있어. 일본인들은 묶여 있었고. 그밖에는 아무도 없잖아."

윌이 말해준 덕분에 이게 불가능 범죄임을 드디어 이해했다. 아담과 윌이 논리나 추리와는 동떨어진 무식한 분위기를 풍기는 탓에 실은 불가능 범죄가 아니었다는 식으로 흘러가지 않을까 싶기도 했는데.

하지만 윌의 말 덕분에 내 머리도 갑자기 팽팽 돌아가기 시작했다. 정보가 적은 단순한 상황이지만, 그런 까닭에 도리어 불가능성이 돋보인다. 어떻게 된 걸까. 벳시 씨도 아직 진상을 모르겠다는 듯 흐음, 하고 중얼거릴 뿐이었다.

세 사람도 입을 다물었다. 확실히 불가해한 상황이다. 아 담은 긴 다리를 슬쩍 바꿔 꼬고 이쪽에 은근한 눈길을 던지 는 등 자신의 본성에 충실한 게 어떤 의미에서는. 대단했지 만, 해밀턴은 미간에 주름을 잡은 채, 윌은 투명인간이라도 찾듯 주변을 두리번거리며 각자 고민에 빠졌다.

바람이 불어서 창문이 흔들렸다. 무수히 많은 원혼이라도 머금은 듯 으스스한 바람이 벼랑 위에 외따로 서 있는 산장 주변을 에워싸고 벽과 창문을 흔들었다. 주위가 완전히 차 단된 클로즈드 서클. 그리고 탈출도 불가능하다. 그 사실이 강조되자 나는 의자에 앉은 채 주먹을 살짝 움켜쥐었다.

해밀턴이 덜컥 소리를 내며 의자에서 일어섰다. 뭘 하려나 싶었는데, 순식간에 벽에 기대어둔 총을 집어 들었다.

"어이."

아담이 험악한 표정을 짓자 해밀턴은 차분한 목소리로 말 했다.

"……남은 가능성 중 하나는 샘슨이 자기 혼자 떨어졌다는 거야."

"뭐라고?"

"요컨대 사고사지. 아무도 놈에게 다가가지 않았고, 하물 며 밀지도 않았어. 놈은 저쪽 두 명을 감시하는 걸 농땡이 치고 산책을 하다가 강한 바람에 휘말렸고, 뉴턴의 법칙에 따라 머리를 세게 부딪쳐서 죽은 거야."

아담이 흥, 하고 코웃음을 쳤다. "진심으로 하는 소리야? 말도 안 돼."

그러자 해밀턴이 총구를 아담에게 돌렸다.

"이봐."

아담이 테이블에 있는 자신의 총에 손을 뻗으려 했다. 하지만 해밀턴이 그쪽으로 총을 겨눴다.

"움직이지 마. 손 치워."

아담은 미심쩍다는 듯 해밀턴을 본 후, 재빨리 총을 집어 해밀턴을 먼저 쏠 수 있는지 한순간 계산한 듯했다. 아무래도 안 되겠다고 판단했는지 어깨를 으쓱하고 손을 거두더니 의자에 앉아 기가 찬다는 제스처를 취했다.

"……왜 그래, 닥터?"

"사고사가 아니라면 아담, 네가 샘슨을 죽인 거야."

"농담이지?" 아담은 양손을 휘휘 내저었지만 관자놀이에서는 땀이 흘러내렸다. "아까 당신이 그랬잖아. 우리 세 사람에게는 샘슨을 밀어서 떨어뜨릴 기회가 없었다고. 놈이 죽었을 때 우리는 함께 밖에 있었잖아."

"그렇기는 하지. 하지만 중요한 사실을 깜빡했어. 산장을 나설 때 아담 너는 신발 끈을 고쳐 맨다며 제일 마지막에 나왔지. 그리고 산장에 돌아왔을 때 제일 먼저 이 방에 들어온 것도 너야."

"그게 무슨 의미가 있는데? 내가 혼자 있었던 시간이라고 해봤자 기껏해야 각각 30초 정도였어. 그 사이에 샘슨을 벼랑 위로 데려가서 떨어뜨리고, 숨 한 번 헐떡거리지 않고 너희들 곁으로 돌아왔다는 거야?"

"아니. 샘슨을 떨어뜨린 건 네가 아니야. 분명 그럴 시간은 없었어."

"그럼 그 공이치기 좀 그만 만지작거리시지. 난 내 물건으로 쏘는 건 좋아하지만, 당신 같은 아저씨가 물건을 들이미는 꼴은 보고 싶지 않아."

"정확하게 말할까. 샘슨을 떨어뜨린 건 저쪽 일본인 둘 중 하나야. 그리고 일시적으로 그들의 로프를 풀어준 뒤 그러라고 시킨 게 아담 너고."

윌이 움찔하며 시선을 이리저리 돌렸다. 쭈뼛쭈뼛하는 것치고는 그가 아담보다 먼저 해밀턴의 말을 이해한 것 같았다.

"넌 산장을 나서기 전에 일본인, 아마도 남자의 로프를 풀어주고 '샘슨을 떨어뜨려서 죽여. 성공하면 나중에 도망치게 해줄게' 하고 부추긴 거야."

"무슨 헛소리를 하는가 했더니만. 그런다고 일본인이 얌전히 말을 들을까. 여자의 로프를 풀어주고 같이 도망칠 게 뻔하지."

"차 없이 도망쳐본들 산을 다 내려가기 전에 따라잡혀. 일본인들은 네 명령을 들을 수밖에 없었을걸." 해밀턴이 대꾸했다. "지금 죽이지 않으면 샘슨이 분명 네 여자를 건드릴

거야'. 그렇게 겁을 줬다면 말이지."

오호, 하는 표정으로 벳시 씨가 나를 봤다. 나는 아담처럼 어깨를 으쓱하는 수밖에 없었다. 투박한 추리다. 하지만 일단 앞뒤가 맞기는 하다.

그런데 벳시 씨가 한숨을 쉬었다.

"……해밀턴 선생은 자기가 한 말을 잊어버린 걸까."

"벳시 씨, 쉿."목소리가 크다. 나는 벳시 씨에게 귀를 가까이 댔다. "……그게 무슨 말이에요?"

"해밀턴이 그랬잖아. 산장으로 돌아왔을 때 윌이 로프를 확인했다고. 한 명의 로프를 풀어주고 그 사람이 샘슨을 떨어뜨린 후, 묶여 있는 다른 사람이 그 사람을 다시 의자에 묶어놓는 게 불가능하지는 않아. 하지만 단단히 묶였는지는 불확실하고, 단단히 묶이지 않은 게 발견되면 이상하다고 의심받겠지. 만약 아담이 그런 방법을 사용했다면 자기가 제일 먼저 다가가서 로프를 확인하는 척 꽉 묶었을 거야."

과연, 확실히 그렇다. 하지만 해밀턴은 그걸 깨닫지 못하고 아담에게 계속 총을 겨눴다.

아담이 갑자기 테이블로 손을 휙 뻗어 총을 집으려 했다.

그 순간 엉겁결에 소리를 지를 뻔할 만큼 큰 총소리가 울려 퍼졌고, 아담은 튕겨 나가 바닥에 쓰러졌다.

"……이 새끼……."

가슴 한복판에 총을 맞은 아담의 셔츠가 새빨갛게 물들었다. 빨간 얼룩이 점점 퍼져나갔다.

해밀턴은 총을 겨눈 채 아담을 내려다봤다. 아담은 두세 번 콜록거리더니 해밀턴을 올려다보고 씩 웃었다.

"……그렇게 돌대가리여서는, 네놈들 전부 곧 뒈지겠군."

아담의 숨이 끊어졌다. 해밀턴은 그걸 확인하고 총을 꺾어 총알을 하나 새로 넣었다.

"……고작 이 정도 돈 가지고 나눠 갖길 싫어하다니."

총을 원래대로 되돌린 해밀턴은 고개를 들었다. 하지만 자기 쪽으로 총을 겨눈 윌을 보고 움직임을 멈췄다.

"……윌. 무슨 짓이야. 배신자는 처치했어."

"……아니야. 아담은 샘슨을 죽이지 않았어."

놀랍게도 윌은 논리적으로 벳시 씨와 똑같은 말을 했다.

"아담이 범인이고 당신이 말한 방법대로 일본인에게 샘슨을 죽이라고 시켰다면, 놈은 산장에 돌아온 후 제일 먼저 나서서 일본인의 로프를 확인했을 거야. 당신이 아까 그랬잖아. 확인한 건 나야. 놈은 그저 느긋하게 보고만 있었다고."

해밀턴이 눈썹을 씰룩하더니 쓰러진 아담에게 시선을 옮겼다.

"……당신이 범인이지, 닥터?"

그 말에 해밀턴이 다시 시선을 윌에게 돌렸다.

"범행이 가능한 건 당신뿐이야. 왜냐하면 벼랑 아래서 발견된 샘슨을 확인하고 죽었다고 말한 게 당신이니까. 그때 놈은 죽은 척했던 거야."

"……그게 무슨 소리야."

"당신과 샘슨이 짜고서 연기를 한 거라고. 분란을 일으켜서 다른 동료를 처리한 후, 둘이서 돈을 나누려고 말이지. 일단 아담이 샘슨을 죽인 거라고 몰아가서 아담을 죽여. 그리고 샘슨과 힘을 합쳐 나도 죽이는 거지." 윌은 창밖을 봤다. '되살아난' 샘슨이 있는 게 아닐까 의심하는 게 틀림없었다. "내 말이 맞지?"

"그것도 좀." 또 벳시 씨가 말했다. "그렇다면 해밀턴은 예를 들어 벼랑 밑으로 내려갈 때, 로프를 나무에 동여매지 않고 아담과 윌에게 붙잡으라고 했을 거야. 두 사람이 멋대로 움직이지 못하도록 말이지. 최소한 위험하니까 너희는 여기서 기다리고 있으라는 말 정도는 했겠지. 둘 중 하나가 자기도 보겠다며 내려오면 트릭이 한방에 들통날 테니까."

그도 그렇다는 생각이 들었고, 애당초 피 묻은 셔츠만 남겨두든가 하면 샘슨이 위험하게 죽은 척하지 않아도 된다. 하지만 일단.

"벳시 씨, 목소리 좀 줄여요."

물론 벳시 씨의 말이 윌과 해밀턴에게 들릴 리는 없다. 윌이 산탄총 방아쇠를 당겼다.

그러나 펑, 하고 총이 폭발해 윌은 뒤로 벌렁 나자빠졌다.

바닥에 엎드려 있던 해밀턴이 천천히 일어나 가슴부터 위쪽이 피투성이가 되어 죽은 윌을 내려다봤다.

그리고 나지막이 말했다.

"……총구를 막아놓길 잘했군. 언젠가 배신하지 않을까

싶기는 했는데."

월의 총은 쏘면 터지도록 조작된 모양이다. 역시 해밀턴이 제일 강했구나 하는 생각이 들었다.

하지만 해밀턴의 표정은 어두웠다. 그 또한 당혹감을 감추지 못했다.

"분명히 이 녀석이 범인일 줄 알았는데." 해밀턴은 방 안에 보이지 않는 뭔가가 있는 것처럼 식은땀을 흘리며 주변을 둘러봤다. "……그럼 샘슨을 죽인 건 대체 누구지?"

어라, 싶었다. 해밀턴이 범인이 아니라면 그의 증언대로 역시 샘슨도 진짜 죽은 셈이다. 그럼 범인이 없어진다. 사고일 가능성도 부정됐고, 샘슨이 자살할 만한 요소는 전혀 없었다.

그때 식은땀을 흘리며 당혹스러워하던 해밀턴이 고개를 획 들어 안쪽 방을 봤다.

"……설마."

해밀턴이 눈을 부릅떴다. 표정 변화만으로도 무슨 생각이 번쩍 떠올랐음을 알 수 있었다. 대단하다 싶었다.

"……설마 그자들이."

해밀턴이 총을 들고 안쪽 방으로 돌진했다.

하지만 첫 번째 총소리는 안쪽 방에서 울려 퍼졌다. 해밀턴이 충격을 받고 뒤로 밀려나 벽에 등을 부딪쳤다. 그 순간 그의 왼쪽 가슴에 빨갛게 피가 묻어 있는 게 보였다. 심장이다. 살기는 글렀다.

그런데 어떻게 된 걸까. '그자들'은 누구일까. 내가 몸을 내민 순간, 좌석이 밑에서 쑥 밀려 올라왔다.

"흐악?"

이상한 목소리가 나와서 당황하는 사이에 좌석이 좌우로 흔들리기 시작했다. 허둥지둥 안경을 고쳐 쓰다가 깨달았다. 지진이다. 주변 좌석에서도 비명이 들렸다.

좌우의 흔들림이 불규칙하게 이어졌다. 단단한 지면인 줄 알았던 것이 배신감마저 느껴지게 구불거렸다. 스크린이 꺼져서 껌껌해지고, 대신에 오렌지 색깔 불빛이 켜졌다. 영화 상영 전에 켜져 있던 객석 조명과는 명백하게 달랐다. 비상 등이다.

"벳시 씨, 지진이에요."

"응, 근데 여기에 쓰러질 책장은 없으니까."

왜 그렇게 침착한 거냐 싶었다. 하지만 확실히 집에 있는 것보다 영화관이 훨씬 안전하기는 하다.

"지진이 발생했습니다. 이 건물은 진도 7에 견딜 수 있도록 설계됐으니, 당황하지 마시고 흔들림이 멈추면 직원의 지시에 따라 대피해주시기 바랍니다."

안내방송도 침착했다. 역시 지진 대국 일본답다. 예를 들어 지금 보고 있던 영화의 배경처럼 미국이었다면, 이렇게 땅이 흔들린다면 비명이 오가고 신에게 기도를 올리지 않을까. 흔들림이 잦아들기 시작했다. '다른 지방에선 더 심하게 흔들렸으면 어쩌나?' 하는 걱정이 머리를 가득 채웠다. 하지만 그 걱정도 '초기 미동이 짧았다···진원은 바로 근처다···▸ 제일 심하게 흔들린 곳은 요 부근일지도 모른다'라는 판단을 바탕으로 금세 사그라들었다.

흔들림이 멈췄다. 벳시 씨는 어째서인지 시트의 팔걸이를 쓰다듬으며 말했다.

"영화관에서 지진을 경험하기는 처음이네. 하지만 좌석에 안정감이 있어서 아무렇지도 않았어. 역시 피게레스사의 고급 시트 '5400 할리우드'! 수도권에서 이걸 이렇게 많이 놓아둔 곳은 신토코로자와의 렛츠 시네파크* 정도밖에 없지."

나는 신이 나서 시트를 칭찬하는 벳시 씨를 말렸다.

"알았어요, 알았어요. 일단 안내방송부터 듣죠."

영화를 보러 가자고 벳시 씨가 제안했을 때는 뜬금없이 웬 영화냐 싶었지만, 프리미엄 좌석을 예약해뒀다는 말에 기분이 나쁘지는 않았다. 벳시 씨는 영화관에 가면 좌석이나 스크린의 종류에 흥분하는 유형의 변태이므로, 요컨대 이 좌석에 앉아보고 싶었던 것이리라.

우리가 감상한 영화는 아주 마니악한 감독의 마니악한 작품으로, 일본인 두 명이 머무는 산장에 침입한 강도 네 명이 서로를 의심하다 분열된 끝에 모두 다 죽어버린다는 식

---

* 드러누워서 볼 수 있는 박스형 좌석이 있으며, 그게 기한 한정으로 '고타쓰형 좌석'이 되는 등 아주 굉장하다.

서술트릭의 모든 것 |

의 추리 영화였다. 지진이 멈춘 후 중단됐던 영화를 다시 틀어줬는데, 결국 내용은 『그리고 아무도 없었다』를 의식했으나 그 특유의 맛을 전혀 살리지 못한 느낌이었다. 마지막에 해밀턴이 의자에 묶여 있던 일본인 두 명의 범행임을 알아차리고 그들에게 달려갔지만, 여자가 몰래 가지고 있었던 소형 권총에 맞아 사망한다. 해밀턴이 죽자 일본인 두 명은 몰래 가지고 있던 칼로 로프를 끊고 고용주인 중국 인민해방군 총참모부에 '문제는 해결했다. 다만 시체가 네 구 있다. 지원을 요청한다'라고 무전 통신하는 장면으로 영화가 끝난다.

덧붙여 '아무 관계 없는 불쌍한 피해자인 줄 알았던 일본인 두 명은 중국의 공작원이었다. 그들은 의자를 이동시켜 묶인 손과 발로 창문을 열고 샘슨을 불러 몰래 가지고 있던 소형 권총을 쐈다. 총알은 빗나갔지만 놀란 샘슨이 벼랑에서 떨어졌다'가 사건의 진상이라 어처구니가 없었다. 영상 미디어 중에는 이렇게 추리라고 칭하면서 진상을 날림으로 만들어놓는 것들이 종종 있다. '일본인 두 명'의 이름은 결국 극 중에서는 나오지 않았다. 스태프 롤까지 보자 남자 배역 이름이 '사노', 여자가 '오노'였음이 판명되어 참 이름마저도 대충 지었구나 싶었다.

그런데 스토리보다는 배우의 연기와 카메라 워크가 좋은 작품이었으니까 진상이 터무니없다고 꼬집는 건 촌스러운 짓이리라. 아담 역할을 맡은 배우가 카메라를 향해 가끔 은근한 눈길을 던지는 건 받아들일 수 없었지만(아무래도 본래 그런 성격인 듯하다) 해밀턴 역할을 맡은 배우는 연기가 뛰어났고, 카메라 워크도 절묘해 보는 나까지 산장에 같이 있는 것 같은 박진감이 느껴졌다. 물론 그중 일부는 더빙을 맡은 성우의 힘 덕분이기도 하다.

　유일하게 난감했던 점은 영화 상영 중에 벳시 씨가 자꾸 말을 했다는 것 정도려나. 하긴 나도 작게 말을 걸곤 했지만.

별생각 없이 산 책의 결말

"……'아오모리현'은 어쩐지 달콤할 것 같은 이미지 아닌가요?"

"……그건…… 관념적으로요? 물리적으로요?"

"……물리적으로. 핥으면 달콤할 것 같지 않아요? 사과아오모리현은 사과 산지로 유명하다의 당분 때문이라거나 그런 이야기가 아니라, 순수하게 모양만 보면."

"……그럼 시모키타반도와 쓰가루반도가 사과 꼭지쯤 된다는 말인가요?"

"……아니요, 오히려 거기에 단맛이 응축된 느낌이랄까요. 예를 들어 가고시마현이나 고치현도 무로토 지역 언저리가 달콤해 보이잖아요."

"……대체 왜 '튀어나온 부분은 달콤하다'라고 믿게 된 겁니까. 그럼 당신이 보기에는 지바현도 달콤하겠군요."

"음…… 지바현은 매울 것 같아요. 그대로 씹으면 입안이 아플 만큼."

"……그건 지형이 매의 발톱을 닮았기 때문이겠죠."

"……자꾸만 먹을 것의 이미지와 겹친다니까요. 나가사키현이나 히로시마현도 오노미치 언저리의 가느다란 부분이 달콤해 보이고요. 입에 넣으면 스르르 녹을 것 같달까."

"……뭐든지 맛을 상상하는군요. 그러고 보니 요전에도 '히ひ'가 달콤해 보이고 '쿠く'는 니글거릴 것 같다고 했던가."

"……그게 ……뭐랄까, 습관이에요. ……벳시 씨는 어떠세요? 자, 그럼 핥으면 달콤할 것 같은 도도부현都道府縣, 일본의 광역자치단체 43개를 묶어 이르는 말 베스트 3는?"

"……1위는 홋카이도입니다."

"……아, 홋카이도를 깜빡했네. 뭐랄까 평범하게 우유홋카이도는 우유 생산량이 일본에서 제일 많다 맛이죠. 2위와 3위는요?"

"……핥으면 달콤한 게 아이치, 깨물면 달콤한 게 아키타죠."

"……그렇군요. 시가현도 깨물면 꿀이 쭉 나올 것 같아요. 기후현이나 나가노현은 오독오독할 것 같고요."

"……그 지역은 실제로 지반이 단단합니다. 하기야 나가노현이라고 해도 넓으니 나가노시나 고모로시 부근은 부드럽죠."

"……절반은 단단하고 절반은 부드러운 느낌인가요. 좋네요. 저, 겉과 속의 식감이 다른 음식 좋아해요. 고마스리단고

서술트릭의 모든 것

ごま摺り団子 같은 거요."

"……아주 한정적이로군요."

"달걀도 반숙을 좋아해요. 반대로 반숙인 줄 알았는데 완숙이라 퍽퍽하면 실망스럽지 않나요?"

"저는 완숙도 좋아합니다."

"……아, 달걀의 경우 부동의 1위는 온천 달걀이라 치고."

"……확실히 손님 중에도 좋아하는 분이 많으시더군요."

"……2위가 반숙, 3위가 7분 삶은 달걀, 4위가 피단皮蛋, 오리알이나 달걀을 석회, 진흙, 초석, 볏짚 등을 섞은 반죽에 넣어 노른자는 검게, 흰자는 갈색 젤리 상태로 만든 요리. 완숙은 그 아래죠."

"……하나는 요리법이 다른데, 그것보다 아래입니까?"

"……아, 그런데요, 역 뒤편에 이상한 카페가 있는 거 아세요? 관엽식물 화분 때문에 문을 열기 힘든 곳인데요."

"……당신이 말하는 '역 뒤편'이 어디인지 애매합니다만, 북쪽 출입구 쪽이죠?"

"……맞아요. 북쪽 출입구. 거기서 어제 깜짝 놀랄 만한 일이 있었어요."

달칵, 하고 문이 살짝 움직였다. 나는 손님인 줄 알고 벌떡 일어나 영업용 미소를 지었지만 밖에서 야옹, 하는 소리가 들려 어깨에서 힘을 뺐다. 벳시 씨도 다시 손을 움직이

❋ 이와테의 과자점 쇼에이도(松栄堂)에서 붙인 상표. 지역 명물인 화과자로, 조그마하니 귀여운 경단 속에 참깨를 갈아 넣은 걸쭉한 꿀이 들어 있어서 자꾸 손이 간다.

기 시작했다. 분명 평소 찾아오는 브라운 태비 고양이일 것이다. 길고양이의 세력권이 바뀌어 이 가게가 영역에 포함됐는지 요 며칠 자주 찾아온다. 어디서 그렇게 밥을 얻어먹는지 뚱뚱하니 귀엽지만, 위생을 고려해 가게에는 들여놓지 않는다. 요리가 많이 차려져 있을 때는 냄새로 아는 듯 밖에서 야옹야옹 울며 발톱으로 문을 박박 긁기도 하는데, 놀아주고 싶은 걸 참고 무시해야 하므로 나로서도 죽을 맛이다.

나는 도로 앉아 카운터에 푹 엎드렸다. 아까 막 닦아놓아 표면에 뺨을 대기는 망설여졌지만, 오늘 분위기로 보건대 다시 닦을 시간은 얼마든지 있을 듯했다.

"……한가하네요."

"……연휴가 끝났으니까요. 그리고 이 시간대는 아직."

할 일이 없어 앉아만 있는 나와 달리 벳시 씨는 계속 손을 움직이고 있다. 그래 봤자 연신 글라스만 닦고 있지만. 요컨대 그도 한가한 것이다. 내 쓸데없는 잡담에 일일이 응해줄 정도로는.

벳시 씨가 바텐더로 있는 이 가게에서 일을 시작했을 무렵에는 아무튼 계속 움직이지 않으면 너무 불안했다. 손님이 없는 이 시간대에도 뭔가 해야 할 것만 같아서 감자 껍질을 잔뜩 벗기고 새우껍질을 잔뜩 깠다. 당연히 손님이 주문할지 말지도 모르고, 애당초 올지 말지도 모르는 상황에서 미리 준비를 해봤자 쓸모없다. 그보다 식재료가 말라서 못쓰게 될 수도 있고, 그대로 장시간 두면 위생적으로도 좋지

서술트릭의 모든 것

못하므로 오히려 민폐였지만, 벳시 씨는 나를 야단치지 않고 "한가할 때는 쉬면서 바쁠 때를 대비하는 게 제일 효율적입니다" 하고 가르쳐줬다. 이제는 이렇게 '반쯤 오프' 상태로 전환해 기력을 충전하는 기술을 익혔다. 하기야 오늘처럼 정말 쓸데없는 잡담을 계속할 정도로 한가할 때만.

"⋯⋯정말 한가하네요." 나는 카운터 가장자리를 잡은 채 고양이처럼 등을 쭉 폈다. "⋯⋯벳시 씨, 뭐 좀 재미있는 이야기 없어요?"

"⋯⋯없는데요."

벳시 씨는 한가한 데 익숙한지 낯빛 하나 변하지 않고 글라스를 닦았다. 대학 시절에는 수학과 연구실에 있었다니까 어쩌면 손으로는 글라스를 닦고 입으로는 나와 대화를 나누면서 머릿속으로는 리만 가설이라도 검증하는 중일지도 모르겠다.

그래도 너무 따분해하는 나를 보다 못했는지 벳시 씨가 말을 걸었다.

"⋯⋯최근에 어떤 책을 읽었습니까?"

"최근에는⋯⋯." 나는 카운터에서 고개를 들었다. "아, 추리소설을 읽었어요. 벳시 씨, 제가 최근에 산 책에서 퀴즈를 내볼까요?"

"⋯⋯무슨 책인데요?"

"어쩐지 마니악해서 잘 모르는 작가의 책이에요. 왠지 이상한 이름이었어요. 니시마 게이였던가." 이름은 이상했지만 작품은 평범했다. "요전에 책을 사러 갔더니 마침 매대에 진열되어 있기에 그냥 샀어요. 『형사 사에지마 료』 시리즈의 최신간이라나. 아세요?"

"아니요. 저도 모르는 작가입니다."

"그럼, 거기 실린 단편 내용을 들려드릴 테니까 사건의 진상이 무엇인지 맞혀보세요. 퀴즈예요."

조수, 또는 아르바이트생으로 한동안 함께 일한 경험상 벳시 씨의 성격은 어느 정도 파악하고 있었다. 이 사람은 흥미 없는 척하지만 퀴즈나 퍼즐 등 두뇌 승부만 되면 꼭 진심으로 나온다.

재미있겠다. 벳시 씨가 풀 수 있을지 시험해보자. 나는 의자에서 자세를 바로잡고 낭독이라도 하는 것처럼 이야기를 시작했다.

★★★

1

수화기를 들고 메모해둔 누마타의 집 전화번호를 눌렀다. 단지 그게 전부인데도 실수하지는 않았는지 몹시 불안해졌다. 만약 누마타가 받지 않으면 어쩌나도 불안해서, 그냥 모든 계획을 중지하고 수화기를 내려놓을까 하는 마음을 꾹 참았다. 아니, 참았다기보다 역시 그만둘까 망설이는

서술트릭의 모든 것

사이에 전화가 연결되고 말았다. 받은 사람은 누마타의 어머니였다. 내가 이름을 대자 누마타를 바꿔주겠다고 했다. 누마타도 금방 받았다.

이 타이밍에 내가 전화를 한다면 오늘 같이 보러 갈 영화 때문이라는 걸 누마타도 알고 있었던 모양이다. 누마타는 어디서 그 신작 영화의 광고를 본 듯 들뜬 목소리로 그 배우가 이런 장면을 이렇게, 그 감독이니까 내용은 반드시 이런 식으로 할 거라며 이야기했다. 그런 누마타의 말을 막고 "미안해. 급한 볼일이 생겨서 오늘 못 가게 됐어"라고 말했더니 그것만으로도 죄책감이 느껴졌다.

누마타는 한순간 말을 뚝 끊은 후 알았다고 했지만 상당히 기대하고 있었는지 "오늘은 정말 안 돼?" "다음 주는 진짜 괜찮은 거지?" 하고 거듭 확인했다. 나는 "다음 주에 다시 전화할게" 하고 대답했다. 누마타가 보러 가자는 영화는 대부분 나도 재미있게 보니까 실은 기대가 컸지만, 오늘은 절대로 못 간다. 왜냐하면 나는 이제부터 사람을 죽일 거니까.

"그리고 음악이 스기모토 에이신이야. 즉, 감독과 환상의 드림팀인 거지. 그렇다면 연출상……."

"미안해, 나 시간이 없어서 이만 끊을게."

"아, 그래. 그럼 혹시 일정 바뀌면 연락해줘. 오늘도 괜찮으니까!"

"응, 미안해. 그리고 고마워."

실은 이대로 누마타와 영화 이야기를 계속하고 싶다는 마음도 있다. 그러다 그냥 범행 기회를 놓치면 될지도 모른다. 하지만 그렇게는 안 된다. 그 남자의 행동을 조사하던 끝에, 1주일에 한 번도 안 되는 기회가 그야말로 지금 찾아왔다. 여기서 그만두면 지금까지의 고생이 물거품으로 돌아간다.

나는 누마타에게 인사하고 수화기를 내려놓았다. 예상외로 손에 땀이 찬 듯 수화기가 미끄러져서 제자리에 놓지 못한 데다, 힘이 너무 들어갔는지 약간 쾅 하고 내려친 감이 들었다. 하지만 가령 덜컥하는 큰 소리가 들렸더라도 누마타라면 이를 나쁘게 해석하지 않고 급해서 그런 거라 여길 것이다. 느닷없이 전화를 걸어 영화 약속을 취소했는데도 화난 낌새 하나 없었다. 그래서 더더욱 죄책감이 느껴졌다. 사실 나는 이 '취소 전화'를 하기 위해 누마타와 영화를 보러 가기로 했기 때문이다.

……하지만 이걸로 알리바이가 생겼다. 이렇게 전화를 한 이상, 나는 범행 당시 집에 있었다.

누마타 덕분이라고 생각하기로 했다. 나는 이제부터 사람을 죽일 것이다. 거침없이 죽이고 다음 주에는 영화를 보러 가자. 나는 문을 열고 밖으로 나갔다.

2

사에지마는 이렇게 좁은데도 강물 소리가 아주 시끄럽다

서술트릭의 모든 것

고 생각했다. 평소 산을 다니는 사람에게는 상식일지도 모르지만, 사에지마에게는 그런 취미도 없거니와 그럴 시간도 없다. 평소 돌아다니는 곳은 콘크리트로 된 도시의 정글이다. 이런 곳에는 현장을 확인하거나 시신에게 인사하는 용건 아니고서는 올 일이 없다.

아니면 이 강이 좁은 것치고는 유속이 빠른 걸까. 사에지마는 쏴아아, 하고 소리 내며 흘러가는 물살을 바라봤다. 이곳은 지치부군 오타키무라. 급류타기로 유명한 나가토로 지역이 바로 이 근처로, 계곡과 급류로는 빠지지 않는 곳이다. 날씨가 좋아서인지 주변에는 구명조끼를 입고 강 낚시를 하는 사람도 두 명쯤 보였다. 그중 중년 남자 한 명은 완전히 구경꾼이 된 듯 현장에 쳐진 'KEEP OUT' 테이프 밖에서 발돋움해 시신을 들여다보려다 담당 경찰관에게 밀려났다. 그 건너편에 있는 노인은 놀랍게도 여전히 낚시 중이었다. 자기는 낚시를 하러 왔으니까 옆에서 시체가 나오든, 경찰이 우글우글 몰려오든 낚시를 하겠다는 강철 같은 의지가 느껴졌다. 사에지마는 믿을 만한 증언을 해줄 사람은 저쪽이겠다고 생각했다.

뒤쪽에서 발소리가 들려 돌아보자 세 사람 몫은 될 만큼 어깨가 넓은 남자가 작은 봉지에서 뭔가 꺼내 먹으며 다가오는 참이었다. 머리가 크고 배가 불룩 튀어나온 너구리 장식품을 연상시키는 거구와 늘 먹는 막과자를 보건대 틀림없다. 지치부 경찰서의 과자 귀신, 우지하시 경사다.

"아아, 사에지마 씨. 빨리 오셨군요. 아직 계산대경찰 내부에서 수사본부를 가리키는 은어는 차려지지 않았을 텐데요."

"마침 오늘 한가했거든. 어차피 차려지겠지."

"드실래요?"

우지하시가 오블라토녹말질로 만든 포장지에 싸인 소프트 캔디를 내밀기에 사에지마는 거절했다.

"아니, 현장에서는 군것질 안 해."

"맛있는데요. 이 '콜라업일본의 젤리 과자'."

"과자보다 맛있어 보이는 증거가 현장에 남아 있을걸."

"참 성실하다니까. 사에지마 씨한테는 못 당하겠네요."

수사본부가 차려질 만한 사건이 발생하면 명령이 없어도 최대한 빨리 현장으로 향하는 게 사에지마의 방식이었다. 관할 경찰서 형사는 아직 부르지도 않은 본부 형사가 성큼성큼 들어가면 못마땅한 티를 내고, 제일 먼저 현장으로 급행하는 기동수사대한테 의심도 받지만, 남이 어지럽히기 전에 자기 눈으로 현장을 관찰함으로써 발견할 수 있는 증거도 많다. 사에지마가 현경 본부에서 빼어난 공적을 올리는 이유 중 하나였다.

"그래서? 피해자는 낚시 중이었나?"

사에지마는 양복과 작업복 차림의 사람 몇몇이 모여 있는 현장 쪽으로 걸어갔다. 쪼그려 앉은 지치부서 형사 너머로 구명조끼를 입은 옆구리와 아웃도어용 신발을 신은 시신의 발이 보였다.

서술트릭의 모든 것

"그랬던 모양입니다. 주변 낚시꾼에게 물어보니 전에도 여기서 본 적이 있고, 인사도 했다는군요. 단골인가 봐요."

우지하시가 빈 과자 봉지를 구겨서 바지 뒷주머니에 쑤셔 넣었다.

시신은 엎드린 상태로 쓰러져 있었다. 오른손에는 아직 낚싯줄이 뻗어 나간 낚싯대를 쥐고 있었지만, 머리가 깨져 챙 모자가 빨갛게 물들었으니 죽은 건 확실했다. 문제는 머리 옆에 떨어져 있는 돌이리라. 그쪽에도 피가 묻어 있었다.

"……이게 '흉기'인가."

사에지마는 몸을 돌려 몇 미터 앞에 솟은 절벽을 밑에서 올려다봤다. 높이가 20미터 가까이 된다. 피가 묻은 돌은 지름이 30센티미터가 넘어 '바위'라고 해도 될 만한 크기였다. 저 위에서 떨어져 머리에 맞으면 아무리 챙 모자를 쓰고 있어도 사망하리라. 하지만 낙석이라면.

"……사건인지 사고인지 확실해졌나?"

"일단 사고 쪽도 염두에는 둔다는데요."

우지하시는 고작 열 몇 걸음 걸어놓고 땀이 나는지 버버리 손수건으로 얼굴을 닦고서는 씩 웃었다.

"……사에지마 씨는 무엇 같습니까?"

"그야 유감스럽지만 사건이겠지."

시체를 다시 한 번 봤다. 피가 묻은 '흉기' 외에 주변 것과는 색깔과 질감이 다른 돌이 네 개쯤 흩어져 있었다. 크기는 다르지만 죄다 사람의 머리를 깨부수기에는 충분하다. 우연히 돌이 절벽 아래로 떨어졌다 치더라도, 사람의 머리를 깨기에 적당한 크기의 돌만 합쳐서 다섯 개가 머리 주변에만 집중해서 떨어질 확률은 몇억 분의 1일까. 사에지마는 다시 뒤쪽 절벽을 올려다봤다.

"……만약을 위해 다섯 개 떨어뜨렸겠지. 저 위에 산길 같은 게 있나?"

"과연 눈치가 빠르시네요."

우지하시는 고개를 끄덕이고 재킷 호주머니에서 이번에는 '아마이카타로오징어 맛이 나는 네모난 어포 모양 과자' 봉지를 꺼내 뜯었다. 그건 손이 끈적끈적해지는 과자 아니냐고 생각했지만, 그러고 보니 우지하시는 늘 물티슈를 가지고 다닌다는 게 기억났다. 요전에 손이 더러워졌을 때 물티슈를 주기에 준비성이 좋다고 느꼈는데, 과자 때문이었던 듯하다.

"하이킹 코스가 있습니다. 조금 앞쪽에 창고가 있는데요, 거기서 절벽 쪽으로 길을 벗어나면 딱 저 위로 나오는 모양입니다. 낚시꾼의 증언에 따르면 피해자는 늘 여기서 낚시를 한 것 같아요."

"……노리기 쉬웠다는 건가."

그러나 피해자가 매일 여기에 오지는 않았을 것이다. 피해자는 척 보기에 쉰 살 안팎이니 낚시는 분명 갑갑한 일상에서 빠져나올 수 있는 일요일의 작은 즐거움이었겠지만, 그렇다고 매주 올 수 있을 리는 없다. 우연히 이 산속에서 피해자와 마주쳐 순간적으로 살의가 솟구쳤을 가능성도 없지는 않겠지만, 상식적으로 생각하면 범인은 피해자의 행동을 파악하고 있었든지, 아니면 몇 주 동안 저 절벽 위에 숨어 범행을 저지를 기회를 노렸던 셈이다. 즉 범인은 가족 등 피해자와 아주 가까운 인물, 아니면 피해자와 어느 정도 친하고 피해자가 자주 여기로 낚시를 하러 온다는 사실을 아는 인물이다. 그리고.

"……매주 와서 숨어 있었다면 피해자의 주변에 '일요일마다 어딘가로 외출하는 자'가 있는 셈이지. 비교적 간단하게 용의자의 범위를 좁힐 수 있을 것 같군."

"운이 좋다면 그렇겠죠."

우지하시도 아마이카타로 봉지 안쪽에 묻은 소스를 "이게 맛있다니까요" 하고 핥으면서 고개를 끄덕였다.

"수사본부는 차려지지 않을지도 모르겠네. 그럼 헛걸음한 셈인데, 뭐 상관없어."

사에지마는 'KEEP OUT' 테이프를 통과해 밖으로 나갔다.

"어디 가십니까?"

"일단 저기 있는 주민센터 직원에게 알려주려고. '안심하세요. 살인사건입니다'라고 말이야."

와이셔츠와 넥타이 위에 작업복을 걸친, 공무원 분위기가 철철 넘치는 남자 두 명이 걱정스럽게 이쪽을 보고 있었다. 이 강가도 관광자원이고 낙석 '사고'가 발생했다면 관련 부서에서 책임을 져야 하는 데다, 관광객의 발길이 줄어든다.

어떤 경로로 사건을 알았는지는 모르겠지만, 사실을 확인하기 위해 부리나케 달려온 것이리라.

하지만 이건 사고가 아니라 명백한 사건이다. 그것도 관계자를 수사하면 조만간 범인이 밝혀질 듯하다.

이런 경우에 사에지마의 감은 잘 들어맞는다. 이번 사건에서도 그의 감은 들어맞았다.

하지만 사에지마는 아직 모른다. 분명 범인은 조만간 밝혀진다. 하지만 그러한 결론에 다다르기까지, 사에지마와 우지하시는 예상외의 난관을 뛰어넘어야만 한다.

3

"······이봐, 이건 이야기가 다르잖아."

사에지마는 담배를 고쳐 물고 우지하시를 봤다.

"······예상과 아주 다르네요."

우지하시도 고쳐 물고 고개를 끄덕였다. 물론 이쪽은 담배가 아니라 담배 모양 '코코아 시가렛'이라는 막과자다. 우지하시는 원래 담배를 피우지 않지만, 어째선지 담배를 피우는 시늉은 한다.

"그러니까 뭐야. 실마리가 전혀 없다는 거잖아."

"그런 것 같습니다. 틀림없이 동기는 원한 쪽일 텐데요."

전철역 플랫폼은 바람이 강하다. 우지하시는 코코아 시

가렛을 입가에 문 채 굵은 손가락으로 수첩이 넘어가지 않도록 누르느라 고생했다.

"……피해자는 네기시 기요시, 나이는 44세. 도시락 주문과 출장요리를 대행하는 사야마 시내의 작은 회사에서 일했습니다. 근무 태도는 대체로 성실한 편이었고, 사장이 평가하기로는 좋지도 않고 나쁘지도 않고 무난한 직원이었답니다. 교우관계나 직장 내부에서 말썽은 없었고, 특별한 고민이나 불만이 있는 낌새도 없었답니다. 전과, 채무, 이혼 경력 전부 없음. 아내와 두 딸과 같이 살았습니다. 취미는 강 낚시. 취미와 관련해서 말썽을 빚은 적도 없었습니다. 술은 마시지만, 단골 스낵바에 한 달에 한 번 정도 가는 게 전부였습니다. 이 스낵바가 이제 가볼 '미유키'입니다. 덧붙여 술과 관련된 말썽도 없었거니와 윤락업소에도 드나들지 않았습니다. 이상한 친척도 없는 모양이고, 학창시절 친구나 동네 친구 중에 묘한 사람도 없는 것 같아요. 한 마디로 흠 하나 없습니다."

사건이 발생한 지 오늘로 닷새째. 지금까지 참 열심히 조사했구나 싶다. 하지만 현재로서는 '전패'였다. 피해자 네기시 기요시의 인간관계에서 사건에 휘말릴 만한 요소가 전혀 나오지 않은 것이다. 네기시 기요시는 이른바 '살해당할 만한 사람이 아닌' 전형적인 보통 사람이자, 너무 평범해 관공서 포스터에라도 나올 법한 한 명의 납세자였다.

사에지마는 말보로를 피우며 머리를 긁적였다.

"그밖에 뭔가 없나? 어쩌면 목표는 다른 사람인데 착각해서 네기시를 죽였다든가."

우지하시는 코코아 시가렛을 입에 쏙 집어넣고 오독오독 씹어 먹었다.

"그건 아니겠죠. 주변에 다른 낚시꾼은 없었고, 네기시 말고 다른 사람이 거기에 자리를 맡는 일도 없었다고 합니다. 하물며 범인은 시간을 들여서 피해자의 행동 패턴을 파악했을 거예요. 그게 전부 틀렸다고는 도저히."

"……묻지 마 살인은 아니겠지. '태양이 눈부셨다_{알베르 카뮈의 『이방인』에 나오는 구절}'는 이유로 사람을 죽였다면 찾을 방도가 없어."

"그런 것치고는 정성을 다해 기회를 기다렸으니까요. 아니면 장난삼아 돌을 던졌더니 '영원蜻蛉은 우연히 죽었다_{시가 나오야의 『기노사키에서』에 나오는 구절}'같이 된 걸까요?"

"그럼 다섯 개나 던지지 않았겠지."

"그렇겠죠."

물론 형사라는 직업상 헛수고에는 익숙하다. 신발 밑창이 닳도록 걷는 건 일상이다. 사에지마는 말보로를 발치에 버리고 발로 비벼서 불을 껐다. 여러 담배를 시험해봤지만 결국 제일 흔한 이 담배로 돌아왔다.

"슬슬 가게가 열겠군. 갈까."

"네."

우지하시도 코코아 시가렛 포장지를 호주머니에 쑤셔 넣

었다. 남은 것은 피해자가 단골로 드나들던 스낵바 '미유키'. 여기 정도밖에 믿을 곳이 없었다.

"……아니요, 정말로 아무 일도 없었어요. 네기시 씨는 점잖은 분이라 술을 드시면 약간 쾌활해지기는 해도 주사를 부리신 적은 한 번도 없었거든요."

역 앞에 있는 스낵바 '미유키'의 마담은 통통한 50대 여자로, 이 업계에서는 보기 드물게 형사가 찾아왔는데도 그리 싫은 내색을 하지 않았다. 마담이 젊은 미인이고 괜찮은 후원자의 도움을 받아 가게를 운영 중이라는 낌새가 있다면 피해자가 마담에게 치근거리다가 후원자에게 해코지를 당한 게 아니냐는 그림도 그릴 수 있겠지만, '미유키'는 암흑가와는 무관하며 풍속영업법과 식품위생법도 철저히 준수하는 보통 가게였다. 우지하시와 함께 주문한 오믈렛과 닭튀김은 둘 다 맛이 기가 막혔다. 굳이 따지자면 술이나 대화보다는 마담의 요리 솜씨로 가게를 유지하는 게 아닐까 추측됐다.

"아까 말씀드린 기간 말인데요, 그 사이에 또는 그 전후에 네기시 씨가 여기에 왔었습니까?"

우지하시가 닭튀김을 먹으며 묻자 마담은 고개를 끄덕였다.

"네. ……그게, 돌아가시기 한 달 전에요. ……네기시 씨가 돌아가시다니……."

우지하시는 겉으로만 마담에게 공감하는 척 잠시 입을 다물었다가 다시 물었다.

"그때 뭔가 특별한 일은?"

"없었어요."

마담은 고개를 저었다.

"평소와 똑같았어요. 평소처럼 마시고, 친구에게 술을 권했죠. ……그러고 보니 그때는 조금 강하게 권했었나? 제가 한 번 괜찮으냐고 말을 걸었는데."

간판을 내놓으러 나갔던 듯한 남자 점원이 돌아오자 마담은 그에게 요리 준비를 하라며 안으로 들여보냈다. 그 순간에 사에지마와 우지하시는 재빨리 눈빛을 교환했다. 사에지마가 물었다.

"그 친구라는 분은 네기시 씨와 어떤 관계였습니까? 그리고 비교적 강하게 술을 권했다고요?"

마담은 한순간 입을 다물었다가 바로 웃음을 지었다.

"아니요. 아무 말썽도 없었답니다. 험악한 분위기는 전혀 아니었어요. 아라이 씨도…… 아라이 씨라는 사람인데, 결국 거절하지 않고 맛있게 마셨고요. 둘 다 아주 즐거워 보였어요. 아라이 씨는 오랜만에 마셨다며 약간 과음했을 정도였죠. ……확실히 전에는 꽤 자주 오셨는데, 요 반년 넘게 저희 가게에는 안 오셨거든요."

"……점잖은 손님들이군요. 이 가게 분위기가 그래서인가."

사에지마는 수첩과 명함을 꺼냈다.

"혹시나 모르니 아라이 씨의 연락처 같은 걸 아시는 범위에서 가르쳐주시지 않겠습니까. ……그리고 나중에 뭔가 생각나면 이 번호로 전화를 주십시오. 제 집 전화번호입니다."

설령 정보를 제공하기 위해서라도 경찰서나 수사본부에 거부감 없이 전화를 걸 수 있는 일반 시민은 거의 없다. 이럴 때를 대비해 사에지마는 집 전화번호를 적은 명함을 가지고 다녔다. 인쇄된 명함에 육필로 전화번호를 적어서 주면 아주 비밀스러워 보이고 친밀한 느낌도 들어서 연락하기 쉬워진다. 사실 유흥업 종사자들이 자주 쓰는 방법이기도 했다.

제법 오래 이야기한 것 같았지만 가게를 열자마자 찾아가서인지 '미유키'를 나서도 겨우 오후 6시 반이었다. 거리는 아직 밝고 활기찼다.

"……두 정거장 거리인데 지금 갈까요?"

우지하시가 수첩을 보면서 말했다. '미유키'의 마담이 아라이의 명함을 가지고 있어서 사에지마와 우지하시는 그의 주소와 전화번호를 알아내는 데 성공했다.

"마침 저녁때니 가보는 게 좋겠지."

사에지마는 고개를 끄덕였다. 저녁에는 가족이 모두 집에 돌아온다.

현재 네기시 기요시 살인사건의 단서는 전혀 없다. 이 아라이, 그러니까 아라이 이사무라는 사람도 그냥 이름이 나왔을 뿐 단서라 할 만한 정도는 아니다. 마담의 이야기에 따르면 아라이도 네기시처럼 보통 직장인으로, 도쿄 도내의 광고회사에 다니며 대학생과 중학생 아들이 있다는 모양이다. 확실히 범죄와는 그다지 인연이 없을 것 같기는 하다.

그렇다고 사에지마가 억측을 하는 것은 아니었다. 뭘 물어도 술술 대답하던 마담이 아라이 이야기를 할 때는 한순간 망설였다. 뭔가 있었던 것이다. 마지막까지 즐겁게 술을 마신 건 사실인 듯하지만, 마담 이야기에 따르면 네기시 이상으로 자주 왔다는 아라이가 요 반년 넘게 가게에 오지 않았다고 한다.

"아라이가 말썽거리를 안고 있고, 거기에 네기시가 휘말렸다……. 뭐 그런 걸까요?"

우지하시가 말했다. 사에지마도 고개를 끄덕였다. 네기시 본인은 너무나 아무것도 없는 인간이다. 주변의 평판을 봐도, 부러움도 미움도 사지 않는 그냥 착한 사람이라는 인상뿐이었다. 가능성이 있다면 어쩌다 보니 뜻밖에 무슨 일에 관여했다거나, 혹은 네기시가 관여했다고 누군가가 착각한 걸지도 모른다.

하지만 그렇게 치면 범인은 네기시와 전혀 상관없는 사람인 셈이다. 예상외로 난감한 사건이 될 것 같았다. 헉헉 숨을 몰아쉬며 사에지마 옆을 걷는 우지하시도 그걸 아는 듯 발걸음이 조급했다.

서술트릭의 모든 것 |

결과적으로는 그날 아라이의 집을 방문하기로 했던 건 옳은 선택이었다.

　역에 도착해 전철에서 내렸을 때 플랫폼의 남자 화장실에서 뭔가 기적을 느꼈다. 사에지마가 개찰구로 향하려는 우지하시를 제지하고 화장실로 들어가자, 예상대로 불량해 보이는 교복 차림 고교생 너덧 명이 비실비실한 사복 차림 남자 한 명을 둘러싸고 위협하고 있었다. 돈을 뜯어내는 모양이다. 정말이지 요즘 어린 것들은, 하고 생각하며 사에지마는 손가락 관절을 뚝뚝 꺾었다. 옆에서 우지하시가 "삐빅~" 하고 흐릿한 소리를 냈다. 호루라기를 가지고 있었나 싶었지만, 먹고 있던 후에라무네<small>가운데 작은 구멍이 뚫린 동글납작한 과자</small>에 바람을 휘 불어 소리를 낸 것이었다.

　"뭐야, 아저씨들? 구경났어? 얼른 꺼져."

　머리를 금색으로 물들인 소년이 호주머니에 손을 찔러 넣은 채 다가왔다. 사에지마는 한숨을 쉬었다. '요즘 젊은 놈들은 도덕심이 없다니까' 하고 속으로 늙은이 같은 푸념을 한 후, 우지하시와 함께 발을 내디뎠다.

　"……아쉽지만 농땡이를 부릴 수는 없거든. 우리 급료는 세금에서 나와서 말이야."

　사에지마는 금발 소년의 목덜미를 잡고 끌어당기며 다리를 걸어서 넘어뜨렸다.

　"이 새끼가."

　소년들이 펄펄 화를 내며 한꺼번에 덤벼들었다. 사에지마는 제일 앞에 있던 소년을 앞차기로 쓰러뜨린 후, 그 뒤에 있던 소년의 앞머리를 붙잡고 끌어당겨 팔꿈치로 관자놀이를 때렸다. 옆에서 배를 얻어맞은 우지하시가 뱃살로 주먹을 튕겨내고 씩 웃었다. 놀아주는 걸까.

무리 지어 허세를 부렸지만 결국 천성은 소심한 어린애들이었다. 우지하시가 한 명을 발다리후리기로 쓰러뜨렸고 그 사이에 사에지마가 다른 한 명에게 상단 돌려차기를 먹이자, 나머지 한 명은 화장실 바닥에 철퍼덕 주저앉아 물고기처럼 입을 떡 벌렸다. 바닥에 쓰러진 녀석들도 사에지마가 한 번 째려보자 잔뜩 움츠러들었다.

사에지마는 벽에 기대어 소변기와 나란히 앉아 있던 남자에게 말을 걸었다.

"괜찮나?"

남자는 바닥에 떨어진 검정 뿔테안경을 주워서 썼다. 청바지에 청재킷, 머리에는 빨간 반다나를 둘렀다. 그 행색을 보고 소위 '오타쿠주로 애니메이션, 게임, 만화 등 기호성이 강한 취미를 좋아하는 사람을 뜻하는 말'라는 걸 한눈에 알았다. 사에지마는 남자를 부축해서 일으키고 크게 다친 곳이 없는지 확인했다. 그저 시비에 휘말렸을 뿐 폭행은 당하지 않은 듯했다.

"……이야, 덕분에 살았습니다. 형사님이신가요? 에헤헤. 저는 세금을 안 내지만."

남자는 비굴하게 웃더니 머리를 꾸벅 숙이고 "죄송합니다"하고 말했다. 도움을 받았으니 '죄송합니다'가 아니라

'고맙습니다'라고 해야 하는 것 아닌가. 불량아들과는 별개로 이 녀석도 요즘 젊은이구나 싶었다.

"이거, 돈 빼앗겼나?"

사에지마는 바닥에 떨어진 남자의 지갑을 주워서 건넸다. 그때 알아차렸다. 대학 학생증에 적힌 이름이 '아라이 가즈히코'였다.

"아니요, 전혀요. 괜찮습니다."

"아라이 가즈히코?"

사에지마의 말에 뒤에서 불량아들을 야단치고 있던 우지하시가 놀라서 돌아봤다.

"아버지 성함은 아라이 이사무 씨, 맞지?"

"앗. 어떻게 아세요?"

"마침 너희 집에 가려던 참이었어. 아버지는 이제 집에 오실 때 됐나?"

사에지마가 경찰수첩을 보여주자 아라이 가즈히코는 눈을 돌렸다.

"몰라요. ……뭐, 그 인간을 아버지라고 부르고 싶지도 않고요."

사에지마는 불량아들을 쫓아 보내고 뒤에서 다가온 우지하시와 눈을 맞췄다.

"……사이가 안 좋나. 그래서 집에 들어가기가 싫어서 이렇게 밖에 있다든가."

손목시계를 봤다. 저녁 먹을 시간은 이미 지났다. 하기야 대학생이라면 놀러 다녀도 이상하지 않을 시간대이기는 했지만.

"……아니요, 그런 건 아니고요. 제가 오타쿠지만 품행은 방정합니다."

"오타쿠든 뭐든 시민인 건 마찬가지고, 딱히 너한테 이래라저래라 하겠다는 건 아니야. 너희 집에 가기 전에 가족이 어떤 분위기인지 물어볼까 했을 뿐이지. 그럼 휴일에는 다들 집에 없나? 아버지가 싫어서?"

"요즘은 다들 제각각이에요. 그 인간이 거실에서 술이나 퍼마시는데 집에 있고 싶겠어요? 어머니는 일요일에 일하러 나가고, 동생은 지난주도 지지난 주도 친구랑 놀러 나갔어요. 저는 뭐…… 친구랑 아키하바라에 가거나 그러죠."

사에지마는 아라이 가즈히코의 얼굴을 쓱 훑어보고 오른쪽 눈 옆에 거뭇한 멍이 생긴 걸 알아차렸다. 지금 얻어맞아서 생긴 멍이 아니다. 좀 더 오래된 것이다. 그렇다면.

"마침 잘됐군. 일단 어머니랑 남동생은 있다는 거지? 우리는 탐문 수사 중이었거든. 마침 이야기를 듣고 싶었어. 같이 돌아가자."

사에지마가 그렇게 말하자 아라이 가즈히코는 난감해하는 눈치였지만, 우지하시가 "뭐 먹을래?" 하며 사탕이니 껌이니 차례차례 내놓자 그걸 사양하는 사이에 조금씩 그의 집까지 동행한다는 분위기가 만들어졌다.

사에지마는 걸으면서 생각했다. 수수께끼였던 동기가 판

명됐는지도 모르겠다. 문의해야 할 곳은 근처 병원이다. 그리고…….

사에지마는 결국 우지하시에게 껌을 받아 씹으며 걸어가는 아라이 가즈히코를 곁눈질로 살폈다. 용의자는 여기 아라이 가즈히코와 그의 어머니 아라이 세쓰코. 범행의 양상으로 보면 중학교 1학년인 둘째 데쓰야도 고려할 수 있다.

아라이의 집안은 평범한 가정이었다. 어디에든지 있는 2층짜리 단독주택. 신발장 위에는 나무로 만든 곰 조각품, 벽에는 은행 이름이 들어간 달력. 적당히 물건이 많고, 적당히 청결한 일본의 평균적인 가정이다. 그런 분위기와 대비되어 거실 소파에 사에지마 일행과 마주앉은 아라이 세쓰코의 둥그렇게 멍이 들어 판다같이 변한 얼굴은 강렬한 인상을 줬다.

사에지마의 예상은 딱 들어맞았다. 아라이 이사무는 틀림없이 술버릇이 안 좋고, 취하면 아내와 자식에게 손을 대는 인물이다.

"……글쎄요. 술 마신 날은 아무 연락도 없이 아침에나 들어오거든요. 그날은 모르겠네요."

아라이 세쓰코는 되는대로 대답했다. 남편을 통제할 수 없는 맹수라 여기고 체념한 듯한 태도였다. 남편을 두려워하는 단계조차 지나, 정신적으로 완전히 피폐해져 아예 생각하기를 그만둔 것 같았다.

"집에는 안 들어오셨습니까? 부인은 그날 어디 계셨습니까."

"저는 오후 6시 넘어서까지 파트타임 일을 했어요. 집에 와서 저녁을 준비하고 평소대로 지냈죠. 남편은 아침 9시쯤에 들어왔고요."

일요일까지 일을 하러 나간다니, 아무래도 집에서 남편과 얼굴을 마주하고 싶지 않은 모양이다. 하지만 알리바이는 일터에서 확인할 수 있을 듯했다.

"남편분이 어디에 계셨는지는 모르신다 그거죠? 그럼…… 데쓰야, 넌 뭔가 못 들었니? 그날은 어디 있었어?"

사에지마는 식탁에서 만화책을 읽는 척하며 이야기에 귀를 기울이는 둘째 데쓰야를 돌아봤다. 데쓰야는 만화책을 내려놓고 몸을 이쪽으로 돌렸다. 요즘 아이지만 책을 읽으며 대답할 만큼 예의를 모르지는 않는 모양이다.

"……저는 학교 숙제 때문에 해야 할 일이 있어서 그날 내내 집에 있었어요."

"혼자?"

"네. ……실은 친구 누마타랑 영화를 보러 갈 예정이었는데, 어쩔 수 없이 전화로 약속을 취소했어요. ……아마 2시 반쯤이었나."

"그 후에는 집에 계속 혼자 있었니?"

"네."

사에지마와 우지하시는 서로 고개를 끄덕였다. 이 두 사람도, 집에 돌아오자마자 자기 방에 틀어박힌 가즈히코도 아버지 이사무가 뭔가 저질러서 형사들이 찾아온 거라 생각하는 듯해서 다행이었다. 사실 사에지마와 우지하시는 나머지 가족의 알리바이를 확인하러 온 거였다. 일단 세쓰코의 알리바이는 직장에서 금방 확인할 수 있으리라. 이 집에서 현장까지는 두 시간 반이 걸리므로, 2시 반쯤에 전화했다는 누마타에게 확인을 받으면 데쓰야도 알리바이가 성립한다.

그렇다면 현재 문제는 첫째인 가즈히코다. 아키하바라에 있었다는데 혼자였던 모양이다.

그날 밤, 사에지마가 집에 돌아오자 자동응답기에 메시지가 녹음되어 있었다. '미유키'의 마담이었는데, 생각난 일이 있으니 일단 알려는 두겠다고 서론을 깔았다.

─아라이 씨, 다들 돌아간 후에도 계속 술을 마시다가 울었어요. 술을 마시고 말았다고 되풀이하면서요. 그 후에 남편이 여기서 술을 마셨느냐고 아라이 씨 부인이 물으러 왔죠. 그렇다고 대답하는 수밖에 없었어요.

4

"……즉, 동기가 분명해진 거로군요."

우지하시는 일어서서 신발 밑창을 인도 가장자리의 턱에다 비비기 시작했다.

"……응. 결론부터 말하자면 살해당한 네기시는 역시 '나쁜 짓'은 안 했어. '미유키'에서 술친구였던 아라이에게 술을 권했을 뿐이지. ……왜 그래?"

"껌을 밟았어요. 종이에 싸서 버려야 할 것 아니야."

우지하시는 신발 밑창에 붙은 껌을 비벼서 떼면서 호주머니에서 '돈구리껌속에 껌이 든 사탕'을 꺼내 먹었다.

"안 떨어지네. 앗, 땅콩버터로 문지르면 되던가. 땅콩버터는 없었나."

땅콩버터가 필요할 때 냉큼 호주머니를 뒤져보다니 참으로 신기해 보였다. 우지하시는 속상한 듯 "없네" 하고 중얼거리더니 진지한 표정으로 되돌아왔다.

"아까 본부에 전화로 문의해보니, 병원 쪽은 확인했답니다. 아라이 이사무는 알코올중독자에 주사가 심해서 술을 마시면 난리를 치며 아내와 자식을 때렸던 모양이에요. 반년쯤 전에 얻어맞고 쓰러진 아내가 다쳐서 두 바늘을 꿰맨 걸 보고 조금은 반성했는지 병원에서 시안아미드_항주제(抗酒劑)_를 처방받았습니다. 물론 처음에는 꾸준히 먹었겠지만 서서히 약 먹는 걸 게을리하기 시작했죠. 그러다 요전에 '미유키'에서 그렇게 된 거예요."

"그 사정을 모르는 네기시 기요시가 '선의'로 아라이에게 술을 권한 거고. 아라이가 마시고 싶은 티를 잔뜩 냈을 테니 정말로 '선의'였겠지. 결국 아라이는 슬립_{재음주. 알코올의존증} _{환자가 금주 후 다시 술을 마시는 일} 상태에 빠졌고, 집에 돌아가서 또 난리를 친 거야."

"……네기시에게 나쁜 뜻은 전혀 없었겠죠. 하지만 아라이의 가족 입장에서는 네기시 탓에 다시 지옥이 시작된 셈이로군요. 슬립을 한 알코올중독자는 그동안 참아왔던 반작용 때문에 닥치는 대로 술을 마신다는 모양이니까요."

사에지마는 아라이 세쓰코의 얼굴에 생긴 멍을 떠올렸다. 아라이 이사무는 술에 취하면 여성의 얼굴도 아무렇지 않게 때리는 것이다. 우지하시는 호주머니에서 다른 돈구리껌을 꺼내 이번에는 아껴서 빨아먹었다.

"……어휴. 마시면 큰일 난다는 걸 알면서 왜 또 술을 마시는 걸까요. 과자가 훨씬 싸고 맛있고 재미있는데."

우지하시 본인은 이미 그 단계를 넘어섰겠지만, 보통은 다 큰 남자가 선뜻 과자를 사는 건 그렇게 쉬운 일이 아니다. 입이 심심해지면 담배나 커피밖에 없다. 비흡연권을 주장하는 목소리가 해마다 높아져서 담배도 설 자리를 잃어가고 있다. 일본에서 술 말고 다른 선택지는 별로 없다.

"……동기는 확실해졌는데."

설령 선의였다고 해도 자신들 가족을 지옥으로 되돌려놓은 네기시를 아라이 집안 사람 중 누군가가 용서하지 못한 건 이해가 간다. 하지만 새로운 문제가 발생했다.

"……알리바이가 말이지."

우지하시가 입속에서 돈구리껌을 굴려서 뺨을 불룩하게 만들며 말했다.

"목격 증언과 검시 결과로 보면 네기시 기요시는 일요일 오후 2시 반경에 살해당했습니다. 아라이 이사무의 폭력에 희생되어 가장 동기가 강할 사람은 아라이 세쓰코인데요. 12시 45분경부터 오후 6시 지나서까지 일터인 슈퍼에 있었던 것이 확인됐습니다. 물론 도중에 10분이나 20분쯤 담당 구역을 떠난 적은 있었지만, 슈퍼에서 현장인 산속까지는 아무리 서둘러도 두 시간은 걸립니다. 세쓰코는 운전면허도 없고요."

무면허라도 운전은 할 수 있고 택시도 있지만, 애당초 범행을 저지를 시간이 없다. 우지하시는 수첩을 넘겼다.

"둘째인 데쓰야도 마찬가지입니다. 중학교 1학년이라면 범행은 충분히 가능합니다만, 누마타라는 친구가 딱 2시 반에 전화를 받았습니다. 누마타는 당시 상황을 아주 자세히 기억했어요. '조금 서두르는 듯한 목소리였다' '끊을 때 수화기를 잘못 놓았는지 달칵달칵 소리가 났다'라고 증언했습니다. 덧붙여 통화 중에 뒤편에서 선거연설을 하는 목소리도 들렸다는군요. 그쪽 지역은 한창 선거유세 기간이니까요."

우지하시가 빠득, 하고 돈구리껌을 씹어서 깨뜨렸다.

"……연설에 관해서는 확인했나?"

사에지마의 질문에 우지하시는 수첩을 넘겼다.

"아라이 씨의 집 위치상 통화 중에 뒤편에서 연설이 들립니다. 누마타는 총리의 이름이 들렸다고 증언했는데요, 분명히 총리가 그날 응원연설을 하러 그 동네에 왔더군요. 따라서 데쓰야는 2시 반경에 틀림없이 집에 있었던 것 같습니다. 문제는 그런 인간이 와서 정말로 '응원' 연설이 되느냐는 거겠죠. "미국 앞잡이 짓 좀 그만하라"라는 야유가 날아들었다는 모양이에요."

"아주 신랄하군. 그러다 공안경찰한테 찍히겠어."

"뭐, 저는 현 정권이 엄청 싫거든요. 국채를 자꾸자꾸 발행해서 젊은 세대에게 부담을 떠넘기고, 그 돈으로 국방비만 잔뜩 쌓아 올리잖아요. 일본을 미국의 전초기지로 만들려는 작정일까요. 빨리 그만뒀으면 좋겠는데, 몇 년을 해 먹으려는 건지."

선거에서 당선된 여당이 선택했으니 어쩔 수 없다 싶지만, 그러고 보면 선거 투표율이 아주 저조했다. 일본이 어떻게 될지 사에지마도 걱정되지만, 물론 지금 집중할 것은 일본의 미래가 아니라 지치부의 사건이다.

그리고 지치부의 사건 또한 일본의 앞날 못지않게 불안했다. 아라이 데쓰야도 알리바이가 성립한다. 물론 증언을 한 누마타가 공범일 수도 있지만, 그가 아라이 데쓰야의 전화를 받았다는 사실은 집에 있었던 누마타 어머니의 증언과도 일치하기에 가능성은 미약했다.

그렇다면 남은 건 혼자 아키하바라에 있었다는 첫째 가즈히코였다. 하지만.

저녁에 서점을 찾아가자 점원은 웃으며 대답했다.

"아, 이 사람 그날 꽤 오랫동안 여기 있었어요. 단골이라 알아요. ……오후 2시쯤부터 2시간 정도였으려나요."

아키하바라에서 현장까지 가려면 두 시간으로는 모자랄 것이다. 이리하여 아라이네 가족 세 명, 아라이 이사무를 제외한 모두의 알리바이가 입증됐다.

전파상 앞에서 흘러나오는 음악과 소부선総武線 전철이 오가는 소리로 시끄러운 아키하바라의 길가를 말없이 나란히 걸으며, 사에지마와 우지하시는 각자 같은 생각을 하고 있었다.

이게 대체 어떻게 된 걸까.

네기시의 주변은 수사본부의 다른 팀이 여전히 조사 중이지만, 아무것도 나오지 않았다. 동기가 있어 용의선상에 올릴 수 있는 사람은 아라이 세쓰코, 가즈히코, 데쓰야뿐이다. 알코올중독인 이사무 본인은 어떨까 싶어 조사해봤더니, 다른 수사원의 보고에 따르면 이 남자는 슬립 직후에는 인생 다 끝난 것처럼 굴었어도 그 뒤로는 (자기 혼자만큼은) 기분 좋게 술을 마시고 다닌다고 한다. 그러니 네기시에게 살의를 품고 주도면밀하게 범행을 준비할 만한 상태가 아니라는 것이다.

아라이 세쓰코는 사건 당시 자택 근처의 슈퍼에서 일하고 있었다. 현장까지는 두 시간이 걸린다.

아라이 데쓰야는 집에 있었고, 현장까지는 두 시간 반이 넘게 걸린다.

마지막으로 아라이 가즈히코는 아키하바라에 있었다. 현장까지는 세 시간이 넘게 걸리리라.

이 중 누군가가 범인이라면 하늘을 날았다고밖에 생각할 수 없다. 아니, 하늘을 날아도 극복할 수 없는 거리다.

우지하시가 입안에서 사탕을 굴려 왼쪽 뺨과 오른쪽 뺨을 번갈아 불룩거리며 말했다.

"……세쓰코의 알리바이는 동료를 매수해서 증언시킨다든가."

사에지마는 고개를 저었다.

"말도 안 돼. 위험이 너무 커."

"가즈히코가 서점 점원을 매수해서 알리바이를."

"더더욱 말이 안 되지. 매수하려 하자마자 수상쩍게 여길 거야."

"……그렇다면 데쓰야의 친구 누마타일까요. 거기에 누마타의 어머니도 공범."

"그것도 아니지. 공범을 만들 거면 누마타 한 명이면 돼. 누마타의 어머니까지 끌어들이면 위험성이 커져. 중학교 1학년도 그 정도 생각은 있을걸."

길가에 쪼그려 앉은 노인이 먹던 빵을 뜯어서 비둘기에게 줬다. 굉음을 토해내며 지나가는 소부선이 대화를 중단시켰다. 사에지마는 저녁놀이 물들기 시작한 하늘을 봤다.

……이게 바로 불가능 범죄라는 걸까.

★ ★ ★

"……자, 여기까지예요."

나는 의자에서 자세를 고치며 벽시계를 봤다. 슬슬 사람이 늘어날 시간대지만, 아직 손님은 한 명도 오지 않았다. 고양이가 돌아와서 한차례 야옹야옹 울고 떠났다.

벳시 씨는 말없이 글라스를 닦았다. 하지만 아까부터 5분가까이 같은 글라스만 닦고 있으니, 내가 낸 퀴즈에 몰두하는 것이리라. 그러고 보니 이 사람은 가게에서 생각할 때 글라스를 계속 닦는 버릇이 있었다.

"어때요? 이다음에 바로 해결편이 나와요. 즉, 힌트는 이제 없어요." 벳시 씨가 고민하는 것 같아서 나는 약간 우쭐한 마음에 히죽 웃었다. "어려우면 힌트를 좀 드릴까요? 저야 읽었을 때 쉽게 풀었지만요."

벳시 씨는 위스키 병이 늘어선 선반을 보며 불쑥 말했다.

"……힌트는 필요 없었는데요. 뭐, 푼 다음에 나온 힌트니까 무효로 하죠."

생긴 것과는 어울리지 않게 오기가 세다. 하지만 이번에는 내가 고개를 갸웃거릴 차례였다.

"……아직 힌트는 안 드렸는데요."

"줬습니다. 당신이 나한테 '책에서 읽은 이 이야기를' 퀴즈로 낸다는 것 자체가 힌트예요. 또한 당신은 '읽었을 때 쉽게 풀었다'라고 했죠? 그 말도 힌트입니다."

무슨 소리인가 했지만, 금세 짐작이 갔다.

"우와⋯⋯."

나는 다시 카운터에 푹 엎드렸다. 역시 이 사람은 보통내기가 아니다.

고개를 들어 벳시 씨를 봤다. 벳시 씨는 닦던 글라스를 내려놓고 어째선지 롱 글라스에 얼음을 넣기 시작했다. 고민하는 시간은 다 끝난 듯하다.

"⋯⋯그럼 해답을."

"⋯⋯네."

"아니, 그 전에 질문을 하나 할까요." 벳시 씨는 미소를 짓더니 스퀴저로 자몽 과즙을 짰다. "⋯⋯그 책을 샀다는 서점은 어디입니까?"

"아하하." 이제 항복이다. 벳시 씨는 모든 것을 꿰뚫어본 듯하다. "역 뒤편 가와마타 서점이요."

"⋯⋯역 뒤편을 좋아하는군요, 당신은." 벳시 씨는 과즙을 짜면서 웃었다. "그럼 명백하네요. 범인은 둘째인 아라이 데쓰야입니다. 그는 간단한 트릭을 사용해 알리바이를 만들었어요. 아마도 전날 다른 동네에서 녹음한 선거연설을 뒤에 틀어놓고, 핸드폰으로 현장 부근에서 누마타에게 전화를 한 거겠죠."

"⋯⋯데쓰야라고 명확하게 서술되지는 않았지만, 첫 장면에 범인이 문을 열고 나가는 묘사가 있었잖아요?"

"그건 우지하시 경사가 말했던 현장 근처 창고의 문이겠죠."

"하지만 '수화기를 내려놓았단' 묘사도 있었는데요?"

"맞습니다. 수화기를 내려놓는 타입의 핸드폰을 사용한 거예요."

벳시 씨는 과즙을 셰이커에 따랐다.

"……저는 읽을 때까지 몰랐지만, 정말로 그런 게 있었나요?"

"있었죠. 1985년부터 단기간이기는 했지만 NTT(일본전신전화주식회사)에서 숄더백 형태로 어깨에 거는 방식의 핸드폰인 '숄더폰'을 판매했습니다. 어깨에 걸고 다니는 본체에 코드가 달린 수화기가 얹혀 있죠." 벳시 씨는 리치 리큐어를 꺼냈다. "당시에는 핸드폰이라는 단어가 없었습니다. 숄더폰은 '차에서 꺼내서 휴대할 수 있는 자동차 전화'라는 수준의 것이었어요. 오스타카야마산에 비행기가 추락하는 사고가 발생했을 때 군마 현경이 이를 도입해 활약했다고 합니다. ……하기야 1987년에는 손에 들고 다니는 타입의 '핸드폰'이 등장해서 숄더폰은 고작 몇 년밖에 활약하지 못했지만요."

"와아……, 재미있네요."

IT 기기가 20세기 말에 급속하게 진보한 건 나도 안다. 초기의 핸드폰은 화면이 흑백이었고, 컴퓨터는 책상에 올려놓지 못할 만큼 거대했다는 모양이다.

"당신이 들려준 책의 내용에는 '오타키무라'라는 마을 이름과 '콜라업'이라는 신기한 단어가 나왔습니다." 벳시 씨는 리치 리큐어를 따르고 이번에는 블루 큐라소를 꺼냈다. "지치부의 오타키무라는 2005년에 시정촌 합병으로 지치부시가 되어서, 현재는 지치부 오타키로만 존재하죠. 마찬가지로 콜라업도요."

"……저어, 그건 모르는데요."

"주식회사 메이지에서 판매하는 콜라업은 현재도 인기 상품입니다만, 오블라토로 포장된 예전 상품은 1997년에 단종됐어요. 새로이 부활한 버전에는 오블라토 포장지가 없습니다."

셰이커를 흔들기 시작한 벳시 씨를 보고 나는 한숨을 쉬었다. 그러고 보니 이 사람은 막과자 마니아라, "아직도 이게 있었나!" 하고 놀랄 만큼 마니악한 막과자를 가게에서 제공해 손님에게 호평을 받고 있다.

"즉, 당신이 읽은 책의 '현재'는 1985년이나 1986년쯤이었던 겁니다. 그 점을 본문에서 전혀 거론하지 않은 건 그 책 자체가 그 시기에 간행됐기 때문이고요. 당신이 가와마타 서점에서 사서 내게 들려준 이야기는 수십 년 전에 간행된 '시리즈 최신간'이었습니다. 저자인 니시마라는 분은 이제 이름조차 들리지 않으니, 이미 붓을 꺾으신 거겠죠.『형사 사에지마』시리즈도 이 책을 끝으로 중단됐을 거고요."

"……맞아요."

나는 핸드폰을 꺼내 찍어놓은 책 사진을 띄워 벳시 씨에게 보여줬다. 표지 그림은 그야말로 세월의 흔적이 느껴지는 극화체 디자인이었고, 가끔 삽입되는 삽화는 더욱 다른 세상 느낌이었다. 사에지마와 우지하시 형사에게 당하는 불량 소년들은 묘하게 헐렁헐렁한 교복을 입었고, 헤어스타일은 앞쪽으로 튀어나온 햄버그 같은 모양이었다. 텔레비전에서 그러한 모습을 패러디한 영상은 본 적 있지만, 그 당시 모습으로 그려진 소위 '짱'은 아주 희한한 모습이라 마치 현대예술 같았다. 당시엔 이것이 '평범한 불량아'였을까.

가와마타 서점은 기본적으로 신간을 취급하는 곳이지만, 매대에 오래전 간행된 희귀한 책들을 깔아놓고 이벤트를 열어 모조리 팔아치우는 엄청난 재주를 종종 부린다. 그건 벳시 씨도 알고 있었던 모양이다. 나는 그런 이벤트를 좋아해서 자주 그 서점에 가는데, 요전에는 시대의 흐름이 물씬 느껴지는 표지에 끌려서 이 책을 샀다. 실감 나는 1980년대의 면모가 그 안에 들어 있었다.

내가 책을 좋아하는 이유 중 하나가 이거다. 책 속에서는 20년이나 30년 전, 경우에 따라서는 100년도 넘게 오래된 예전 세상이 당연한 듯 현대로 그려진다. 페이지를 넘기면 내가 태어나기 전의 '현대'가 펼쳐진다. 때로는 그게 신간이라는 얼굴을 하고 어제 나온 책 옆에 진열되기도 한다. 사쿠라바 가즈키가 그랬던가? 서점은 타임머신이라고.

나는 이 사실이 재미있어서 살짝 골려줄 속셈으로 벳시

서술트릭의 모든 것 |

씨에게 문제를 내봤다. 작품 속에서는 '전화를 휴대할 수 있다'라는 사실을 모르는 '현대'의 형사들이 우왕좌왕하다가 사에지마 형사가 밝혀낸 사실에 깜짝 놀란다. 데쓰야가 돈 많은 친구에게 숄더폰을 빌렸다는 게 사건의 단순한 진상이었지만, 당시에는 놀랄 만한 트릭이었는지도 모르겠다. 아니지, 그다지 놀랍지 않고 겨우 그 정도 트릭으로만 단편을 썼으니 지금 니시마 아무개의 이름이 전혀 들리지 않는 건지도 모르겠다.

이야기의 결말은 단순했다. 사에지마 형사가 아라이 데쓰야의 알리바이 트릭을 간파하고 현장에서 제일 가까운 역을 찾아가자 역무원은 '매주 일요일에 왔던' 아라이 데쓰야의 얼굴을 기억하고 있었다(이것도 자동개찰이 아니라 역무원이 가위로 표를 잘라줬기 때문이다). 그 사실을 지적하자 데쓰야가 자백하지만, 형 가즈히코가 "내가 아버지를 죽였다" 하고 끼어들어 한차례 소란이 벌어진다. 잘 생각해보면 가즈히코는 매주 일요일에 동생이 어딘가에 나간다는 것을 알고 있었지만, 화장실에서 사에지마 형사가 구해줬을 때조차 거침없이 거짓말을 했다. 은근슬쩍 동생을 두둔했던 것이다.

작가 니시마 아무개 입장에서는 그 부분이 클라이맥스였겠지만, 별 효과를 거두지 못하고 이야기는 끝난다. 한마디로 말하면 평범하지만, 나는 1980년대의 분위기가 재미있었다.

가게를 둘러봤다. 이 가게는 2000년대부터 있었다고 한다. 그럼 1990년대에는 여기 뭐가 있었을까. 더 거슬러 올라가 1980년대에는 뭐가 있었고, 어떤 사람이 어떤 옷을 입고 뭘 먹으며 무슨 이야기를 나눴을까. 나는 영원히 볼 기회가 없는 1980년대 일본을 상상했다.

"……옛날은 정말로 이런 느낌이었나요?"

지금과는 완전히 딴 세상 같다. 하긴 작품 속에서 당시의 '제2차 나카소네 내각中曾根内閣, 나카소네 야스히로를 내각총리대신으로 하는 일본의 내각이다(1983~1986)'을 언급한 부분에서는 '옛날이나 지금이나 똑같네' 하는 느낌이 들었지만.

"……저도 잘 기억이 안 납니다만." 벳시 씨는 웃음을 지었다. "작품 속의 묘사에는 고개가 끄덕여지더군요. 옛날에는 다들 어디서든 담배를 피웠고, 담배꽁초도 아무데나 내버리는 탓에 화재 원인 1위가 '허술한 담뱃불 뒤처리'였습니다. 도로의 배수로나 역 플랫폼에서 내다보이는 선로에 담배꽁초가 수북이 쌓여 있었죠. 길가에 버려진 껌을 밟는 일도 허다했고, 소위 양아치들이 뒷골목이나 화장실에서 종종 '빵'을 뜯었습니다. 강도 또는 공갈죄입니다만, 대부분 참고 넘어갔죠. 성추행이나 성희롱 같은 행위도 비난하기는커녕 오히려 '여자로서 가치가 있다고 인정받았으니까 자랑거리지'라는 식으로 말했습니다. 장난전화나 강매 행위도 횡행했고, 어린아이에 대한 성적 폭행은 '장난'이라는 식으로 넘어갔죠. 그런 시대였으니 추리소설의 소재는 지금보다 많았을지도 모르겠네요."

서술트릭의 모든 것

"……어쩐지 무법지대네요. 믿기지 않아요."

"그만큼 일본 사회가 좋아졌다는 뜻이겠죠."

나는 카운터 안쪽에 진열된 위스키 병을 봤다. 이 가게에는 1980년대에 만들어진 위스키도 조금 있다. 그 시대를 봐 온 술들. 딱히 옛날 일을 말해주지는 않지만.

시간이 멈춘 듯 어스름한 가게 안에서 나는 생각했다. 내게는 당연한 '현대'인 이 사회도, 수십 년 전과는 완전히 달라졌다. 그리고 내가 지금 보는 이 사회도 수십 년 후에는 깜짝 놀랄 만큼 달라질지도 모른다. 당시에는 사람이 직접 차를 운전했어. 번역 애플리케이션의 성능이 별로 좋지 않아서 외국어 사전을 찾아봐야 했지. 다들 현금으로 값을 치렀어…….

그런 이야기를 '젊은 애들'에게 하는 날이 올지도 모른다. 나는 아직 보지 못한 먼 미래를 생각하다 하품을 한 번 크게 했다.

"……아무래도 오늘은 손님이 올 것 같지 않군요. 저 혼자서 가게를 볼 수 있을 것 같으니."

벳시 씨가 셰이커의 액체를 잔에 따라 이쪽으로 밀어줬다. 글라스 속에서 탄산이 치이이이, 하며 파랗게 맑아져 가는 걸 보니 내가 좋아하는 차이나 블루다.

"……한 잔, 어떻습니까?"

빈궁장의 괴사건

貧窮莊

1

대학 후문에서 도보로 3분 거리에 있는 우리 유명장裕明荘
은 지은 지 55년 된 2층짜리 목조 건물이다. 칠이 벗겨져 나
간 벽과 우그러진 창틀, 깨져서 중간부터 빗물이 쏟아져 나
오는 물받이 등 외관의 특징 때문에 주변 주민들은 폐허라
는 둥 마굴이라는 둥 무서워하며 멀리한다. 요즘 같은 세상
에 목욕탕이 공동(관리인이 없어서 청소는 당번제)인 데다, 부
엌과 화장실이 방마다 있기는 해도 부엌은 뜨거운 물이 나
오지 않고 화장실은 화변기다. 현관도 공동이라 신발을 벗
고 중앙복도로 올라온 후에 각자의 방으로 들어간다. 이렇
듯 연립주택이라기보다는 교도소에 가까운 구조라, 한 달
2만 1천 엔이라는 파격적인 방세에도 불구하고 학생들은
여기서 살고 싶어 하지 않는다.

대학 생협에서 소개를 해줘도 신입생과 함께 온 부모님
이 여기는 안 된다고 말리기 때문에 평범한 신입생 또한 입
주하지 않는다. 방을 빌리는 사람은 생활비를 한 푼도 받지

못해 빈곤에 허덕이는 처지지만 기숙사 심사에 떨어진 가난한 학생이나, '모자란 학비는 일본에서 아르바이트하면 어떻게든 된다'라는 만용을 앞세워 일본으로 건너온 무모한 유학생뿐이다.

그렇지만 우리 학교는 가난한 학생이 많이 지원해 그런 사람이 한 명 졸업하면 두 명 입학하는 상황이라, 유명장은 거의 항상 만실이고 입주 대기자도 종종 나올 만큼 인기다. 설령 다른 학생들에게는 유령장幽靈莊이라고 불릴지언정.

현재 세입자를 국적으로 분류하면 일본인, 중국인, 한국인, 태국인, 세네갈인, 인도네시아인이다. 인도네시아인은 현재 행방불명이지만, 이곳은 나름대로 국제색이 풍부해 '국제인 육성'을 표방하는 우리 학교의 이념과도 합치한다. 현재 유명장에서는 5개 국어가 오가므로 일본 대학생은 모두 서당 개 삼 년에 풍월을 읊는 경지에 이르렀다. 지금 벽 너머로 들린 "워더마아我的媽啊!"의 뜻이 영어의 'Oh my God!'에 해당한다는 것과 옆방의 중국인 리가 밤샘 마작을 하고 돌아온 듯하다는 건 나도 이해가 갔다. 실전보다 나은 훈련은 없다.

나는 눈을 뜨고 이부자리에서 몸을 일으켰다. 충전기에 꽂아둔 핸드폰으로 시간을 확인하자 오전 7시 30분이었다. 리는 아까부터 쿵쿵 돌아다니며 어쩐지 소란스럽게 굴고 있었다. 어쨌거나 옆방에서 라디오를 틀면 함께 들을 수 있을 만큼 벽이 얇으므로 중국어로 허둥대며 뭐라고 욕설을 하는 게 다 들렸다. 지금 벽장 안쪽 장지문을 닫았다는 것까지 알 수 있었다. 뭔가 말썽이 생긴 걸까. 나는 눌리고 뻗친 머리를 매만지며 중앙복도로 나가 옆방 문을 두드렸다. 너무 세게 두드리면 문이 빠질지도 모르니까 힘을 조절해야 하지만, 그래도 발소리가 쿵쿵 다가오더니 바로 문이 열렸다.

"탕치엔湯淺, 없어. 어디에도 없다고."

"내 이름은 '유아사'라니까."

한자만 맞으면 된다며 리는 내 이름의 일본어 발음을 전혀 외우려 들지 않는다.

"근데 뭐가 없는데?"

"돌아왔더니 없어졌어. 분명 위쪽 장지문에 넣어뒀는데. 내 하이셴海參은 대체 어디로 갔지?"

"뭐, 위쪽 장지문?" 덴부쿠로벽장 위쪽이나 천장 바로 아래에 있는 작은 벽장를 말하는 건가. "하이셴은 또 뭐야?"

"야, 탕치엔, 네가 먹어버린 거야? 소중하게 아껴둔 내 하이셴을 네가 먹은 거야?"

"그러니까 하이셴이 뭐냐고?" 먹을 것이기는 한 모양이다. 하지만 중국의 '먹거리'는 범위가 너무 넓어서 이것만으로는 전혀 범위를 좁힐 수 없다. "진정해. 넣어뒀다면서? 방 안은 제대로 살펴봤어? 나갈 때는 있었고?"

"나갈 때는 분명히 위쪽 장지문에 넣어놨어. 틀림없다고. 어머니가 보내주신 소중한 하이셴이란 말이야. 조금씩 아껴 서 먹었는데. 아직 스물세 마리는 남아 있었는데."

"그걸 헤아려가며 먹었냐. 그나저나 하이셴은 뭐야."

어쩐지 범위가 좁혀진 것 같은 기분이 드는 듯도 하다.

"단지째로 없어졌어. 누군가 훔쳐간 거야." 리가 방 안을 가리켰다. "이봐, 탕치엔. 내가 나간 동안에 누가 내 방에 들어갔지? 누가 들어갔어?"

"하지만 리, 나갈 때 문 잠그고 나가지 않았어?"

"물론 잠갔지. 하지만 아까 돌아와 보니 문이 열려 있었어. 여기는 잠가도 아무나 문을 열 수 있잖아." 리가 맞은편 웅가보의 방 문손잡이를 붙잡고 덜컥덜컥 흔들더니 "하이 요嗨哟!"하고 소리를 지르며 문을 쾅 열어젖혔다. "봐, 간단하잖아."

"그거 부서진 거 아니야?"

웅가보가 불쌍하다.

그나저나 전부터 자물쇠가 시원찮다고 생각하기는 했지만, 특별한 방법 없이 그냥 힘만으로 열 수 있을 줄은 몰랐다. 설마 유명장을 노리는 빈집털이가 있을까 싶어 그냥 놔두긴 했지만.

"……아니, 무슨 말을 하고 싶은지는 알겠는데."

리가 문을 닫았지만 안에서 "타 굴르Ta gueule*!"라는 목소리가 들리며 다시 문이 열리더니, 파자마에 나이트캡 차림의 웅가보가 얼굴을 내밀었다. "시끄러워, 리. 뭐하는 거야? 아

* Ta gueule! = 시끄러워!, 세네갈의 공용어는 프랑스어다.

침잠의 천사가 도망갔잖아."

그건 악마가 아닐까 싶었지만 리는 개의치 않고 응가보도 추궁했다.

"응가보. 너, 내 하이셴을 먹었어? 고향에서 어머니가 보내주신 고급품이란 말이야."

"하이셴? ……저기, 이아생트Hyacinthe, 그게 뭐야? 중국의 앙투예트andouillette, 돼지의 대창을 이용해 만드는 프랑스식 소시지 같은 먹거리야?"

"아니, 미안해. 애당초 앙투예트가 뭔지도 모르겠어." 그리고 응가보 역시 '유아사'를 발음하기 어렵다고 해서 나를 아무 프랑스어 이름으로 부르지 말았으면 한다. "뭔가 고급 식재료라 단지에 넣어서 덴부쿠로에 소중히 넣어뒀던 모양인데."

"……뭔지도 모르는 건 안 훔쳐."

아주 지당한 말에 리도 드디어 마음을 진정시키고 입을 다물었다. 중앙복도 창문 밖에서 산비둘기가 구구구, 하고 우는 소리가 들리자 응가보가 움찔했다.

"이아생트, 또 악마의 목소리가 났어."

"저건 새 울음소리라고 했잖아."

올해 일본에 왔다는 응가보는 바퀴벌레도 '악마의 화신'이라며 무서워했다. 세네갈에도 바퀴벌레는 있을 텐데.

"……생각해보면." 리가 팔짱을 끼고 중얼거렸다. "다들 하이셴을 어떻게 먹는지 모르겠군."

"몰라."

"애당초 뭔지도 모르겠는걸."

웅가보와 내가 연달아 말하자 리는 고개를 끄덕였다.

"그렇겠지. 훔칠 동기가 없어."

"훔치다니." 아무래도 분위기가 심상치 않다. "잘은 모르겠지만 저절로 쏟아져서 없어졌다거나, 그런 거 아니야?"

"그 말은 죽은 하이셴들이 저절로 움직였고, 어째선지 자기 힘으로 단지를 움직여서 위쪽 장지문을 열고 떨어져서, 단지째로 내 방을 가로질러서 나갔다는 뜻이야?" 리가 인상을 잔뜩 찌푸린 채 말했다. "그런 먹거리가 어디 있겠어. 내륙 쪽으로 가면 또 모르지만."

내륙에도 그런 건 없겠지. 게다가 잘 생각해보면 '단지째'로 없어졌으니 사람이 관여한 셈이다.

"……하지만 우리는 하이셴이 뭔지도 모르는걸?"

"하지만 없어진 건 하이셴뿐이었어. 여기 사람이 아니면 누구겠어?"

리가 한 말을 이해하는 데 몇 초가 걸렸다. 그사이에 산비둘기가 구구구, 하고 어중간한 부분에서 울음을 멈춰서 웅가보가 움찔 놀랐지만 과연 그렇구나 싶었다. 우연히 외부에서 침입한 도둑이 고급 식재료란 걸 알고 하이셴을 훔쳤다고 쳐도, 리의 방에는 예금통장과 컴퓨터도 있다. 그것들은 건드리지 않고 하이셴만 가져가는 건 이상하다. 그리고 처음부터 하이셴만 노렸다면 범인은 리의 방에 하이셴이 있다는 걸 아는 사람이고, 그건 거의 유명장의 세입자로 한정된다. 나는 역시 그 사실을 깨달은 듯한 웅가보와 얼굴을 마주봤다.

소란스러운 소리를 듣고 뭔가 싶었는지 문이 하나 열리고, 마시가 안경을 고쳐 쓰며 고개를 내밀었다. 그는 태국인이고 이름은 솜챠이라챠시챠나논미챠시브와살라. 이름이 무지막지하게 길어서 처음 만났을 때부터 곧바로 마시˚라는 별명이 붙었다. 본인은 지금도 마음에 들지 않는 표정이지만, 다른 사람들은 모두 개의치 않고 그렇게 부르고 있다.

"마시, 내 하이셴을 훔친 게 너라면 지금 여기서 솔직하게 자백해. 그러면 변상 및 사죄, 그리고 목욕탕 청소를 대신하는 것만으로 용서해줄게."

리가 마시를 추궁했다. '만으로'라는 것치고는 요구가 은근 많은 것 같지만, 마시는 무슨 이야기냐는 듯한 표정이었다.

"하이셴? 그게 뭔데요?"

"모르겠어."

설명을 요구받은 나와 웅가보는 함께 고개를 저었다.

"나도 몰라요." 마시도 당혹스러운 얼굴로 고개를 저었

˚ 배우인 마시 오카(미국에서 자란 일본인 할리우드 배우. 아이큐 180이 넘는 천재로 〈스타워즈〉 등에서 디지털 효과 스태프로 일했다. 그러다 단역으로 출연하게 됐고, 〈히어로즈〉에서는 일본인 히로 나카무라 역을 연기했다. 안경을 쓴 전형적인 이과 얼굴)와 똑 닮았다.

다. 마시는 키가 작아서 그런지 정말로 심약해 보인다고 할까, 전형적인 일본인 얼굴이라고 할까. 눈썹을 축 늘어뜨리고 당혹스러워하는 얼굴이 잘 어울린다. "……모르는 걸 어떻게 훔칩니까?"

"으……."

리는 한 발짝 물러섰지만 바로 "뚜이러_{처了, 그거다}." 하고 중얼거리더니 허리에 손을 댔다. "훔친 게 아니야. 버린 거야. 즉, 나를 골탕 먹일 목적인 거지."

과연, 그렇다면 일리 있다. 하이센이 뭔지 전혀 모르더라도 리가 소중한 물건을 덴부쿠로에 보관하는 버릇이 있다는 건 유명장 사람이라면 누구나 다 안다. 아무것도 모르는 외부인이 리의 방에 숨어들어 덴부쿠로의 수상한(지 어떤지는 모르겠지만) 단지만 버렸다고는 보기 힘들지만, 덴부쿠로에 소중히 모셔놓은 단지를 보고 '내용물을 버리면 골탕 좀 먹겠지'라는 생각으로 범행에 나서는 건 확실히 그럴듯하다.

하지만 그렇다면 범인은 역시 유명장 사람이라는 셈인데.

"알았다. 쯔이_崔의 짓이야." 리는 한 학년 위인 한국인 최 선배를 중국어 발음으로 말하더니, 1층으로 내려가는 계단 앞쪽에 있는 최 선배의 방으로 가서 아이돌 포스터가 붙어 있는 방문을 쾅쾅 두드렸다. "쯔이, 나와. 너의 죄상은 만천하에 밝혀졌다."

어디서 저런 일본어를 배웠을까 싶었지만, 아무튼 우리 세 명은 리를 말렸다.

"잠깐, 잠깐."

"아통Attends, 기다려."

"리 씨, 너무 성급해요."

"야, 노크 좀 살살 해. 문 다 부서지겠다." 최 선배가 문을 부수기라도 하듯 쾅 열고 나왔다. "이, 무슨 용건이야. 돈이 라면 탕천湯浅, 유아사라는 일본 이름의 한자를 한국식으로 읽은 발음한테 빌려."

"싫어."

리도 나를 쳐다보지 말았으면 한다.

리는 최 선배도 추궁했다.

"쯔이, 내 하이셴을 버렸다고 솔직히 자백해. 고향의 어머 님이 울고 계실 거야."

"누가 뭘 버렸다는 거야?" 운동을 열심히 한다는 최 선배 가 두꺼운 가슴팍으로 리를 밀어냈다. "애당초 우리 어머니 는 그런 일로 안 우셔. 엉덩이를 때리며 야단치시겠지."

"돈가스 덮밥이야? 돈가스 덮밥 먹으면 자백할래?"

"진정해." 나는 리의 어깨를 두드리며 달랬다. "리, 무슨 드라마를 본 거야?"

"하지만 탕치엔, 쯔이가 제일 수상해. 쯔이는 날 싫어한다 고. 그래서 날 골탕 먹이려 하이셴을 버린 거야."

"아니, 그렇다고 해서. 잠깐만. 그저 몰래 널 골탕 먹일 생 각이라면 여기의 누구라도……."

말하다가 아차 싶었다. 이래서는 나도 용의자에 포함될 테고, 유명장에서 범인 찾기가 시작되는 것도 바람직하지 않다.

하지만 최 선배가 입을 열었다.

"뭐, 잘 모르겠지만 뭔가 없어졌다면 범인은 여기 사는 사람이겠지. 이런 허름한 곳에 도둑이 들 리 없으니까."

"맞습니다. 아무것도 없을뿐더러 세입자에게 들키면 오히려 돈을 뜯길 거예요." 마시도 고개를 끄덕였다. "그러고 보니 어제…… 아니, 오늘 심야에 리 씨의 방문이 열려 있었습니다. 이상하다 싶기는 했는데."

"쩐더마真的吗, 진짜? 정말?? 나는 나갈 때 문을 잠갔어. 그거 몇 시쯤?"

지금 본다고 뭐가 달라지겠느냐마는 마시는 안경을 고쳐 쓰며 중앙복도 끝에 걸려 있는 벽시계를 봤다.

"오전 1시쯤요."

"나도 봤어." 웅가보가 끼어들었다. "새벽 1시쯤에 복도에 바퀴벌레가 나왔어. 그래서 마시랑 함께 심판을 내렸지. 응, 1시쯤이었을 거야."

바퀴벌레는 아무 잘못도 안 했는데. 하지만 웅가보는 공용 공간에 바퀴벌레가 있는 것만으로도 불안해서 잠을 못 자는 듯 "그 악마의 화신이 나오면" 알려달라고 내게도 부탁했다.

하는 수 없이 내가 "밤 11시 반쯤에 돌아왔을 때는 문이 닫혔던데" 하고 말하자 최 선배도 굵은 팔로 팔짱을 끼고 고개를 끄덕였다.

"나도 11시 반쯤에 화장실에 갔는데, 이의 방문은 닫혀 있었어."

"그럼 11시 반부터 1시 사이에 누가 내 방문을 연 셈이군. 범행 시각은 어젯밤 11시 반부터 오전 1시 사이야." 리가 우리 모두와 정면으로 마주보는 위치로 이동했다. "그 시간대의 알리바이를 한 사람씩 이야기해보실까. 감추면 아무짝에도 도움이 안 돼."

정말 무슨 수사 드라마를 봤나 싶었다. 결국 범인 찾기가 시작되고 말았다. 하지만 최 선배는 물론 웅가보와 마시도 딱히 거북해하는 기색은 없었고, 도리어 흑백을 가려보자며 의욕이 넘쳤다. "아는 사이끼리 범인 찾기는 좀……." 하고 수사 자체를 꺼리는 건 일본인만의 감각일까. 하긴 범인과 피해자가 있는데 거북하다는 이유로 수사 자체를 하지 않는다면 피해자인 리에게 참고 넘어가기를 강요하는 셈이다. 그건 불합리하다.

국적이 다른 사람들과 교류하다 보면 '사실 그런 건 일본인의 상식에 지나지 않는다'는 사실을 깨달을 때가 많다. 유명장의 좋은 점을 들자면 그거다.

2

리는 완전히 형사가 된 듯한 기분에 취한 것처럼 팔짱을 끼고 우리 모두와 정면으로 마주보는 위치로 이동하려 했지만, 복도가 너무 좁아서 설 자리가 없다는 걸 알고 아쉬운 표정을 지었다. 하지만 나와 마시는 잠옷으로 입는 운동복 차림이고 최 선배도 티셔츠와 반바지, 웅가보는 파자마에 나이트캡 차림이니, 청바지와 셔츠를 적당히 입었지만 혼자 밖에 나갈 차림새를 갖춘 리가 '수상쩍은 용의자들을 신문하는 형사'로 보이지 않는 것도 아니다.

"……범행 시각은 어젯밤 11시 반경부터 오전 1시경 사이다, 그거지." 리는 웅가보를 매섭게 노려봤다. "정확한 시간은 모르는가?"

'는가?'라니 무슨 말투가 그런가 싶었지만, 웅가보는 빠릿빠릿하게 대답했다.

"나는 12시쯤에 잤는데, 새벽 1시쯤에 마시가 복도에 악마의 화신이 나왔다고 알려줬어. 그래서 마시와 함께 그놈에게 심판을 내렸지. 저기 시계를 봤으니까 틀림없어."

웅가보가 벽시계를 가리켰다. 예전에 살던 사람이 두고 갔는지 계속 저기 걸려 있었던 물건인데, 아마도 정확할 것이다.

"아, 웅가보는 범인이 아닙니다. 내 옆방이니까요. 나가면 소리가 들려요. 그는 밤에 내가 바퀴벌레를 보고 부르러 갈 때까지는 한 번도 방에서 나오지 않았어요." 마시가 안경을 고쳐 쓰며 말했다. "덧붙여 나도 범인이 아닙니다. 1시쯤에 화장실에 가려 방에서 나왔다가 복도에서 바퀴벌레를 보고

서술트릭의 모든 것 |

응가보를 깨웠어요. 그때까지는 컴퓨터로 〈그레이티스트 저 니Greatest Journey 2〉를 플레이하고 있었습니다."

"……그게 뭔데?"

내가 묻자 마시는 이렇게 빨리 말할 줄 알았나 싶을 만큼 빠르게 일본어로 게임을 설명했다.

"〈그레이티스트 저니 2〉는 기본적으로는 전작과 마찬가 지로 프리 헌트 계열 MMORPG지만, 길드에 가입할 때 아 바타의 특수 스킬에 '예약'을 할 수 있다는 게 전작과의 차 이죠. 이 시스템의 원형은 전작에도 존재했지만, 전작은 운 이라는 요소가 강하게 작용해서 그저……."

"됐어. 나 게임 안 하거든."

"그랬죠. 유사궁อยู่สกุล에게 권한들 소용이 없겠군요." 마 시는 나를 아무 태국인 이름으로 부르고 안경을 고쳐 썼다. "다만 어젯밤 9시쯤부터 오전 1시쯤까지 〈그레이티스트 저 니 2〉에 로그인해서 채팅한 기록이 남아 있어요. 나는 범인 이 아닙니다."

몇 시간이나 게임을 한 거냐 싶었지만, 마시에게는 알리 바이가 있는 듯했다. 그 말을 듣고 최 선배가 부루퉁한 표 정으로 팔짱을 꼈다.

"나는 방에 있었어. 증거는 내가 거짓말을 하지 않는다는 거야."

"봐, 역시." 리가 형사 연기를 집어치우고 최 선배를 가리 켰다. "알리바이가 없어. 쯔이가 맞아."

"아니……, 이거 참." 나는 손을 들었다. 말하지 않을 수는 없다. "나도 알리바이가 없어. 어젯밤에는 자정쯤에 잠들었거든."

"일본인도 하이센을 먹는다고 들었는데."

"아니, 안 먹었다니까." 아니다, 이건 유도신문임을 깨달았다. "대관절 하이센이 뭐야? 어떤 먹거리인데?"

"자자, 그러지 말고." 용의선상에서 벗어나서 여유가 생겼는지 옹가보가 내게 바싹 다가붙는 리를 달랬다. "아래층 사람일지도 모르잖아. 그쪽 이야기도 들어보자."

나는 벽시계를 봤다. "가와노라면 슬슬 야근을 마치고 돌아올 시간이야."

호랑이도 제 말 하면 온다더니 밑에서 현관문이 끼이이이이이익, 하고 열리는 소리가 났다. 이 소리가 소름 끼친다며 귀를 막는 옹가보를 마지막으로 모두가 줄줄이 계단을 내려갔다. 그저 현관으로 나갈 뿐인데 계단을 삐걱삐걱 울리며 "계단이 너무 좁아." "최 선배 나중에 와요. 계단이 무너지겠어요." "옹가보, 그 차림으로 괜찮겠습니까?" 하고 떠들썩대던 세입자들은 가와노가 누군가와 이야기하는 소리를 듣고, 게다가 그 사람이 여자임을 알고 일제히 술렁였다. "어이. 천야川野, 가와노라는 일본 이름의 한자를 한국식으로 읽은 발음가 여자 친구를 데려왔어." "이런! 날라리 같으니라고." "옹가보, 그 차림으로 나갈 겁니까?"

하지만 가와노 옆에서 상냥하게 손을 흔드는 안경 낀 여

서술트릭의 모든 것

자는 나하고 리와 같은 학과인 나카무라 선배였다.

"안녕, 응가보. 그 옷 귀엽다."

쑥스러운지 응가보의 얼굴이 붉어졌다. 나는 나카무라 선배의 미소를 보고 용건을 알아차렸다. 이런 표정일 때는.

"……'일'이로군요. 오늘은 유명장의 세입자가 거의 모두 모여 있는데요. 몇 명 필요하세요?"

"음, 건강한 사람 세 명쯤 와서 도와줄 수 있을까? 가능하면 술을 별로 안 마시는 사람이 좋겠어."

나카무라 선배의 말에 리와 마시가 고개를 숙였고, 응가보와 최 선배가 주먹을 불끈 쥐었다. 나카무라 선배는 이렇듯 가끔 의학부 친구의 부탁으로 유명장에 임상시험, 즉 신약의 실험대가 될 아르바이트 희망자를 찾으러 온다. 알선료를 받는 게 아니냐는 소문도 돌아서 일부에서는 그녀를 '알선업자'라고 부르지만, 돈이 없고 건강한 유명장 세입자들은 기뻐하며 자원한다. 나로서도 신약을 투여받고 누워만 있어도 수만 엔이 들어오는 임상시험은 반가웠다. 부모님에게는 비밀이지만.

"가와노는 바쁘댔으니 그럼 응가보랑 최랑 유아사로 해야겠네. 그런데." 나카무라 선배가 안경을 고쳐 쓰고 계단 주변에 뭉쳐 있는 우리를 둘러봤다. "어째서 이런 시간에 다들 모여 있는 거야?"

내가 사건의 내용과 현재 상황을 설명하자 나카무라 선배는 흥미롭다는 듯 고개를 끄덕였다.

"하이센이 뭔지는 모르겠지만, 범인은 이 중에 있을 것 같네. 수사나 좀 해볼까."

나카무라 선배는 평소처럼 사랑스러운 얼굴로 웃으며 말하더니, 왼손에 찬 손목시계를 보고 발걸음을 돌렸다.

"오전에는 일정이 있으니까 안 되겠네. 오후에 다시 와서 범인을 찾아줄게."

3

약속 시각보다 빨리 움직이는 게 나카무라 선배의 습관이라, 딱 정오에 1층 로비(라는 이름의 낡은 소파와 테이블을 놓아둔 공간)로 내려가자 그녀는 이미 도착해 유명장 세입자 두 명과 사건 이야기를 하고 있었다.

"안녕하세요. ……이렇게 와주시다니 어째 죄송하네요."

본래 나카무라 선배하고는 전혀 상관없는 사건이건만.

"취미 비슷한 거니까." 나카무라 선배는 페트병을 들어 차를 마셨다. "지금 가와노랑 라챠시챠나논이차시브와살라에게 이야기를 듣는 중이야."

"……용케 이름을 틀리지 않게 말씀하시네요."

"내 고향에는 이름이 긴 사람이 많습니다."

긴 이름의 당사자는 이런 대화에 익숙한지 부드럽게 미소를 지었다. 본인도 아는지는 모르지만, 그는 이런 표정을 지

서술트릭의 모든 것

으면 아주 지적이고 멋있어 보인다. 왜 양복을 입고 넥타이를 맺는지는 모르겠지만, 경기 전에 기자회견을 하는 복서 같아서(이것도 편견이라면 편견이지만) 잘 어울리기는 했다.

"나카무라 선배는 츄렌ชื่อเล่น*으로 불러주시면 기쁘겠습니다만."

"어차피 안 틀리게 부를 수 있으니까. 초등학생 때 같은 반에 이름이 겐고로마루 기하치로타라는 애가 있었거든." 나카무라 선배는 웃으며 고개를 끄덕였다. "사건 당시 다른 사람들의 상황은 아침에 들었으니 이제 다 들었네. 그런데 라챠시챠나논이차시브와살라, 넌 왜 양복을 입었어?"

"당신 앞에서는 빈틈없는 모습으로 있고 싶거든요."

"잘 어울린다. 멋있어. 빈틈은 있어 보이지만."

"그렇습니까. 후후, 에헤헤."

확실히 빈틈투성이다. 대각선 맞은편에 앉은 가와노도 쓴웃음을 지었다.

"하지만 본격적으로 수사를 하면 난감하겠는걸." 가와노가 팔짱을 끼고 눈을 감았다. "난 알리바이가 없거든. 범인은 아니지만."

"근데 알리바이 같은 건 도쓰카와 경감니시무라 교타로의 추리소설에서 주로 알리바이를 무너뜨려 사건을 해결하는 주인공을 데려오면 대개 무너

---

* 최근에는 짧은 이름이 늘어났다지만, 윗세대 태국인은 이름이 몹시 길다. 그런 까닭에 남들 앞에서 본명을 통째로 말하는 일은 별로 없으며, 별명, 애칭이라는 뜻의 '츄렌'으로 서로를 부른다.

뜨릴 수 있으니까." 나카무라 선배가 알 수 없는 소리를 하면서 벌떡 일어섰다. 로비의 소파는 망가지기 직전이라 평소 삐걱삐걱 소리가 나지만 어째선지 선배가 앉아 있을 때는 소리가 나지 않는다. 닌자의 후손일까. "아직 뭐라고도 할 수 없겠어. 그러니까 일단 현장부터 검증하자. 리한테 현장을 보존해달라고 부탁했으니까 아직 뭔가 실마리가 남아 있을 거야."

손님용 슬리퍼를 타박거리며 걸어가는 나카무라 선배를 따라 2층으로 올라가자 리가 자기 방 앞에서 기다리고 있었다. 그 옆에 굵은 팔을 강조하듯 티셔츠 소매를 둘둘 걷어 올리고 팔짱을 낀 최 선배도 있었다.

"리, 실례 좀 할게. ……최, 춥지 않아?"

"범인 취급당하면 안 되니까 정신 좀 차리려고." 최 선배는 콧김을 씩 내뿜고 입꼬리에 힘을 줬다. "수사하는 걸 제대로 봐야지. 리가 거짓말을 해서 날 범인으로 몰지도 모르니까."

나카무라 선배는 뭐라고 말을 퍼붓는 리와 뒤질세라 대꾸하려는 최 선배 사이로 끼어들어 "최, 팔이랑 가슴팍이 대단하구나" 하고 태평스럽게 감상을 말하며 리의 방에 들어갔다. 나도 뒤따랐다.

당연히 리의 방도 내 방과 구조는 똑같다. 원래는 더 큰 하나의 방을 미닫이문 두 개로 억지로 구분해 화장실 및 부엌과 거실로 나눴으리라. 양쪽 다 어중간하게 좁지만 그래

서술트릭의 모든 것 |

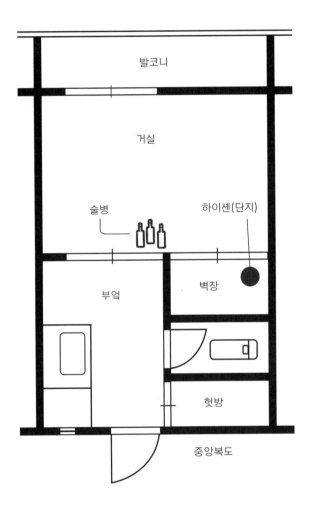

발코니

거실

술병

하이센(단지)

벽장

부엌

헛방

중앙복도

도 리는 선반, 버팀봉, 빨랫줄 등을 적절히 사용해 방을 나보다 꼼꼼하게 정돈해놓았다. 그래도 우리 다섯 명이 한꺼번에 들어가자 부엌이 가득 찼다. 제일 먼저 들어간 나카무라 선배가 틀에서 밀려 나오는 우무처럼 비집고 나와 거실로 이동하려 했다. 그녀는 힘껏 들어 올려 흔들지 않으면 꼼짝도 하지 않는 미닫이문을 덜컥덜컥, 삐거덕 열고 안으로 들어가려다 발치에 놓여 있는 술병을 넘어뜨릴 뻔했다.

"어머나."

"앗, 조심하세요. 범인이 엎질러서 이제 별로 안 남았어요."

리가 선배를 밀어젖히고 달려가 늘어서 있는 술병 세 개를 옆으로 치웠다.

그러자 나카무라 선배가 눈썹을 치켜세우고 바닥에 쪼그려 앉았다.

"범인이 엎질렀다고?"

"네. 제가 돌아왔을 때 술병은 세워져 있었지만 바닥이 축축하더라고요. 아까워라. '이이치코'랑 '다카라'는 뚜껑을 꼭 닫아둬서 무사했지만 '니카이도'는 반도 안 남아 있었어요. 얼마 전에 사놓고 마실 날만 기대하고 있었는데."

그러고 보니 리는 일본 소주만 마신다. 바닥을 보자 미닫이문 옆에 젖은 자국이 아직 조금 남아 있었다.

선배는 어째선지 말없이 술병을 가만히 바라봤다. 그리고 쪼그려 앉은 채 미닫이문을 움직이려 했지만, 옴짝달싹도 하지 않자 일어서서 잡아당겼다. 그래도 움직이지 않아서 손잡이에 왼손을 더해 온 힘을 다해 당겼다. 미닫이문이 갑자기 쭈르륵 미끄러지며 반대편에 멍하니 서 있던 가와노의 발끝을 스치자 가와노가 펄쩍 뛰었다.

"어우, 아파라. 아야야야야."

"미안해." 나카무라 선배가 다시 미닫이문을 열고 고개를 끄덕였다. "아하. 그렇구나."

"……뭔가 알아내셨어요?"

"응." 나카무라 선배는 우리에게 몸을 돌렸다. "유명장에 왼손잡이 있어? 라챠시챠나논이챠시브와살라는 왼손잡이지?"

"……어떻게 아셨죠?"

"넥타이 매듭을 보고 알았어. 왼손잡이는 반대로 되니까." 나카무라 선배는 보통 아무도 눈치채지 못할 점을 당연하다는 투로 말하고 우리를 둘러봤다. "리는 왼손잡이지? 쵀는?"

"오른손잡이야."

그걸 본 가와노가 약간 당황하며 오른손을 들었다가, 그러지 않아도 되는데 다시 왼손을 들었다.

"나는 왼손잡이예요."

"알았어. 그밖에는?"

최 선배와 얼굴을 마주본 후 내가 대답했다.

"……그밖에는 없어요. 웅가보 같이 지금 이 자리에 없는 사람은 전부 오른손잡이예요."

"그렇구나. 그럼 왼손잡이인 가와노와 라챠시챠나논이차시브와살라는 용의선상에서 제외해도 되려나."

그 이름을 용케 매번 혀를 깨물지도 않고 말하는구나 싶었다.

"……그런가요?"

"이 위치에 술병이 쓰러져 있는데도 범인은 쓰러진 흔적을 지우려 하지 않았으니까."

나카무라 선배는 발치의 술병을 가리켰다. '이이치코'와 '다카라', 그리고 운 나쁘게도 뚜껑을 제대로 닫아두지 않아서 쏟아진 '니카이도'.

"……그러고 보니 리, 왜 이런 곳에 술병을 놓아둔 거야? 발에 걸리지 않아?"

나는 리에게 묻자마자 스스로 그 이유를 깨달았다.

"아, 그렇구나. 평소에는 이쪽을 안 여는구나."

그렇다. 이 미닫이문은 몹시 뻑뻑하다. 손잡이는 바깥에 달려 있으니까 오른손잡이는 오른쪽 문짝을, 왼손잡이는 왼쪽 문짝을 움직이는 게 편하다. 그리고 왼손잡이인 리는 평소 왼쪽 문짝을 열었다. 그래서 오른쪽 문짝 뒤편에 술병을 놓아둔 것이다.

나카무라 선배가 말했다.

"리는 평소 지금 내가 연 쪽과는 반대쪽…… 현관에서 봤을 때 왼쪽 문짝을 열었지? 그러니까 오른쪽 문짝 바로 뒤에 병을 놓아둬도 상관없었어. 하지만 범인은 오른손잡이였으니까 지금 내가 그랬듯이 오른쪽 문짝을 열고 들어가려다가 병을 넘어뜨린 거지. 일단 다시 세워두기는 했지만, 쏟아진 술을 닦거나 양이 줄어든 '니카이도'를 가져가지는 않았어. 왜냐하면 술병을 넘어뜨린 게 얼마나 큰 문제인지 몰랐기 때문이야."

나카무라 선배는 두 문짝에 시선을 줬다.

"병이 왼쪽 문짝 뒤편에 놓여 있었고, 왼손잡이 범인이 그쪽 문짝을 열어서 병을 넘어뜨렸다면 당장 큰일 났다는 걸 깨닫고 병을 가져가든지, 적어도 쏟아진 술을 닦고 술병을 넘어뜨린 흔적을 지우려 할 거야. 왼손잡이는 자신의 행동이 다수파와 좌우 반대라는 걸 평소에 제법 의식하며 살거든."

가와노가 수긍하며 고개를 끄덕였다. 나카무라 선배는 그쪽을 힐끗 쳐다보고 말을 이었다.

"하지만 범인은 '왜 병을 이렇게 방해되는 곳에 놓아뒀는지' 알아차리지 못해서, 병을 쓰러뜨린 게 들통나도 별문제 없을 거라고 여겼어. 왼손잡이라면 이렇게 뻑뻑한 문을 열 때 보통 반대쪽을 열지도 모른다는 가능성에도 다다르지 못했지. 그건 범인이 다수파인 오른손잡이였기 때문일 거야."

"……그렇군요."

오른손잡이인 나는 평소 오른손잡이임을 의식하지 않는다. 그건 다수파인 까닭에 굳이 의식하지 않아도 불편하지 않기 때문이다. 문손잡이부터 자동개찰기, 자동판매기 동전

투입구, 수프 국자 따위도 전부 '오른손잡이용'으로 만들어져 있다. 왼손잡이는 소수이다 보니 세상에 넘쳐나는 다양한 물건들이 대개 오른손잡이용으로 되어 있음을 매번 의식하지 않을 수 없으리라.

"그렇다면 범인은 오른손잡이고, 어젯밤 11시 반부터 오늘 새벽 1시 사이에 알리바이가 없는……."

말하고 나서야 어라, 싶었다. 내가 남는다.

"어, 그러니까……." 나는 어디서 꺼냈는지 서서 소고기 육포를 먹는 리를 봤다. "……나 아니거든?"

"알아. 네가 범인이라면 그런 소리를 안 하겠지." 리는 배가 고픈지 소고기 육포 두 개를 한꺼번에 입에 물었다. "쯔이가 범인이라고 주장하는 걸 말린 것도 너고."

나카무라 선배가 "정직한 녀석" 하고 중얼거리는 소리가 들렸다.

"이걸로 확실해졌어. 범인은 쯔이야." 리는 소고기 육포 두 개를 한꺼번에 물어뜯었다. "처음부터 이 녀석이 제일 수상했어."

"아, 잠깐, 잠깐." 나는 최 선배를 다그치려는 리를 말렸다. "최 선배가 범인이라면 이렇게 자기가 범인이라는 게 대번에 밝혀질 만한 방법은 안 쓸 거야."

나카무라 선배도 고개를 끄덕였다.

"그리고 가령 그랬다고 해도 '범인은 여기 사는 사람이겠지'나 '이런 허름한 곳에 도둑이 들 리 없으니까' 같은 말은 안 하겠지. '고급 식재료라면 도둑이 든 거겠지'나 '그냥 잃어버린 거 아니야? 잘 찾아봐'라고 말하면 흐지부지될 텐데."

정말 그렇다는 듯 최 선배가 어깨를 으쓱했다.

확실히 아주 지당한 의견이다. 논리적으로 말하면 비교적 순순히 물러서는 리는 군침을 삼키는 듯한 가와노에게 소고기 육포를 나눠주며 고개를 떨구었다.

"……하지만 그럼 범인이 없어지는데요. 알리바이는 제가 오전 중에 유명장의 모두에게 확인했습니다. 오른손잡이에다 알리바이가 없는 사람은 쯔이와 탕치엔뿐이에요. 나머지는 왼손잡이든지 알리바이가 있어요."

"리가 범인이라는 건 어때? 본인이 단지를 없애놓고 자기가 소란을 떤 거지."

최 선배가 허리에 손을 대고 말했다. 리가 큰소리로 뭐라고 대꾸하려 했지만 나카무라 선배가 제지했다. "그건 아니야. 리가 범인이라면 술병을 쓰러뜨릴 이유가 없는걸."

"……그럼 정말로 범인이 없어지는데."

가와노가 앓는 소리를 냈다.

듣고 보니 그랬다. 하이셴이 뭔지는 여전히 모르지만, 설마 단지째로 알아서 사라지는 물건은 아닐 테니 이래서는 불가능 범죄가 되고 만다. 세입자 간의 흔해 빠진 소동인 줄 알았는데 괴사건으로 발전하고 말았다.

하지만 나카무라 선배는 어째선지 만족스러운 표정으

로 말했다.

"걱정하지 마. 이럴 줄 알고 의학부를 졸업한 선배 중에 이런 일이 특기인 사람을 불렀으니까."

이런 일은 또 뭐냐 싶었지만, 마침 그때 현관문이 끼이이이이익 열리는 소리가 들렸다.

왔다, 왔다 하며 방에서 나가는 나카무라 선배를 따라 중앙복도로 나가서 계단을 내려갔다. 그 사이에도 방문객은 왠지 현관문을 몇 번이고 여닫는 듯 끼이이이이이익, 끼이이이이이익, 하고 귀에 거슬리는 소리가 건물 안에 울려 퍼졌다.

"벳시 씨, 시끄럽게 그러지 마세요, 좀."

나카무라 선배가 말하자 드디어 소리가 그치고, 대신에 즐거운 듯한 목소리가 빠르게 날아들었다.

"오오, 나카무라. 들었습니까?" 방금 그 소리 들었어요? 정말 근사한 소리네요. 오래된 붉은 녹과 손질되지 않은 철제 경첩이 자아내는 절묘한 하모니! 참으로 멋지군"

말이 끝나기가 무섭게 끼이이이이이익, 끼이이이이이익하고 현관문을 여닫는 소리가 소름 끼치게 울렸다.

"그만하시래도요."

나카무라 선배는 현관으로 나가서 어째선지 흰 가운을 걸쳤고, 몇 살인지 모를 수상한 남자를 안으로 끌고 들어왔다.

끌려 들어온 벳시 씨는 내려온 우리를 보고 태양 같은 웃음을 선사했다.

"오호, 여러분이 이 멋지게 낡아빠진 연립주택의 세입자들이군요. 들으셨습니까. 아까 그 아름답게 삐걱거리는 소리! 제가 추측하기에 50년급이에요. 아무리 소재를 가공해도 10년이나 20년으로는 이렇게까지 깊이 있는 소리가 나지 않습니다. 이건 자연만이 만들어낼 수 있는 기적이에요."

그는 빈티지 와인이라도 칭찬하는 듯한 투로 그렇게 말하고 현관문에 손을 뻗어 끼이이 소리를 냈다. 나카무라 선배가 그 손을 찰싹 때리고 "이제 그만" 하더니 우리에게 머리를 숙였다. "미안해. 이 사람이 삐걱거리는 소리 마니아라서."

세상에는 참 별의별 마니아가 다 있다.

"오오, 유명장은 어떨까 전부터 궁금했었는데, 이렇게 삐걱거릴 기회를 주셔서 행복합니다." 이쪽으로서는 그런 기회를 준 기억이 없지만, 벳시 씨는 양손을 펼쳤다. "굉장해요. 공용 부분의 삐걱거림은 시간만 있다고 만들어지는 게 아닙니다. 관리자가 없는 데다 세입자 여러분이 아무도 고치지 않고 내버려두는, 그 절묘한 게으름 없이는 탄생하지 않습니다. 참 잘하셨습니다."

게으른 걸 칭찬받기는 난생처음이었다. 벳시 씨는 신발을 벗고 바닥에 한 발짝 내딛자마자 바닥 마루판이 삐걱거리는 소리에 반응해서 탄성을 질렀다.

"오오, 이것도 멋지군요. 싸구려 국산 삼나무와 시원찮은 가로대 깔기 공법이 탄생시킨 기적의 협업. 날림공사와 '싼 게 비지떡' 정신의 완벽한 조합입니다. 호오, 호오. 바닥재가 단독으로 휘는 소리에 서로 마찰하는 소리, 그리고 낡은 못이 움직이는 소리가 절묘하게 블렌드됐군요. 앗, 이 언저리는 습기가 차서 썩었네요. 기초 부분의 통기성이 좋으면 이렇게는 안 되죠. 고온다습한 일본의 기후에 맞춘 깊은 감칠맛과 착 감기는 산미酸味가 멋지게 균형을 이뤘습니다."

무슨 커피도 아니고. 나카무라 선배는 커다란 바퀴벌레처럼 바닥을 기어 다니는 벳시 씨의 목덜미를 잡고 일으켜 세웠다.

"자, 벳시 씨 거기까지만 하세요. 전화로 말씀드린 대로 현장은 2층이니까요."

"오, 깜빡했어. 사건이었지, 참." 일어선 벳시 씨는 흰 가운 안주머니에서 명함을 꺼내 제일 가까이에 있던 가와노에게 건넸다. "의사 겸 유튜버인 벳시입니다. 잘 부탁드립니다."

"휴우, 의사 겸."

가와노가 이맛살을 찌푸렸다. 어쩐지 나란히 있지 않았으면 하는 직함이다.

"아, 그리고 점술가이기도 합니다. 수상, 족상, 홍채점에 정맥점까지 보죠."

홍채와 정맥이라니 그건 이미 개인인증이 아닐까 싶었지만, 벳시 씨는 상냥하게 말했다.

서술트릭의 모든 것

"제가 일하는 곳에 오시면 CT점에 MRI점, 복부 초음파점에 위 내시경점도 봐드리겠습니다. 위 내시경점은 목과 코를 선택할 수 있고, 내시경이 거북하신 분은 할륨점도 있답니다."

그걸 '점'이라고 하는 건 문제가 있지 않나 싶었지만, 벳시 씨는 싱글싱글 웃었다.

"아, 물론 좀 더 가볍게 일본인이 아주 좋아하는 혈액점도 봐드립니다. 알레르기부터 콜레스테롤 수치, 중성지방, 요산 수치, B형과 C형 간염, 뭐든지 점칠 수 있죠."

불안해서 이런 의사에게 진찰을 받겠나 싶었지만 벳시 씨는 자신만만하게 말했다.

"자, 오늘은 어떤…… 아니, 사건 현장은 어디입니까?"

4

리의 방 앞에서 나카무라 선배가 지금까지의 경위를 들려주자 벳시 씨는 "호오. 불가능 범죄로군. 그것 참 어렵네" 하고 끙끙거렸다. 그는 현관에서 여기까지 오는 사이에도 바닥을 밟으며 오오, 벽을 누르며 아아, 하고 감탄했고, 계단에서 소리가 나자 크아, 하고 아주 감동했다. 그런 수상쩍은 모습도 한몫하여 나는 약간 걱정됐다. 정말로 이 사람은 '이런 일이 특기'일까.

벳시 씨는 2층 중앙복도가 삐걱대는 소리에 더더욱 감격한 후, 복도 끝까지 가서 창문을 몇 번이나 여닫았다. 그러고는 창틀에 올라가 벽시계를 떼어내 요모조모 살펴봤다. 딱히 특별한 시계는 아니다. 배달 피자 L 사이즈 크기에 두께는 3센티미터 정도, 뒤편에 구멍이 있어 벽에 박은 못에 걸어둔 게 전부다. 그걸 알았는지 벳시 씨는 시계를 벽에 되돌려놓고 천장의 전등을 살펴본 후 창틀에서 뛰어내렸다. 옆에서 보기에는 괴짜 그 자체지만, 본인은 실로 즐거운 듯했다.

"얇고 가벼운 시계지만, 제법 두툼한 먼지가 아름답게 쌓여 있군요. 문자판은 깨끗하게 닦아놨지만, 이래서는. …… 뭐, 알겠습니다. 몇 가지 상상은 가네요." 벳시 씨가 아까 뛰어내린 창틀을 봤다. "그럼 일단 관계자 전원을 여기로 모아주시겠습니까? 여러모로 물어보고 싶은 게 있어서요."

나카무라 선배의 재촉을 받고 우리는 고개를 끄덕였다. 벳시 씨의 기행에 그저 압도당해 있어서는 이야기에 진전이 없다. 나는 핸드폰을 꺼내며 리에게 말했다. "그럼 내가 SNS로 말해두…… 어떻게 할까."

"응가보 친구의 SNS 주소를 알고 있으니까 내가 연락할게."

리의 말에 왠지 벳시 씨가 반응했다.

"호오, 응가보는 핸드폰이 없습니까?"

리가 고개를 끄덕였다.

"요전에 물에 빠뜨렸거든요. 비싼데 또 살 수는 없대요. 그래서 1교시 수업이 있을 때는 제가 문을 두드려서 깨워줍니다."

벽이 얇은 탓에 50퍼센트의 확률로 나도 깨지만, 그건 지금은 말하지 않기로 했다. 그나저나 우리가 사는 이 유명장만 반세기 전의 세상 같다.

벳시 씨는 그 대답을 듣고 흥미롭다는 듯이 고개를 끄덕였다.

"오호. ……덧붙여 핸드폰이 없는 사람이 또 있습니까? 예를 들어 그쪽 양복 차림에 잘생기신 분. 어디 보자, 이름이 라챠시챠나논이차시브와살라였던가요. 당신은?"

"칭찬 감사합니다. 저는 가지고 있어요. 없는 건 웅가보뿐이에요."

"그럼 판명됐군요."

대체 뭐가 판명됐나 싶었지만, 벳시 씨는 선뜻 말했다.

"범인과 그가 사용한 트릭이요."

"네?"

"안唵?"

"우이呼呼?"

아직 현장도 보지 않았는데 정말일까. 하지만 3개 국어로 놀라도 벳시 씨는 차분한 표정이었다.

"모두가 모이면 설명해드리도록 하죠."

5

역시 궁금했는지 핸드폰으로 "금방 갈게"라는 답신이 왔다. 30분도 지나지 않아 유명장의(행방불명된 인도네시아인을 제외한) 세입자 전원이 모였다. 중앙복도는 좁으므로 서로 어깨를 부딪쳐가며 서 있는 위치를 꿈지럭꿈지럭 조정해야 했다. 벳시 씨는 나카무라 선배와 나란히, 우리 모두의 얼굴이 보이는 위치에 섰다.

"자자, 다들 모이셨군요. 그럼 제가 이번 하이센 소실 사건의 범인을 말씀드리겠습니다."

벳시 씨는 그렇게 말하고 어째선지 나카무라 선배를 봤다. 나카무라 선배는 익숙한 듯, 아까 없었던 응가보 등에게 지금까지의 경위를 솜씨 좋게 설명했다.

"……그러니까 여기 있는 세입자 중 한 명이 범인인데, 얼핏 보기에는 범인 같은 사람이 한 명도 없는 셈이지. 용의선상에서 벗어나는 이유는 세 가지. 일단 응가보를 비롯한 두 명은 범행 시각인 어젯밤 11시 반부터 오전 1시 사이에 알리바이가 있었어. 이 두 사람을 'A조'라고 할까. 다음으로 왼손잡이니까 용의선상에서 제외되는 'B조'. 라챠시챠나논이차시브와살라와 가와노, 그리고 리도 왼손잡이니까 이 세 사람 역시 용의선상에서 제외되지. 마지막으로 유아사와 최, 그리고 피해자인 리는 지금까지의 말과 행동으로 보건대 범인이 아니라고 추정할 수 있어. 이 세 사람은 'C조'."

나카무라 선배는 거기까지 말하고 뒤로 반 발짝 물러섰다. 역시 바닥은 삐걱대지 않았다.

　벳시 씨가 뒤이어 말을 꺼냈다.

　"중복되는 사람도 있지만, 결국 유명장의 세입자는 모두 A조에서 C조까지 적어도 한 군데에는 포함되는 셈입니다. 이 중 어떤 모순점을 찾지 않으면 불가능 범죄가 되는 건데요. ……으음, 좋은 소리군요." 벳시 씨는 누군가가 몸을 움직여 바닥에서 소리가 나자 눈을 감았다. "뭐, C조는 이쪽이 추리해서 알아차린 사항이니까 범인이 뭔가 트릭으로 위장했다고 보기는 힘들겠죠. B조도 마찬가지입니다. 노려야 할 것은 A조예요. 그렇다기보다 범인이 트릭을 구사했다고 한다면 틀림없이 A에 해당하는 사람일 겁니다. 유명장에서 유일하게 핸드폰이 없는 옹가보가 A의 증언자 중 한 명이니까요."

　어, 잠깐만. 하지만 내가 입을 열기 전에 벳시 씨는 삐걱삐걱 소리를 내며 중앙복도 안쪽으로 가서 벽시계를 올려다봤다.

　"아까 여기 리가 옹가보는 핸드폰이 없으니까 '아침에는 문을 두드려서 깨운다'라고 말했습니다. 저는 거기서 깨달았죠. 핸드폰이 없어도 타이머가 달린 가전제품이나 텔레비전, 또는 자명종 시계가 있으면 남의 도움 없이도 옹가보 혼자 일어날 수 있을 겁니다. 즉, 옹가보의 방에는 그런 물건들도 없었던 거예요."

"……응가보, 평소에 어떻게 시간을 봐?"

나카무라 선배가 물었다.

"텔레비전을 켜면 화면에 떠요."

응가보가 대답했다. 딱히 불편해하는 낌새는 없는 듯했다.

"그겁니다."

벳시 씨가 왠지 고개를 끄덕이고 응가보를 가리켰다.

"그거…… 라니요?"

마시가 안경을 밀어 올리며 묻자 벳시 씨는 음, 하고 고개를 끄덕였다.

"즉, 응가보는 심야에 느닷없이 일어났을 때 텔레비전을 켜지 않는 한 몇 시인지 모른다는 뜻입니다." 벳시 씨는 검지를 세워 벽시계를 가리켰다. "다시 말해 심야에 느닷없이 깨어났을 경우, 응가보는 거의 100퍼센트 이 벽시계로 몇 시인지 확인하고 그 시각을 증언하게 되겠죠."

확실히 필요가 없으면 굳이 텔레비전을 켜지는 않을 것이다.

"만에 하나 텔레비전을 켜려 해도 문제없도록 범인은 사전에 리모컨 전지를 빼놓는 등 조작을 해뒀을지도 모르죠." 벳시 씨는 이제 알겠지 않느냐는 표정으로 우리를 둘러봤다. "아시겠습니까? 그런 상황에서 사건이 벌어진 밤에 응가보는 깨어났다. 그리고 이 벽시계를 보고 시각을 증언했고, 그게 나중에 알리바이가 됐다. 이건 우연일까요? 아무리 생각해도 가장 수상한 건 B나 C가 아니라 A겠죠? 어젯밤에 시계를 본 웅가보에게 어떻게 시각을 착각하게 했는지만 알아내면 A의 알리바이는 무너집니다. 예를 들면 이 시계에 무슨 수작을 부렸다든가."

"수작." 나는 벽시계를 올려다봤다. 그렇게 새것은 아니지만 망가지지도 않았다. 무엇보다……

"하지만 이 시계, 먼지투성이였잖아요? 아까 만져보시니 어땠어요?"

"먼지투성이였죠. 내려 쌓인 후 습기와 공기 중의 다양한 물질을 빨아들여 엉겨 붙은 먼지. 그게 근사하게 삐걱거리는 소리를 발생시킵니다. 과학적 제조법으로 훌륭한 와인을 만들고, 요헨텐모쿠차완曜変天目茶碗, 일본의 국보로 지정된 찻종으로, 세 개 밖에 없다을 분석하는 현대 기술로도 이 자연의 기적은 재현 자체가 불가능합니다."

그런 걸 연구하는 사람이 없어서 그런 것 아닐까 싶었지만 잠자코 있었다. 나카무라 선배가 벳시 씨를 세게 쿡 찌르고 "이야기가 엇나갔어요" 하고 속삭였다.

"실례. 어떤 삐걱거리는 소리였지?"

"삐걱거림에는 신경을 좀 끄세요. 이 벽시계에는 먼지가 쌓여 있으니 최근에 누군가가 시계를 열어 바늘을 움직였다든가 그런 건 아닌 거죠?"

"아아, 그렇지. 아닙니다. 애당초 걸어둔 위치에서 떼어낸 흔적도 없었어요."

벳시 씨를 따라 벽시계를 올려다봤다. 아무도 손을 대지 않았다는 건가. 하지만 벳시 씨는 '이 시계에 수작을 부렸다'라고도 말했다. 뭐가 어떻게 된 걸까.

만약을 위해 핸드폰을 꺼내 시간을 확인했다. 벽시계와 시간이 일치했다. 저 시계는 싸구려고 전파시계도 아니다. 즉, 최근에 아무도 건드리지 않았다면 범행 때와 똑같은 상태일 것이다. 지금 시간이 틀리지 않는다면, 범행 때도 틀리지 않았다는 뜻이다. 대체 어떻게 '수작'을 부렸다는 걸까.

"자석으로 시곗바늘을 움직인 건가? 문자판 표면에는 먼지가 안 묻어 있잖아."

최 선배의 말에 벳시 씨는 "멋집니다" 하고 반응했다. 그러면서 고개는 저었다. "하지만 아닙니다. 이 시곗바늘은 플라스틱이에요."

"그럼 염력이야."

"멋집니다. 당신은 염력을 쓸 줄 압니까?"

"못 쓰는데. 세네갈인이라면 모르지만."

"편견이야. 세네갈인은 염력 못 써. 태국인이라면 모르지만."

"편견입니다. 무슨 중국인도 아니고."

"편견이야. 중국인은 모두 기공을 쓸 줄 안다고 생각하는 사람이 아직도 있구나? 뭐, 내륙으로 가면 또 모르지만. 그런 건 일본인의 특기 아니야? 닌자의 술법이나 음양사가 부리는 귀신 같은 거."

"편견이야. 그건 엄격한 수행을 쌓지 않으면."

서술트릭의 모든 것

"저기, 가와노. 오해를 키우지 마." 나는 편견 싸움을 말리고 벳시 씨에게 물었다. "무리겠죠? 시곗바늘은 지금도 올바른 시간을 가리키고 있고, 시계를 만지거나 원격조작으로 시곗바늘을 돌리기는 불가능하잖아요."

"여러분, 너무 앞서가시는군요." 벳시 씨가 다투는 우리를 보고 쓴웃음을 지었다. "확실히 시계에 수작을 부렸다고는 했습니다. 하지만 그렇다고 시계를 열어서 속을 만지작거릴 필요는 없습니다. 먼지를 흩뜨려서 최근에 누가 만졌다는 흔적을 남기면서까지 벽에서 떼어낼 필요도 없고요. ……다만 문자판을 깨끗이 닦는 정도는 해도 나쁠 것 없겠지만요."

모두가 입을 다물었다. 참새가 쩍쩍대는 소리만 밖에서 들려왔다.

최 선배가 미간에 주름을 잡고 물었다.

"……그게 무슨 소리야?"

"저 시계, 실례지만 싸구려입니다. 어디서나 팔 법한 흔한 물건이에요."

벳시 씨는 최 선배에게 웃음을 지으며 말했다.

"즉, 누군가 똑같은 시계를 하나 더 준비해서 저 시계 문자판 앞에 붙여도 아무도 모를 겁니다."

"……문자판에?"

한순간 이미지가 떠오르지 않아 나는 바닥의 판자 이음매에 시선을 떨어뜨리고 생각했다. 벽에 걸린 시계. 그리고 똑같은 시계가 그 시계를 덮어서 가리듯이 겹쳐서 걸려 있다. 요컨대 시계가 2중이다.

"······그렇구나."

원래 있던 벽시계에는 손을 대지 않았다. 하지만 다른 시계를 그 위에 걸었다. 어떻게 걸었을까? 간단하다. 원래 있던 시계의 문자판에 훅이 달린 빨판을 붙이고 거기다 걸면 된다. 벳시 씨도 말했다. 벽시계 문자판만 깨끗하게 닦아놨다고. 그건 빨판이 잘 붙도록 하기 위해서였다.

나카무라 선배가 벽시계 쪽으로 발돋움을 해서 몸동작으로 모두에게 설명하자, 이제 알겠다는 식의 감탄사가 들려왔다. 확실히 그 방법이라면 옹가보는 시간을 착각한다. 밤에 이 복도는 전등을 켜도 어두우니까 위화감을 느끼지는 못할 것이다.

"범인은 몇 시간 정도 느린 시계를 걸어놨을 거야. 즉, A조가 바퀴벌레를 잡은 게 오전 1시경이 아니라 실은 좀 더 나중인······ 예를 들어 오전 3시경이었다면?" 나카무라 선배가 어린아이를 가르치는 선생님 같은 투로 말했다. "그렇다면 범행이 가능한 사람이 나오지. A조는 오전 1시경까지 알리바이가 있으니까, 실제 범행 시각이 오전 1시경부터 오전 3시경 사이라고 하면 A조 사람은 알리바이가 성립하지 않아."

이 사실은 B조와 C조와는 관계없다. 즉, 왼손잡이인 가와노, 라챠시챠나논이차시브와살라 조와 말과 행동으로 보건대 범인답지 않은 나, 최, 리 조. 이 사람들은 전부 용의선상

서술트릭의 모든 것

에서 제외된다. 하지만 어디에도 포함되지 않는 A조가 범인이라면…….

뱃시 씨는 A조 두 사람을 봤다.

"바퀴벌레 소동으로 일어나서 결과적으로 '알리바이'를 얻은 A조는 두 명입니다. 다만 웅가보는 '깨워진' 쪽이니까 범인이 아니죠. 범인은 알리바이를 만들기 위해 웅가보를 깨운 사람." 뱃시 씨는 마시를 봤다. "……즉, 라챠시챠나논미챠시브와살라, 당신입니다."

6

모두가 마시, 즉 라챠시챠나논미챠시브와살라를 봤다.

"어…… 아하하하하하." 마시는 천장으로 눈을 돌리고 동요를 감추려는 듯 핸드폰을 꺼냈다. "저는 왼손잡이니까 B조입니다……. 앗, 슬슬 로그인해야겠네."

"거짓말하지 마. 지금도 오른손으로 핸드폰을 조작하고 있으면서."

가와노가 그렇게 말하고 안경을 낀 마시 옆의, 양복을 깔끔하게 차려입은 라챠시챠나논이차시브와살라를 가리켰다.

"그쪽 창ชาง, 태국어로 '코끼리'라는 뜻은 왼손잡이지만, 넌 아니잖아."

그렇다. 유명장에는 태국인이 두 명으로, 왼손잡이라 B조에 포함되어 용의선상에서 제외되는 라챠시챠나논이차시브와살라와 달리, 라챠시챠나논미챠시브와살라…… 즉, 마시는 A조다. A조 두 명은 알리바이 이외에 기댈 곳이 없으므로 웅가보가 범인이 아니라면 범인은 그인 셈이다.

"챵'……. 아아, 라챠시챠나논이차시브와살라는 츄렌이 '챵'이구나." 나카무라 선배가 미소를 지으며 '챵' 즉, 라챠시챠나논이차시브와살라에게 말했다. "너는 좀 더 훤칠하니까 더 멋있는 동물도 괜찮을 텐데."

쑥스러운지 챵의 얼굴이 붉어졌다.

"어렸을 때 부모님이 붙여주신 츄렌이라서요."

듣기로 츄렌은 부모님이나 친구가 붙여주거나 스스로 붙이는 등 가지각색이라고 한다. 일본에 왔으니 당연히 새로운 일본용 츄렌을 자기 마음대로 붙여도 상관없다. 하지만 결국 라챠시챠나논이차시브와살라는 옛날부터 익숙했던 '챵'을 사용했고 마시, 그러니까 라챠시챠나논미챠시브와살라는 자기소개를 어떻게 할지 망설이는 사이에 최 선배가 "마시 오카랑 닮았어!"라고 해서 '마시'가 되고 말았다.

"덧붙여 라챠시챠나논미챠시브와살라…… '마시'의 츄렌은 뭐야?"

"남라이น้ำลายป입니다."

"무슨 뜻인데?"

"'군침'."

"그게 뭐야."

마시는 고개를 푹 숙였다.

"어렸을 때 부모님이 붙여준 츄렌이라서요."

마시, 즉 라챠시챠나논미챠시브와살라가 '마시'라는 별명으로 부르는데도 내버려둔 이유도 그것이리라. 라챠시챠나논이챠시브와살라는 '코끼리'니까 "저의 츄렌은 챵입니다" 하고 자기소개를 할 수 있었지만, 라챠시챠나논미챠시브와살라는 자기 별명이 군침이라고 말하기 힘들었으리라.

"그나저나 복잡하네." 나카무라 선배가 한숨을 쉬고 나란히 선 유명장의 태국인 두 명을 봤다. "이쪽이 챵이고 본명은 쁘라샷라챠시챠나논이챠시브와살라. 이쪽은 마시고 본명은 솜챠이라챠시챠나논미챠시브와살라."

마시와 챵이 얼굴을 마주봤다. 뭐, 안경잡이에 정말 긱 geek, 자기가 좋아하는 분야에 푹 빠져 있는 괴짜를 가리키는 말. 일본의 오타쿠와 비슷하다 같은 분위기의 마시와 키가 훤칠하니 모델 같은 챵은 실제로 보면 헷갈릴 리가 없지만.

챵이 말을 꺼냈다. "저희는 고향이 같아요. 그래서 성씨가 비슷하죠. 학교는 달랐지만 마…… 남라이가 일본으로 유학을 갔다는 말을 듣고 저도 가볼 마음을 먹었어요."

"헷갈린다고 할까, 이름이 너무 복잡해서 여기에 태국인이 두 명 산다는 걸 모르겠어. 얼굴은 전혀 다르게 생겼지만." 최 선배가 말했다. "뭐, 내가 보기에는 탕천과 천야도 가끔 헷갈리지만."

나는 가와노와 얼굴을 마주봤다.

"……뭐, 피차일반이겠죠."

유명장의 세입자는 일본인이 나와 가와노 두 명. 중국인 리, 세네갈인 옹가보, 한국인 최 선배. 행방불명된 인도네시아인 라스디, 태국인이 라챠시챠나논미챠시브와살라와 라챠시챠나논이차시브와살라 두 명. 모두 합쳐서 여덟 명이다.

사건이 발생했을 때 리가 깨운 안경잡이 인터넷 게임광이 마시(라챠시챠나논미챠시브와살라)고, 낮에 나카무라 선배가 온다며 양복 차림으로 등장해 사람들과 함께 리의 방을 본 건 챵(라챠시챠나논이차시브와살라)이다. 이렇게 봐도 여전히 복잡하다. 아마 이 사건 이야기만 들어서는 바퀴벌레 소동으로 알리바이를 만든 A조의 라챠시챠나논미챠시브와살라와 왼손잡이라 용의선상에서 벗어난 B조의 라챠시챠나논이차시브와살라가 다른 사람인 줄 모르지 않을까.

"……그런데." 리가 마시를 추궁했다. "내 하이셴, 어쨌어?"

"미안해." 마시가 안경이 삐뚤어지는데도 아랑곳없이 바닥에 무릎을 꿇고 머리를 숙였다. "중국인 친구가 꼭 먹고 싶다며 한 마리에 천 엔을 내겠다기에."

가져다 판 모양이다. 나도 한숨을 쉬었다.

"……전부 팔았어?"

"응."

"받은 돈은?"

"게임에 과금했어."

“야.”

“어휴.”

“세댕그C'est dingue!”

“훈탄混蛋!”

“너 인마!”

“바บ้า.”

“What an idiot!”

“나카무라 선배는 왜 영어예요?”

“그게, 나도 뭔가 말해야 할 것 같은 분위기라서.”

“딱히 그런 건.”

여러 나라 언어로 욕을 먹은 마시는 아르바이트를 해서 위자료로 3만 엔을 내기로 약속했다.

그리하여 유명장의 하이센 소실 사건은 나카무라 선배와 벳시 씨 덕분에 깔끔하게 해결됐다. 벳시 씨는 유명장의 이곳저곳에서 삐걱거리는 소리를 만끽한 듯 “사례는 필요없습니다……. 어, 아니요. 가끔 와도 괜찮겠습니까?” 하고 말했다.

유일하게 아쉬운 건 결국 ‘하이센’이 무엇인지 미제로 남았다는 점뿐이다.

—이 작품에는 외국어가 몹시 많이 나오므로 많은 분께 도움을 받았습니다. 태국인의 이름을 확인해주신 이바 씨 및 태국어를 교정해주신 카몬옹키니망(กมลอร คินิมาน) 씨, 덧붙여 담당자 가와키타 씨께 깊은 감사 말씀 올립니다.

일본을 짊어진 고케시 인형

1

7. 20 국회 앞, 대항의 운동. 차별은 용납할 수 없다! 혐오 발언을 옹호하는 간베 법무장관은 즉각 사임하라! @MOTION

화면 속에서는 비가 내리고 있었다. 빗방울이 뚜렷이 비칠 정도니까 나름대로 빗발이 세겠지만, 단상에서 우산도 없이 마이크를 잡은 청년은 비에 젖는 것도 개의치 않고 강하게, 하지만 고래고래 소리를 지르는 것이 아니라 또렷한 어조로 말을 이어나갔다.

—중국인이든, 한국인이든, 이란인이든, 필리핀인이든.

청년은 아무래도 단상이 아니라 정차한 미니 왜건의 지붕에 서서 이야기를 하는 모양이었다. 아돌프 히틀러처럼 주먹을 쳐들거나 스티브 잡스처럼 양손을 펼치지 않고 그저 마이크를 쥔 채 모두를 둘러보며 말한다. 하지만 우산을 쓰거나 비옷을 입은 각양각색의 청중은 가만히 그의 이야기에 귀를 기울이고 있었다.

　—단지 국적이 그곳이라는 이유만으로, 단지 외국인이라는 이유만으로 모욕을 받거나 위협당해 겁에 질려서야 되겠습니까.

청년은 한 마디 한 마디 또박또박 끊어서 말했다. 청중에게 던지는 시선이며 말할 때의 발성과 리듬이며, 연설에 익숙한 것 같기는 했다. 화면에 청년의 얼굴이 클로즈업됐다. 머리카락이 약간 갈색인 탓도 있어 척 보기에는 '젊은' 인상이다. 또한 비교적 생김새가 단정하게 느껴진다. 앞머리 한 줌이 젖어서 뺨에 달라붙었다. 거기서 물 한줄기가 콧날을 타고 흘러내렸다.

　—간베 장관은 일본이 이렇듯 차별하는 나라라고 전 세계에 공언한 셈이나 다름없습니다. 그들은 애국심이라고 말하지만, 그들이 바로 일본을 천박하게 만드는 장본인 아닙니까.

카메라가 전환되어 데모 현장인 국회의사당 앞 도로를 천천히 훑으며 지나갔다. 방패를 든 기동대원이 우산을 쓰고 조용히 모여 있는 시민들 주변을 빈틈없이 감쌌고, 수송 차량이 수없이 줄지어 벽을 만들었다. 언제부터인가 데모라고 하면 이런 풍경이 보통으로 자리 잡았다. 70년대의 좌익 운동가들과 달리 요즘 데모 집단은 돌과 화염병을 던지거나 도로를 점거하지 않는다. 데모치고는 아주 예의 바른 편인데 왜 이렇게까지 과하게 경비하는 걸까. 요컨대 정부에 불리한 데모를 경비할 경우, 정부의 뜻을 살펴 되도록 위압적으로 하라는 지시가 떨어지는 것이리라. 직립 부동의 경찰관들도 마음을 죽인 표정이었다.

"……국가의 녹을 먹기도 쉽지 않다, 그거겠죠."

나는 탐정사무소에 근무하니 홀가분한 기분으로 그렇게 말하자, 옆자리에 앉은 벳시 씨는 시트를 뒤로 덜컥 젖히더니 "음, 움직임이 부드럽네" 하고 희열에 찬 목소리를 흘린 후 시트를 세웠다.

"……뭐, 그렇겠지. 주최자가 발표하기로 이날의 데모 인원은 5천 명. 주최자는 수를 부풀리는 법이고, 영상으로 보기에도 실제 참가자는 3천 명 정도 되려나. 무기도 없지, 스크럼 대형도 짜지 않지, 참 얌전한데 말이야. E5 계열 시트는 1,040밀리미터나 되는 넓은 시트피치座席간 거리에 눈길이 가기가 십상이지만, 이 은근한 좌면座面 슬라이드나 수수하게 자유도가 높은 머리 받침이 쓸 만하지. 팔걸이가 좀 아쉽지만."

화제가 도중부터 지금 앉아 있는 신칸센 차량의 시트 이야기로 바뀌었다. 그런 말을 하면서 덜컥덜컥 몇 번이고 등받이를 넘겼다 일으켰다 했다. '좌석 마니아'라는 희귀한 종류의 변태인 벳시 씨는 벳시 탐정사무소가 이번에 맡은 의뢰가 얼마나 중대한지, 의뢰인이 얼마나 전대미문의 거물인지는 전혀 아랑곳하지 않는 태도였다. 하기야 나도 지금 걱정되는 건 벳시 씨 뒷좌석에 앉은 사람의 기분이지만. 우쓰노미야를 지나쳤을 때쯤 슬쩍 봤더니 잠든 것 같았는데, 아직도 자고 있을까. 폐를 끼쳐서 죄송합니다.

벳시 씨가 시트를 만끽하며 태블릿 PC로 보는 것은 최근에 화제가 된 시민단체 '모션MOTION'의 호소로 촉발된 국회 앞 데모를 녹화한 영상이다. 단체 측이 동영상 사이트에 공개했는데, 이미 조회 수가 상당히 높았고 SNS 등에서도 활발하게 퍼져나갔다.

혐오 발언. 정치가의 비리와 은폐. 갖가지 '실언'에 거짓말. 그러한 행위를 옹호하는 자들이 퍼뜨리는 약자에 대한 거짓 뉴스. 기억을 돌이켜보면 내가 어렸을 적에 일본은 이렇게 심각하지 않았다. 다만 그러한 흐름에 파문을 일으킨달까, 국민이 스스로 나서지 않으면 아무것도 변하지 않는다고 생각하는 사람들도 나타났다.

모션이라는 단체도 그중 하나인데, 지금까지의 시민단체와 다른 점은 운동이 멋들어졌다는 것이다. 영상 속 데모는 평범했지만, 모션은 '그 손에 꽃을' 운동과 '노래하는 데모' 운동 등 '참가하면 지적이고 센스가 좋아 보이는' 운동을 연출해 지금까지 '데모는 약간 삐딱하고 못난 사람들이 하는

짓'이라고 여기고 있던 젊은층의 인식을 바꿨다. 영상 속에
서 연설한 대표 미토리가와 료 씨가 잘생겼다는 점도 한몫
해 현재 모션은 커져가는 정부 비판을 표출하는 선봉장 역
할을 맡고 있었다. 개인적으로는 영어 'motion'에는 '배설'이
라는 뜻도 있는데 괜찮을까 걱정되는 정도일 뿐, 큰 관심은
없지만.

"모션…… 이라, 미토리가와 료에게 관심이 있으세요?"

벳시 씨가 이런 동영상 사이트를 보다니 별일이라 물어보
자 벳시 씨는 영상을 정지시키고 "일에 관심이 있을 뿐이야"
하고 대답했다.

"일……?"

나는 고개를 갸웃거리지 않을 수 없었다. 지금 우리는 이
데모 때문에 미야기현으로 향하는 걸까. 하지만 의뢰 내용
에 모션이나 미토리가와 료 같은 이름은 전혀 나오지 않았
다. 나는 의뢰를 받았을 당시 상황을 떠올려봤다.

조수로 일하기 시작하고 나서 알았는데, 벳시 탐정사무소
에는 실로 다양한 연줄이 있는 모양이다. 경찰, 변호사 협회,
각종 관공서에 정재계까지. 그건 벳시 일족이 대대로 각계
에서 활약해온 결과로 생긴 연줄이다. 사실 사업치고는 자
잘해서 벳시 가문에는 어울리지 않는 벳시 탐정사무소 자체
는 각계의 친구, 지인, 친구의 지인, 지인의 고객, 고객의 은
인 등에게 이런저런 상담 일을 맡은 결과, 차라리 탐정사무

소를 차려서 업무화하는 편이 일 진행도 빠르고 세금 대책도 된다는 이유로 시작했다는 모양이다. 즉, 우리 사무소는 보통 흥신소와는 출발점부터 다르다. 하긴 그렇지 않고서야 요즘 세상에 이렇게 규모가 작고 인터넷 광고도 하지 않는 탐정사무소를 유지할 수 있을 리 없다.

그리고 그런 탐정사무소이기에 자연스레 특수한 의뢰가 들어온다. 원래 흥신소가 그런 곳이기는 하지만, 신원을 밝힐 수 없는 의뢰인도 많고 정치가나 관료, 대기업 사장 등 높으신 양반이 여기는 믿을 만하다는 이유로 몰래 찾아올 때도 많다. '자신의 연줄이라면 한통속. 한통속이라면 믿을 수 있다'라는 그들의 수수께끼 같은 신앙이 신기하기는 하지만, 그들 입장에서 보면 주변에는 업무와 관련된 인간뿐이라 약점을 드러낼 수 없으니 부득이하게 '이미 한통속이라고 생각하고 믿는 수밖에 없다'라며 우리를 찾아오는 건지도 모른다.

그날 찾아온 기모노 차림의 노인도 처음 봤을 때는 어느 대기업 사장인 줄 알았다. 아무래도 어디서 본 것 같은 느낌이었는데, 사무소 근처나 버라이어티 방송 같은 데가 아니라 신문이나 책에서 본 듯했기 때문이다. 하지만 양복 차림의 수행원과 함께 응접실 소파를 권한 후, 차를 내놓을 때 깨달았다. 이 노인은 뭔가 기운이 다르다. 수행원의 어깨 정도밖에 오지 않을 만큼 몸집이 작지만, 얼굴에 새겨진 주름과 똑부러지는 행동거지에 '위엄'이라고 해야 할 것이 깃들어 있었

서술트릭의 모든 것 |

다. 폭력단 두목이 아닐까도 했지만, 그런 사람들과는 교류가 없었다. 하지만 예전에 벳시 씨가 '폭력단 간부와 제일 분위기가 비슷한 부류는 정치가'라고 말했던 게 생각났다.

"……은퇴해서 명함은 없습니다만, 다와라다 고사부로라고 합니다. 제 개인적인 의뢰입니다."

소파에 편안하게 앉은 노인은 노련한 가부키 배우를 연상시키는 묘하게 요염한 목소리로 말했다.

그 이름은 나도 어렴풋하게나마 알고 있었다. 정치가다. 그것도 분명 여당의 거물 아니었던가. 내가 정치에 대해 유권자로서 필요한 정도의 관심을 품게 됐을 무렵에는 이미 은퇴한 뒤였지만, 어렸을 적에 뉴스 따위에서 봤다. 나중에 확인한바 다와라다 고사부로는 오랫동안 여당의 간사장일본 정당에서 당대표 다음가는 요직으로 있었고 관료들이 총리보다 이 사람에게 먼저 의향을 물으러 간다는 숨은 실세였다. 웬걸, 그 본인이 직접 우리 사무소에 납신 것이다.

나는 무심코 "어, 진짜다" 하고 말할 뻔했지만, 접객 모드였던 덕분에 간신히 참았다. 하지만 눈이 마주치자 다와라다 씨는 한순간 주름진 눈꼬리를 살짝 치켜세우고 "호오" 하는 표정을 지었다. 자네 나이의 젊은이도 나를 아느냐는 뜻일까.

물론 우리 벳시 소장님도 다와라다 씨가 누구인지는 알고 있었지만, "만약을 위해 말씀드립니다만, 의뢰 내용과 관계가 없는 한 의뢰인의 사정은 딱히 고려하지 않습니다"

하고 의뢰인에게 제법 무례하게 대응했다. 수행원은 그야 말로 그 점이 걱정이었는지 표정이 딱딱해졌지만, 다와라 다 씨 본인은 "압니다. 믿음직하군요" 하고 온화한 태도를 유지했다.

그리고 말을 꺼냈다. "일본의 미래에 관련된 이야기인데, 괜찮겠습니까."

너무 아무렇지도 않게 말해서 나는 깜짝 놀랐다. 역시 거물이구나 싶었다. 그런데 왜 그런 터무니없는 일을 우리 사무소에, 그것도 '개인' 입장에서 의뢰하려는 걸까.

하지만 내 옆에 앉은 소장님은 평소와 다름없이 고개를 끄덕였다.

"알겠습니다. 의뢰 내용을 말씀해주시죠."

수행원이 값어치를 매기듯 우리 소장님을 쳐다봤지만, 다와라다 씨는 마음을 굳힌 듯 태연하게 말을 이었다.

"……헤드헌터HEADHUNTER라는 인물을 아십니까?"

꼬부랑말과는 전혀 인연이 없을 듯한 기모노 차림 노인의 입에서 주로 인터넷, 그것도 젊은 사람에게나 유명할 법한 이름이 나왔다. 하지만 소장님은 눈짓으로 긍정하고 재촉하듯 나를 힐끗 봤다. 나는 안경을 고쳐 쓰고 양손을 무릎 위에 가지런히 모은 채 대답했다.

"최근에 화제가 되는…… 장난질의 범인입니다. 각지의 조형물에 낙서를 하고 돌아다니죠. 몇 달 전까지는 온라인상에서 화제가 되는 정도였지만, 최근에는…… 유명한 동상 등

서술트릭의 모든 것

도 목표물로 삼아 텔레비전 등에서도 거론되고 있습니다."

나는 인터넷에서 말이 나올 때부터 알고 있었다. 모 역 앞 광장의 어머니와 아이 동상에 다스베이더 가면이 씌워졌고, 모 공원 야외 예술 공간에 전시된 미소녀 조각상의 머리는 브로콜리로 바뀌었다. 다스베이더 가면은 퍼티탄산칼슘 분말, 돌가루 등을 접착제로 개어 만드는 건축용 접합제로 붙여져 깔끔하게 벗겨내기가 불가능했고, 머리가 브로콜리로 바뀐 FRP(강화 섬유 플라스틱) 소재 미소녀 조각상은 톱으로 잘라간 머리를 발견하지 못해 복구에 실패했다. 그 점을 들어 "장난으로 취급하고 넘어갈 문제가 아니다" "엄연한 기물손괴죄, 또는 위력업무방해죄다" 하고 지적하는 목소리도 있었다. 하지만 인터넷에서는 재미있어하는 반응이 다수였다. 그런데 몇 달 전부터 경향이 바뀌어 갑자기 유명한 조형물을 목표물로 삼았다. 삿포로 히쓰지가오카 전망대에 있는 클라크 동상의 머리에 상투 가발을 씌우고 뻗은 손끝에는 금속 하리센일본의 만담이나 콩트에서 사용하는 쥘부채 모양의 소도구을 용접했으며, 고치현 가쓰라하마에 있는 사카모토 료마 동상의 머리에는 퍼티로 벌컨포미국의 항공기용 기관총를 붙였다. 이미 방송국에서도 전국에 보도했는데, 역시 방송에서는 재미 위주로만 다루지는 않았다.

"······텔레비전 방송에서는 사회문제로 다뤘고, 비판도 많았던 것 같던데요."

나는 애초부터 헤드헌터를 '세상 물정 모르고 자기 현시욕에 따라 움직이는 바보'라 평가했지만, 의뢰인이 헤드헌터를 어떻게 생각하는지 모르므로 시원스럽게 내 의견을 피력할 수가 없었다.

"그런 것 같더군요." 다와라다 씨는 헤드헌터를 어떻게 생각하는 건지 읽어낼 수 없는 표정으로 고개를 끄덕였다. "……제 부탁은 이겁니다. 헤드헌터를 붙잡아주시오. 놈이 다음 범행을 저지르기 전에 말입니다. 신병을 구속하는 게 어렵다면 꼬리만이라도 붙잡고 싶습니다."

"알겠습니다. 저희는 공인이 아니니까 운 좋게 현행범으로 체포하지 못한다면 경찰이 체포할 수 있을 만한 증거를 수집하든지, 그게 어려우면 범인을 확정해서 그 정보를 넘기는 식으로 갈 텐데요."

아주 쉽게 말한다. 헤드헌터가 어디에 사는 누구인지 전혀 모르는 판국인데.

헤드헌터가 어느 지역에 사는 누구인지 인터넷상에 온갖 추측이 난무했지만, 죄다 아마추어의 억측에 불과했다. 경찰은 단독범일 것이라고 발표했는데, 그렇다면 일본인 및 재류외국인 1억 2천만 명 중에서 어떤 예비 정보도 없이 한 명을 찾아내야 한다. 대체 어떻게 찾아낼 생각일까. 하지만 우리 소장님은 당연하다는 표정이었다.

"잘 부탁드립니다."

다와라다 씨가 머리를 숙여서 나는 황송하기 그지없었다. 다와라다 고사부로에게 부탁을 받을 줄이야.

수행원이 입을 열었다.

"조사 기간은 한 달이면 되겠습니까. 일당은 선불로 지급하고, 도중에 일을 마무리해도 전액 보장. 거기에 성공보수도 드리는 것으로."

"알겠습니다."

소장님은 자전거라도 한 대 사는가 싶을 만큼 가볍게 대답하고 뒤쪽 책상에 놓여 있는 바구니를 집어 테이블에 내려놨다.

"여기까지 오셨으니 어떠십니까?"

뭐 그런 걸 권하는 거냐고 생각했지만 이미 늦었다. 우리 소장님은 밤에는 바텐더로 일하기도 하지만, 한편으로 막과자 마니아이기도 해서 날마다 막과자를 안주 삼아 칵테일을 마시며 '궁극의 마리아주요리업계에서 와인과 안주의 조합을 가리킨다'를 연구하는 괴짜다.

나는 부리나케 일어나서 이미 쟁반에 담아 테이블 한복판에 내놓은 고급 아라레쌀떡을 작게 잘라 불에 굽거나 기름에 튀겨낸 과자를 권하려 했지만, 다와라다 씨는 활짝 웃으며 바구니에 손을 뻗었다.

"오오, 매실 잼* 아닙니까. 옛날 생각이 나는군요. 오오, 이

---

* 우메노하나 본점에서 만든 '원조 매실 잼'을 가리킨다. 작은 봉지에 든 새콤달콤한 잼으로, 구멍가게 등에서 하나당 10엔에 팔았다. 사장이 혼자 발안해 70년 넘게 제조해왔지만, 2017년에 제조가 종료됐다.

건 일본제일 수수 경단[*]."

"품절 직전에 겨우 입수했습니다. 매실 잼은 이게 마지막입니다. 이쪽에 소스 센베이도 있으니 꼭 마리아주로."

그게 무슨 마리아주냐 싶었지만, 다와라다 씨는 봉지를 뜯어서 꺼낸 소스 센베이를 기쁜 표정으로 먹으며 "옛날에는 이렇게 재료 본연의 맛을 살린 과자가" "우에다의 앙코다마구슬 모양의 팥소를 콩고물에 버무리거나 한천으로 감싼 막과자는 현재도" "설탕이 아니라 사카린이었으니까요" 등등 소장과 이야기꽃을 피웠고, 수행원도 매실 잼을 바른 소스 센베이를 와작와작 씹어 먹었다. 저들은 그냥 놔두기로 하자. 막과자가 나오는 탐정사무소가 하나쯤은 있어도 괜찮겠지.

결국 그 후로 다와라다 씨와 소장님은 막과자 이야기에 열을 올렸을 뿐, 일 이야기는 나오지 않았다. 나는 다와라다 씨가 헤드헌터에 관한 미공개 정보를 얻어서 우리에게 의뢰하러 온 거라 추측했지만, 그런 건 아니고 그냥 단순히 헤드헌터를 붙잡아줬으면 하는 모양이었다.

그나저나 참으로 묘한 일이었다. 왜 여당의 거물 정치가였던 사람이 약간 물의를 빚고 있다고는 하나 명백히 잔챙이인 헤드헌터를 '붙잡아달라'고 의뢰한 걸까.

---

[*] 홋카이도의 다니타 제과에서 제조 및 판매하는 막과자. 1913년에 창업했을 때부터 시판했다고 한다. 이름은 '수수 경단'이지만 겉보기에는 오블라토에 싸인 수수께끼의 갈색 막대다. 콩고물을 묻힌 막대 막과자인 콩고물 봉과 풍미가 비슷한 게 자꾸 손이 간다.

그리고 그 의뢰의 어디가 '일본의 미래에 관련'된 걸까.

"……의뢰인의 신원과 사정을 너무 파고들지 않는다는 방침은 알겠는데요."

내 말에 옆에서 좌석의 머리 받침을 어루만지고 있던 벳시 씨가 반응했다.

"마음에 걸려?"

"……저희가 혹시 뭔가에 이용되는 거 아닐까요?"

"아하하. 설마." 벳시 씨는 내 걱정을 말 그대로 일소에 부쳤다. "그렇다면 굳이 다와라다 고사부로라는 거물이 등장할 리 없지. 경계심만 높아질 뿐인걸."

"그렇겠죠. ……벳시 씨, 뭔가 아시는 거 있으세요?"

"그거야 헤드헌터에 대해서는 마침 조금 조사했으니까."

벳시 씨는 창밖을 봤다. 지금 저 멀리 이어지는 능선 너머 한순간 눈에 들어온 멋진 산은 반다이산일까.

"……이 의뢰의 뭐가 '일본의 미래에 관련'된 건가요?"

"결코 과장된 표현은 아니라고 생각하는데."

"……그럼 벳시 씨, 헤드헌터의 다음 목표물은 어떻게 알아내셨어요?"

의뢰를 받은 다음 날, 내게 지시가 떨어졌다. 조만간 헤드헌터가 나타날 가능성이 있으니 미야기현 센다이시의 남쪽에 있는 사이카와초町로 향하라고. 벳시 사무소도 이번 의뢰에 총력을 다하려는지 이미 다른 직원을 현지에 파견했다고 한다.

"이미 정보가 들어왔거든. 간결하게 답하자면 이거야." 벳시 씨가 태블릿 PC 화면을 보여줬다. "모션의 대표 미토리가와 료가 오늘부터 있을 강연을 위해 센다이에 가 있어."

"……미토리가와 료가요?" 즉, 영상을 본 것도 이번 일과 무관하지는 않았던 셈이다. 하지만. "……그래서요?"

벳시 씨는 내 질문에 대답하지 않았다. "음, 나중에 설명할게. 우 쨩은 임무에 집중해줬으면 해."

"네." 상사가 까라면 까는 수밖에 없지만. "저어, 아무튼 그 '우 쨩'이라는 호칭 좀 어떻게 안 될까요?"

10대 때부터 여동생처럼 귀여움을 받아온 탓에 여태 그렇게 불리지만, 업무 중에는 그러지 말았으면 한다. 고객이 들으면 인상도 좋지 않을 텐데. 나는 안경을 고쳐 쓰고 확실히 말하기로 했다. "어디까지나 조수니까요. 제대로 미쓰기라고 불러주세요."

"안 돼? 귀여운데."

벳시 씨는 내 머리를 쓰다듬다가 갑자기 진지한 표정으로 돌아가더니 "이번에는 네가 활약하기에 달렸어. 기대할게" 하고 말했다.

그런 말을 들은 건 처음이었다. 여기서 풋내기답게 "상사가 기대하다니. 좋아, 열심히 하자!" 하고 주먹을 불끈 쥐면 될 것을, "갑자기 그런 소리를 하다니 이상하네" 하고 의심하는 내 성격이 스스로 생각하기에도 귀엽지 않다 싶었다.

서술트릭의 모든 것

어쨌든 이유는 모르지만 '일본의 미래가 걸린' 일인 모양이다. 의뢰인이 의뢰인인 만큼 일이 잘못되면 우리는 공안경찰에게 제거될지도 모른다(에이, 설마). 마음을 다잡고 임해야 했다.

2

"크다……."

스스로 생각해도 초등학생 같은 감상이었다. 재치 넘치는 어휘력이나 표현력이 탐정에게 딱히 필요한 건 아니다. 예를 들어 보고서에 문학적 표현을 사용한 문장이 가득하다면 의뢰인이 읽는 데에는 오히려 방해만 된다. 하지만 이걸 본 직후의 감상이 '크다'뿐이어서는 탐정 이전에 어른으로서 문제가 있는 게 아닐까 싶었다. 하지만 품위 있는 고전적인 얼굴로 웃음을 짓는데도 위압감이 어마어마하다. 올려다봐야 하는 그녀에게 그 이상의 말은 나오지 않았다.

"다들 그렇게 말씀하십니다."

사이카와초의 관광 추진과 계장인 스가와라 씨는 고개를 든 채 입을 떡 벌리는 나를 보고 아주 흐뭇하다는 듯 웃었다. 아마 여기를 방문하는 사람의 99퍼센트가 같은 반응을 보여서 익숙한 것이리라.

"머리꼭지까지 높이가 6.7미터입니다. 세상에서 가장 큰

고케시小芥子, 손발이 없는 원통형의 몸통에 둥근 머리가 붙은 목각 인형로 기네스

북에도 실렸답니다." 역시 남이 봐주는 것이 기쁜지 스가와

라 씨의 입매가 풀어졌다. "고케시는 기념품으로도 인기가

좋으니까요. 사이카와에는 온천과 고케시가 있다는 걸 널리

알려야겠죠."

도호쿠 지방에서 그 두 가지 조합은 그리 드물지 않다.

고케시는 원래 온천지에서 온천욕을 하러 온 손님에게 판

매하기 위해 만든 기념품이기 때문이다. 센다이 근교에만도

나루코와 아키우 온천이, 그리고 이웃한 시로이시시도 가마

사키 등의 온천이 고케시 산지로 유명하다. 신칸센도 특급

전철도 정차하지 않고, 원래 아무 지명도도 없는 동네가 어

떻게든 화제가 되기를 바라며 이 인형을 만든 것이리라. 이

인형의 거대함은 말하자면 이 동네 주민과 관공서 직원들의

염원을 흡수해 팽창한 결과다.

JR 도호쿠 본선 사이카와 온천역의 개찰구를 통과하면 역

구내 정면에 거대한 고케시가 나타난다. 높이 6.7미터, 몸통

둘레 약 3.2미터. 머리는 몸통보다 굵어서 둘레가 약 4미터.

베레모 같은 보라색 모자를 썼고, 몸통에 옷깃과 소맷자락

을 간결하게 그려 넣은 야지로 계통고케시는 표정, 장식, 머리와 몸통의 대

칭 등에 따라 11계통으로 나뉜다의 고케시. 스가하라 씨 및 사이카와초

공식 홈페이지에 따르면 이 인형의 이름은 '오타네 쨩'이라고

한다. 사이카와 온천역 건물은 3년쯤 전에 리뉴얼했는데, 동

쪽과 서쪽 출입구를 연결하는 자유 통로는 천장 8미터에 개

찰구 정면인 북쪽을 통유리로 단장한, 체육관처럼 널찍한 공간으로 재탄생했다. 오타네 짱은 JR 동일본과 협의한 끝에 사이카와 온천역 건물 리뉴얼 사업을 진행함과 동시에 설치가 결정됐다. 처음에는 높이를 3미터 정도로 할 예정이었으나 "좀 더 임팩트가 있어야지" "이왕 만들 거면 세상에서 제일 큰 고케시를" "아키우에 있는 것보다 크게" "세상에서 제일 크게 만들어서 기네스북에 신청하자"라며 동네에서 점점 이야기를 부풀려서 결국 이 크기가 됐다고 한다.

나는 오타네 짱의 얼굴을 올려다봤다. 발치로 다가가면 턱이 머리 위를 가려서 위압감이 늘어난다. 이대로 주르르르르르 움직여서 동네를 짓밟을 것 같은 분위기도 있다. 실눈과 작은 입이 그려진 얼굴은 귀엽지만, 그 얼굴과 어마어마한 위압감에서 비롯되는 반전매력이 재미있다. 임팩트를 준다는 면에서는 확실히 이 크기가 정답이리라. 이러는 동안에도 관광객 같은 사람이 오타네 짱을 올려다보며 사진을 찍었다. 옆 매점에서 즌다모치_{으깬 완두콩으로 만든 떡으로 센다이의 명물}를 파는 아주머니가 그 관광객에게 말을 걸 기회를 노리고 힐끗힐끗 시선을 보냈다.

"어중간한 크기로 만드느니 이러기를 잘했습니다. 여기, 그리고 여기 이렇게, 2년 전에 뉴스에도 났었죠." 스가하라 씨가 태블릿 PC에 뉴스 사이트를 띄워서 보여줬다. "기네스북 신청에 통과됐을 때도 약간 화제가 됐고요. 역시 SNS에서 언급되는 것도 중요하니까요."

나는 사이카와초가 예산을 어떻게 사용하든 뭐라고 말할 입장이 아니니까 그렇게 홍보하지 않아도 되지만, 잠자코 화면을 들여다봤다. 강화 섬유 플라스틱으로 만들어 겉보기만큼 무겁지는 않지만, 그래도 제작에는 예산이 들어가니까 스가와라 씨 입장에서는 얼마나 효과가 있는지 홍보하고 싶어지는 것이리라.

스가와라 씨가 태블릿 PC를 집어넣고 오타네 짱의 턱을 올려다봤다.

"……그런데 정말로 저희 오타네 짱이 목표물이라고요? 지명도로 따지면 예컨대, 센다이 성터의 마사무네 동상을 도저히 당해낼 수 없을 텐데요."

"틀림없습니다. 저희 쪽에서 독자적으로 입수한 정보가 있거든요."

뒤에서 목소리가 들려 돌아보자 흰색 재킷을 입은 수상한 청년이 어디서 꺼냈는지 AV기기의 케이블 다발을 흔들흔들 들고 다가왔다. 내 상사지만 참 수상쩍다.

"벳시 씨, 어디 갔다 오셨어요?"

"그게, 저기 모니터 배선이 멋지게 뒤엉켜 있어서요. 역시 디스플레이 포트의 핀이 아름답게 나열된 모습을 보면 마음이 차분해진다니까요. 그걸 투박한 HDMI 단자로 변환해버리는 횡포가 또 좋습니다. 제행무상諸行無常이 느껴져요."

"무슨 말씀이신지 하나도 모르겠어요."

옆을 보자 스가와라 씨는 얼떨떨한 표정이었다. 뭐, '주변기기 마니아'라 모니터 본체에 대해서는 모르지만 케이블은 아주 좋아하고, 카메라 본체에 대해서는 소상히 알지 못하지만 프린터는 좋아하는 변태 곱하기 변태라고 해야 할 만한 사람을 만난 경험은 없을 테니 당연하다.

"그 케이블은 뭔가요?"

"저쪽 모니터 배선에 군더더기가 좀 있기에 빼 왔습니다."

깜짝 놀라 돌아봤지만 뒤쪽에 설치된 모니터에서는 동네 명물 등을 소개하는 프로모션 영상이 멀쩡하게 잘 나오고 있었다. 모니터 뒤편을 보니 확실히 노출된 케이블들이 제법 혼잡한 상태이기는 했지만.

"……역의 설비를 멋대로 주무르신 건가요?"

"주무르다니요. 정비했을 뿐입니다." 우리 변태 상사는 마음대로 빼내온 케이블을 스가하라 씨에게 척 넘겨줬다. "아아, 미요시 제금의 도금 커넥터를 선택하셨더군요. 그렇죠, 디스플레이 포트 케이블은 해상도만 확인되면 순정일 필요는 어디에도 없으니까요. 오히려."

"후우, 그 설치는 JR에서 했는데요."

스가하라 씨는 넘겨받은 케이블을 어떻게 해야 할지 모르겠다는 듯 구부렸다 폈다 했다. 확실히 뭐 어쩌라는 거냐 싶을 테다.

"으으음, 당신은."

"벳시 탐정사무소의 벳시라고 합니다. ……헤드헌터는 분명 요 며칠 안에 오타네 짱을 노리겠죠. 그렇지만 안심하십

시오. 피해를 보기 전에 놈을 잡겠습니다."

"잘 부탁드립니다."

스가하라 씨는 정중하게 머리를 숙였다. 도착하기 전에 의뢰인과 벳시 탐정사무소를 통해 교섭했다고는 하나, 이렇게 수상쩍은 인물을 의심하지 않고 성의껏 맞아주는 걸 보면 성실하고 선량한 사람일 것이다.

"JR 쪽에도 이야기는 해뒀어요. 이제 저희가 동쪽 출입구 계단 아래와 서쪽 출입구 계단 아래에 각각 감시카메라를 설치하고 24시간 감시 태세에 돌입하겠습니다. 몰래카메라니까 헤드헌터에게 들킬 염려는 없을 거예요. 수상한 사람이 보이면 바로 달려가서 제지할 테니 안심하시길." 안심이라는 말이 도무지 연상되지 않는 우리 변태 상사는 재킷 옷깃을 깔끔하게 바로잡고 내 등을 탁 두드렸다. "현행범이라면 그 자리에서 체포도 할 수 있습니다. 여기 미쓰기는 체포술에도 일가견이 있거든요."

스가하라 씨가 의외라는 듯한 표정으로 나를 보기에 고개를 꾸벅 숙였다. 뭐, 그럴 거라 예상은 했지만 험한 일은 내 몫인 모양이다.

그나저나, 하고 생각하며 고개를 돌려 서쪽 출입구와 동쪽 출입구를 각각 봤다. 개찰구를 통과하면 승차권 발매기와 창구, 그리고 간이매점(고케시가 주력인 곳 하나, 즌다모치가 주력인 곳 하나)밖에 없는 단순한 역이지만 수많은 인입선引入線, 본선에서 특정한 장소까지 따로 끌어들인 선로이 걸쳐 있어 자유 통로는 넓고 길다. 오타네 짱이 설치된 개찰구 정면에서는 서쪽 출입구도 동쪽 출입구도 거리가 3, 40미터 정도다. 우리는 서쪽 출입구와 동쪽 출입구로 나눠 잠복할 예정인데, 어느 쪽이든 입구 한복판에서 감시할 수는 없으니까 감시카메라로 수상한 사람을 발견해도 대번에 뛰쳐나가 바로 붙잡을 수는 없다. 덧붙여 작은 역이라 밤에는 지나다니는 사람이 거의 없을 테니 미행도 곤란하다.

게다가 애당초 24시간 체제로 오타네 짱을 감시할 수 있는 날짜는 한정되어 있다. 그 사이에 헤드헌터가 올까. 벳시 씨는 세간을 뒤흔드는 헤드헌터의 다음 목표물이 오타네 짱이며, 헤드헌터가 며칠 안에 범행을 저지르러 나타날 것이란 정보를 이미 입수했다고 했다. 그런데 그 정보는 어디서 입수한 걸까. 왜 부하인 내게도 가르쳐주지 않는 걸까.

탐정 일에는 종종 내막이 존재한다. 그런 냄새를 맡을 능력이 필요하다는 게 벳시 씨의 지론이지만.

나는 오타네 짱을 올려다봤다. 오타네 짱은 내가 있는 줄은 전혀 모르는 얼굴로 사랑스러운 미소를 띤 채 허공을 똑바로 바라보고 있었다. 무표정하게 미소 짓는다는 모순된 행동을 해낸 것처럼 보이기도 했다.

3

감시카메라 모니터에서 뭔가가 움직였다. 통행인이다. 나는 화면에 얼굴을 가까이 가져가 그 사람을 관찰했다. 그런 뒤 옷깃에 단 핀 마이크로 보고하면서 핸드폰을 입가에 대고 녹음했다. "여기는 동쪽 출입구. 통행인 한 명이 계단을 올라갑니다. 아마도 남성, 거무스름한 청바지에 감색 점퍼. 짐은 없음. 챙이 달린 모자를 착용해 머리 모양과 나이 등은 확인 불가능. 체격은 중간 키에 중간 몸집. 이상."

귀에 꽂은 이어폰에서 "서쪽 출입구, 접수 완료"라는 목소리가 들렸다. 위쪽에서 내려다보는 앵글이라 촬영되는 사람이 올려다보지 않으면 얼굴은 확인할 수 없지만, 수상쩍은 짐이나 주변을 두리번거리는 낌새가 없다는 걸 알면 충분하다. 이 사람은 '통과'다. 숨을 죽인 채 기다리고 있자니 이어폰에서 목소리가 들렸다. "여기는 서쪽 출입구. 방금 통행인 한 명, 통과 확인."

"동쪽 출입구, 접수 완료."

나는 숨을 후우 내쉬었다.

세운 무릎에 일정한 간격으로 내 숨결이 닿았다. 차 안은 그 숨결이 어떻게 퍼져 나가는지까지 느낄 수 있을 만큼 조용했다. 눈에 띄지 않도록 시동을 꺼뒀기 때문이다.

어두운 차 안, 액정 모니터에서 뿜어져 나오는 빛이 내 손등을 푸르스름하게 비췄다. 화면을 보는 내 얼굴도 어둠 속

서술트릭의 모든 것 |

에 푸르스름하게 떠올라 있을 것이다. 누가 보면 으스스하겠구나 싶지만, 뒷좌석 창문은 코팅을 해뒀으므로 밖에서 보일 걱정은 없다.

지금은 오후 11시 51분. 전철 막차는 한 시간쯤 전에 떠났으니, 숙직하는 역무원을 제외하면 역 구내에는 아무도 없을 터였다. 모니터 영상도 아까 전부터 전혀 움직임이 없었다.

헤드헌터가 누구고 언제 나타날지도 모르다 보니 목표물인 오타네 짱 근처에서 잠복하는 것밖에 방법이 없었다. 저녁에 벳시 씨가 동쪽과 서쪽 출입구 계단 어귀에 감시카메라를 설치하고, 각 계단 부근에 세워둔 두 대의 차량에서 영상을 확인하며 오로지 기다린다는 작전이다. JR 사이카와 온천역은 막차가 떠난 후 개찰구가 셔터로 폐쇄되기 때문에, 오타네 짱에게 접근하려면 서쪽이나 동쪽 출입구를 통해 자유 통로로 들어오는 수밖에 없다. 그 양쪽을 감시하며 큰 가방처럼 수상한 짐을 소지한 사람을 기다린다. 카메라에는 사각지대가 없으니 헤드헌터가 나타나면 반드시 포위망에 걸릴 것이다.

물론 편한 일은 아니다.

나는 졸음 방지용으로 가져온 프리스크톡 쏘는 민트 맛과 청량감이 특징인 과자를 두 알 꺼내 입에 넣었다. 24시간 감시나 밤샘 잠복은 비교적 많이 해봤고 딱히 졸리는 것도 아니지만 한가해서다. 헤드헌터가 감시카메라 아래를 쏜살같이 뛰어서 빠져나갈 가능성도 있기에, 한순간도 모니터에서 눈을 뗄 수는 없다. 게다가 몸도 언제든지 차에서 뛰쳐나갈 수 있도록 대비해둬야 한다. 차는 동쪽 출입구 로터리에 세워뒀다. 계단 바로 앞은 너무 눈에 띄니까 안 되고 로터리 입구 부근이다. 동쪽 출입구 계단까지는 30미터쯤 거리가 있다. 그것만으로도 불안했다.

헤드헌터는 과연 나타날까. 나타난다면 나는 잘 대처할 수 있을까.

우리는 경찰이 아니다. 수상한 자가 나타나면 붙잡아서 주소와 성명을 묻는 등 불심검문을 하고 가방 속을 확인할 수는 없다. 그보다 훨씬 섬세하면서도 신속함이 요구되는 작업에 나서야 한다. 즉, 현행범 체포다. 감시카메라로 헤드헌터가 나타났음을 확인하면 발각되지 않도록 가까이 접근해, 놈이 범행에 나선 직후에 제압한다. 헤드헌터는 악의적으로 목표물을 망가뜨리는 장난을 친다. 너무 늦게 달려가면 오타네 짱이 망가질 테고, 너무 빨리 달려가면 범행을 중지할 것이다. 범행을 중지하고 시치미를 뚝 떼면 이쪽은 이름을 묻지도 소지품을 검사할 수도 없다. 헤드헌터는 포위망에 걸렸음을 깨닫고 다시는 여기에 나타나지 않을 것이다.

그러니 타이밍이 가장 중요하다. 그래서 제일 뛰기 편한 운동화로 갈아 신었고, 안경도 콘택트렌즈로 바꿨다. 탐정에게 필요한 수준의 달리기 실력도 갖췄지만 그래도 불안했다. 전력질주를 하면 상대방에게 들킨다. 인적 없이 조용한 밤에는 사람이 달리는 소리도 예상외로 크게 울려 퍼지는 법이다. 이제부터 범행에 임하려는 헤드헌터가 '막차가 떠난 시골 역에서 자기 쪽으로 전력질주하는 사람'이 있다는 걸 알고 가만히 기다릴 리 없다. 가능하면 내가 아니라 벳시 씨가 감시하고 있을 때 나타나면 좋겠다는 한심한 생각도 들었다.

그래서는 안 된다. 나는 입안에 남은 프리스크 조각을 씹었다. 강렬한 페퍼민트 향이 입안에 청량감을 퍼뜨렸다.

확실히 말한 적은 없고 벳시 씨도 마찬가지지만, 나는 장래에 벳시 탐정사무소의 핵심 조사원이 될 생각이었다. 이 일은 위험하지만 재미있고, 무엇보다 일하는 방식을 스스로 결정할 수 있다. 자기 특유의 노하우가 환영받는 직장이라니, 평범한 직장인으로서는 좀처럼 상상할 수 없는 일이다. 또 중학교 때 등교를 거부해 고등학교에 가지 않고 검정고시로 대학에 간 나는 좋은 고교에서 좋은 대학, 좋은 대학에서 대기업이라는 일반적인 진로에는 별로 흥미가 없었다. 하지만 일반적인 진로를 거치지 않는 인생은, 요컨대 자신의 실력 말고는 의지할 게 없는 인생이다. 그래서 이번 일을 확실히 마무리해 탐정으로서 실적을 쌓고 싶었다. 탐정업은 실적만 있으면 나이가 어리든, 자기 방식대로 하든 인정을 받아 활동할 수 있는 업계다.

그러니까 나타나라. 오늘 밤이 아니라도 된다. 내가 있는

쪽에 나타나라. 나는 흑백 모니터에 대고 빌었다. 이번 일을 의뢰한 사람은 한때 여당의 유력자 다와라다 고사부로다. 이 사람이 맡긴 일을 잘 마무리했다는 실적을 올리면 그쪽 바닥에 연줄을 만들 수 있다. 대번에 전폭적인 신뢰를 얻지는 못하겠지만, 다와라다 고사부로 정도의 인맥이 있는 사람이라면 뭔가 일감을 물어다 줄 것이다.

하지만 지금까지의 범행 기록을 보건대 헤드헌터는 신중하면서도 대담해서 가장 까다로운 스타일이었다. 밤에는 히쓰지가오카 전망대의 문을 잠가뒀는데도 클라크 동상은 어느 틈엔가 장난질을 당했고, 감시카메라에는 아무것도 찍혀 있지 않았다고 한다. 가쓰라하마의 사카모토 료마 동상은 받침대를 포함하면 높이가 13미터가 넘는데도, 헤드헌터는 그 위에 기어올라 머리에 벌컨포를 붙였다. 솜씨가 상당히 좋은 데다 점점 범행에 익숙해지기도 했을 것이다. 아마도 '현행범'으로 머물러줄 시간은 아주 짧으리라. 그 순간에 덮쳐야 한다.

나는 귀와 옷깃에 장착한 무선 마이크를 손가락으로 확인한 후, 감시카메라에 수상한 사람이 나타났을 때 어떻게 행동할지 시뮬레이션했다. "거동수상자 발견." 문을 연다. "추적하겠습니다." 차 밖으로 뛰쳐나간다. 하지만 전력질주는 하지 않고 발소리와 기척을 죽인다. 동쪽 출입구 계단까지는 종종걸음. 계단 밑에서 올라가는 사람을 확인……

갑자기 뒷좌석 문이 열리고 사람이 올라타는 바람에 나

서술트릭의 모든 것 |

는 놀라서 펄쩍 뛰어오를 뻔했다. "으아."

"집중하고 있군요. 좋아요, 좋아요."

"벳시 씨." 그러고 보니 이 사람은 아까 차에서 나갔었다. "현재까지 이상 없습니다. 드문드문 사람이 지나다니지만 수상한 사람은 아직."

"알겠습니다. 그럼 나는 잠깐."

"어디 가세요?"

"서쪽 출입구 공원에 공중화장실이 있어서 잠깐 시찰을. 이 역의 화장실, 소변기 주변의 벽면뿐만 아니라 바닥에도 TOTO의 하이드로세라 월을 채택했더군요. 유지보수에 들어가는 노동력을 줄여 인건비를 절감하려는 노력이 군데군데 보여서 재미있습니다. 서쪽 출입구 공원도 JR 동일본이 관리하는 모양이니까 공원 화장실도 기대가 되네요."

말하자마자 벳시 씨는 폴스미스 재킷을 펄럭이며 차에서 내려 동쪽 출입구 계단으로 사라졌다. 잠깐, 하고 부르려 했지만 눈에 띌 테니 큰소리는 못 낸다.

포기하고 문을 닫았다. 한숨만 나왔다. 화장실 마니아라는 희귀한 변태라는 건 꽤 오래전부터 알고 있었지만, 업무 중에 저러는 건 좀 아니지 않나 싶었다. 헤드헌터가 언제 나타날지 모르고 다와라다 고사부로의, 그것도 이유는 불명확하지만 '일본의 미래가 걸린' 의뢰인데 긴장감이 없어도 너무 없다.

나는 창밖에서 모니터로 시선을 돌렸다. 콘택트렌즈가

빠지지 않도록 조심해서 눈 주변을 주물렀다. 견갑골을 돌려서 어깨와 목 주변의 혈액순환을 좋게 했다. 밤샘, 계속서 있기, 정보 수집을 위한 접대 등 탐정 일을 하다 보면 몸이 망가지기 딱 좋다. 젊었을 때 조심하지 않으면 늙어서 고생한다고 벳시 씨도 겁을 줬다. 아직 밤은 길다. 하행 첫차가 오는 게 오전 5시 15분. 그때까지는 최대한 집중력을 유지해야 한다.

하지만 결과적으로 그럴 필요는 없었다. 잠시 후 이어폰으로 방금 나갔던 화장실 마니아의 목소리가 들렸다.

"여기는 벳시. 미쓰기, 현장으로 오세요. 당했습니다."

"……네?" 무슨 소린지 잘 모르겠지만 일단 차 문을 열고밖으로 나왔다. "당했다니, 그게 무슨 말씀이세요?"

"말 그대로입니다. 오타네 짱의 얼굴이 늘어났어요. 알기쉽게 말하자면 아즈라일*처럼."

"더 모르겠는데요."

"씨름꾼 스티커**처럼."

"그것도 전혀 모르겠는데요. 좀 더 쉬운 비유는 없나요?"

동쪽 출입구 계단으로 달려가 내가 가까이 온 걸 감지하

---

* 아즈라일 또는 아즈라엘. 이슬람교의 죽음의 천사. 얼굴이 네 개고 몸에는 눈이무수히 많이 달려 있다. 그 눈을 한 번 깜박일 때마다 사람이 한 명 죽는다고 한다.하지만 누가 언제 죽을지는 아즈라일이 아니라 알라만이 알고 있다.
** 2000년대 후반, 도로 도내 각지에 출현한 수수께끼의 스티커. 뚱뚱한 사람의얼굴이 두 겹으로 겹친 디자인이었다. 의미도, 의도도 불명확해 으스스했다.

고 움직이려는 에스컬레이터를 마구 뛰어 올라갔다.

자유 통로는 전망 좋게 쭉 뻗은 길이라 에스컬레이터로 위에 도착하자마자 오타네 짱의 거대한 옆얼굴이 시야에 들어왔다. 이 자유 통로는 동네 동쪽과 서쪽을 연결하는 역할도 하므로 밤중에도 개찰구 쪽 일부를 제외하고는 불을 켜 둔다. 그 덕분에 가까이 가기 전부터도 보였다. 오타네 짱의 눈이 많아졌다. 따라서 눈썹도 많아졌고, 입과 코도 많아진 것 같았다. 얼굴이 세 개에, 팔이 여섯 개인 아수라보다 더 많다. 그 정면에서 그녀를 올려다보는 사람은 벳시 씨였다. 뛰어가는 내 발소리가 심야의 역 구내에 울려 퍼졌다.

"벳시 씨."

"당했습니다."

다가가며 오타네 짱을 올려다봤다. 정말로 '얼굴이 늘어났다'. 그것도 덧그려진 눈, 코, 입, 눈썹이 원래 그려져 있던 것들과 상당히 흡사해서 한순간 뭐가 원래 얼굴이고 뭐가 낙서인지 구분되지 않았다. 품위 있는 미소도 수없이 분열되자 으스스했다. 분열되고 붕괴하여 질서를 잃으면서도 미소를 머금은 채 똑같은 표정으로 여러 방향을 바라보는 얼굴들. 괴상야릇해진 오타네 짱의 얼굴을 보고 있자니 등골이 오싹했다.

"……너무해. 하지만 벳시 씨, 감시카메라에 수상한 사람은 아무도 없었어요."

"서쪽 출입구도 마찬가지였습니다. ……이게 대체 어떻게 된 일이람."

바로 앞에서 올려다보자 진짜 얼굴과 낙서가 된 얼굴은 확실히 차이가 났다. 하지만 아주 꼼꼼하게 그려 넣은 티가 났다. 그렇다. 헤드헌터는 일을 꼼꼼하게 한다. 클라크 동상의 하리센은 쉽게 떨어지지 않도록 단단히 붙여놨다고 한다. 사카모토 료마 동상의 벌컨포도 마찬가지다.

나는 좌우를 봤다. 물론 서쪽 출입구에도, 지금 내가 달려온 동쪽 출입구에도 사람은 없었다. 나는 일단 어떻게 하면 좋을지 생각했다. 스가하라 씨, 아니 역무원실에 알려야 한다. 하지만 그 전에.

"저는 유류품을 찾을게요. 벳시 씨, 역무원에게 좀 알려주시겠어요?"

"알겠습니다. 하지만 그건 나중으로 미뤄도 되겠죠. 감시 카메라 영상을 되감아서 확인하고 오겠습니다."

그런다고 뭐가 나올지는 모르겠지만, 아무튼 나는 오타네 짱의 주변을 돌아다니며 뭔가 떨어져 있지는 않은지, 무슨 흔적이 남아 있진 않은지 찾아보기로 했다.

하지만 내 머리 위에서는 이해 불가능이라는 이름의 구름이 소용돌이치고 있었다. 개찰구는 셔터가 내려져 있고, 역무원실에는 숙직하는 역무원이 있다. 이 자유 통로의 출입구는 서쪽과 동쪽 계단뿐이다. 하지만 그 두 군데는 우리가 감시하고 있었다. 수상한 사람은 보지 못했다.

이를테면 이 자유 통로는 거대한 밀실이었다. 헤드헌터는

서술트릭의 모든 것 |

도대체 어디에서 여기로 들어와 오타네 짱에게 수많은 얼굴을 그려 넣고 어디로 나간 걸까?

4

내 발소리가 탁탁 울려 퍼졌다. 개찰구 쪽 천장 조명이 꺼져 있어 머리 위에서 쏟아지는 빛을 받고 바닥에 선명하게 그림자가 생겼다. 바닥에 남은 흔적을 놓치지 않도록 나는 도중부터 무릎을 꿇었다.

어떻게 된 걸까.

도무지 알 수가 없었다. 밀실 상태의 자유 통로. 느닷없이 오타네 짱에게 그려진 낙서. 헤드헌터는 어느 틈에, 어떻게 그걸 그린 걸까. 나는 고요한 공간에서 홀로 바닥을 한 걸음씩 이동하며 흔적을 찾았다. 뭘 찾아야 할지는 모르겠다. 아무튼 뭔가 찾아내는 수밖에 없었다.

하지만 찾으면 찾을수록 아무것도 없다는 걸 알게 되자 내 의문은 더욱 커졌다. 깨끗하게 청소된 바닥에는 먼지 하나 떨어져 있지 않았다. 오타네 짱을 만져보고, 지참한 오페라글라스로 얼굴 주변을 빙 둘러가며 관찰했지만 흠집 하나도 없었다. 천장도, 전면 통유리인 뒤쪽 벽도 마찬가지였다. 아무것도 없었다. 낙서만 느닷없이 오타네 짱의 얼굴에 나타났다. 헤아려보니 눈과 눈썹이 다섯 개씩, 입과 코가 두 개씩이었다. 얼굴 앞면에 집중되어 있기는 하지만 상당한 수다.

"……그런, 설마."

낙서는 아주 세밀하고 정확해서 흐릿하거나 삐딱하지 않았다. 원격조작으로 그려낼 수 있는 수준이 아니다. 덧그려진 그림이 전부 똑같아 보이니까, 스탬프 같은 것으로 단시간에 '찍었을'지도 모르지만 그래도 드론이나 매직핸드 같은 도구로는 불가능할 터였다. 애당초 그런 도구를 사용하려면 그걸 자유 통로에 가지고 들어와야 한다. 하지만 그런 걸 가진 듯한 사람이 지나갔다면 우리가 '거동수상자'로 인식하고 움직였을 것이다.

나는 일어서서 빨간색으로 기모노 옷자락을 그린 오타네 짱의 몸통을 만졌다. 강화 섬유 플라스틱의 딱딱하고 차가운 감촉이 손으로 전해졌지만, 강화 섬유 플라스틱이 금속과는 다르다는 걸 나는 안다. 하중을 가하면 쓰러지고, 딱딱한 것이 닿으면 칠에 흠집이 생긴다. 실제로 나루코 온천에 있었던 같은 재질의 거대 고케시는 2017년에 강풍으로 머리가 날아갔다. 오타네 짱의 발치에도 관광객이 만져서 생긴 작은 흠집이 수두룩했다. 하지만 사람들이 보통 손을 뻗지 않는, 내 머리보다 높은 위치에는 흠집이 없었다.

그게 기묘했다. 고케시답게 오타네 짱의 몸통에는 매달릴 만한 곳이 전혀 없다. '밋밋'하니까 기어오르기가 절대 쉽지 않다. 그렇다고 스파이크를 신고 기어오르거나 어딘가에 와이어를 감으면 틀림없이 자국이 남을 텐데.

자국이 남지 않도록 부드러운 천을 와이어 대신 사용한 걸까 하고도 생각해봤다. '교묘한' 수법도 헤드헌터의 특징 중 하나이므로, 본인의 방침에 따라 괜한 흠집을 내지 않기 위해 그러한 도구를 사용했을 수도 있다. 하지만 그렇다면 이번에는 '큰 짐을 든 사람은 지나가지 않았다'라는 사실이 앞을 가로막는다. 최소한 이 몸통을 한 바퀴 두를 정도의 천이라면 접어도 부피가 제법 상당할 것이다. 그런 걸 들고 들어온 사람은 없었다. 그리고 그런 닌자 같은 방법으로 저 얼굴까지 갈 수 있을까. 범인은 오타네 짱의 얼굴에 손이 닿는 6미터 높이까지 재빨리 올라가, 손이 빗나가지 않도록 몸을 단단히 지탱한 상태로 작업을 마친 후, 재빠르고 안전하게 아래로 내려와야 한다. 아무리 생각해도 높직한 접이식 사다리나 갈고리가 달린 튼튼한 로프가 필요하다. 하지만 그렇게 큰 짐을 가지고 들어온 사람은 없었다. 벽에서 머리로 펄쩍 뛰어서 옮겨가거나 천장에 매달렸다면 그쪽에 흔적이 남을 법도 한데, 통유리 벽에도 천장에도 흠집 같은 건 없었다. 범인은 공중에 떠 있었던 걸까. 빨판 같은 걸 사용해 거미처럼 오타네 짱의 몸통을 기어오를 수는 있을지도 모르지만, 인간 한 명의 체중을 지탱하려면 진공 펌프가 달린 빨판이 필요하므로 역시 가지고 들어오기가 불가능해진다. 제트팩과 같은 SF에나 나올 법한 도구를 가정해도 마찬가지다.

그렇다면 헤드헌터는 맨손으로 밋밋한 몸통을 6미터나 기어오르거나, 작업할 수 있을 정도의 안정성을 유지한 채 공중에 떠 있어야 한다. 인간에게 그런 일은 무리다. 드론 또는 훈련된 새나 햄스터를 머리로 올려보내 저런 낙서 도장을 찍는 건 더 무리다. 그렇다면…….

나는 닫혀 있는 역무원실 문으로 향했다.

"……오, 오타네, 쨩…… 이런."

역무원 지바 씨는 오타네 쨩에게 일어난 참상을 보자마자 머리를 끌어안고 털썩 무릎을 꿇었다. 얼마나 다급하게 뛰쳐나왔는지 허리에서 삐져나온 셔츠 자락이 펄럭 휘날렸다.

"……오타네 쨩이 살해당했어."

"아니요, 그런 건 아니라고 보는데요."

얼굴이 늘어났을 뿐이니 죽은 것보다는 훨씬 양호하다. 하지만 사과해야 한다. 아니, 내가 사과할 일일까. 하지만 JR 쪽과도 협의해 감시카메라까지 설치하고 감시했는데도 불구하고 낙서를 당했다. 역시 사과해야 하리라.

"……죄송합니다. 저희의 힘이 모자라서."

"너무해……." 지바 씨가 풀죽은 목소리로 말했다. "오타네 쨩의 미소만이 매일의 활력소였는데. 오타네 쨩이 웃어주니까 오늘도 열심히 해야겠다고 마음먹었는데……."

"아…… 인터넷에서 우울증 진단 같은 거 받아보세요."

주민센터에서 설치한 거대 고케시의 미소밖에 인생의 활력소가 없다니 아주 위험한 게 아닐까 싶었지만, 나도 직업상 관계자의 멘탈 케어보다는 사건 이야기를 우선할 수밖에 없었다. "……저어, 이야기를 좀 듣고 싶은데요."

"오타네 짱의 미소는 일본 여성 고유의 아름다움을 멋지게 표현했다고 생각합니다. 외국인은 '아르카익 스마일_{입꼬리를 살짝 올려 짓는 희미한 미소. 그리스의 아르카익 양식에서 비롯된 말}이라고 한데 묶어버릴지도 모르지만, 그 미소는 일본 여성이 타고난 다정하고 포용력 있는 모성을 무언중에……."

"어, 그건 됐고요." 이 사람은 아무래도 결혼은 못 할 타입 같았다. "그것보다 아까…… 아니, 어젯밤의 상황을 알려주세요. 전철 막차가 떠난 후 구내에 누가 남아 있지는 않았나요?"

"네?"

눈이 새빨개진 지바 씨는 고개만 이쪽으로 돌리더니 콧물을 훌쩍 들이마셨다. 나는 '으악, 울잖아'라는 속마음을 애써 숨기며 무릎을 구부렸다.

"중요한 일이에요. 설명을 들으셨을 텐데, 저희는 역 동쪽과 서쪽 출입구에 감시카메라를 설치하고 수상한 사람이 없는지 확인하고 있었어요. 하지만 막차가 떠난 후 수상한 사람이 입구로 들어온 낌새는 없었어요."

그렇다면 남아 있는 가능성은 얼마 없었다. 예를 들면 헤드헌터는 아직 사람들이 많을 무렵 접이식 사다리 같은 도구를 들고 역 구내로 숨어들어, 막차가 떠날 때까지 자유 통로에 머무르다 남의 눈이 없어진 후 범행에 나선 것이다. 가져온 도구는 역 구내 어딘가에 놔둔 게 분명하다.

하지만 지바 씨는 눈물을 글썽이며 양손을 바닥에 짚은 채 고개를 저었다.

"아니요. 수상한 물건도 없었어요. 막차가 떠난 후 개찰 구 셔터를 내릴 때 역 구내를 점검하거든요."

그렇다면 도구만 어딘가 숨겨놓고 막차가 떠난 후에 범행을 저지른 것도 아닌 모양이다. 나는 주변을 둘러봤다. 화장실은 개찰구 안쪽에 있다. 자유 통로에 있는 거라고는 승차권 발매기와 오후 9시경에 문을 닫는 매점 부스 정도다. 오랫동안 몸을 숨기거나 물건을 보관해둘 공간은 없다.

그래도 나는 포럼을 치워서 그저 긴 책상만 남은 매점 부스로 다가갔다. '센다이 명물 즌다모치' '사이카와 명물, 온천고케시'라고 적힌 깃발을 함께 눕혀놓은 게 전부였다. 책상 밑에도 수상한 물건은 없었고, 하물며 오타네 짱의 속에 숨는 것도 불가능하다. 나도 막차가 떠나기 전후에 벳시 씨와 함께 확인했다. 자유 통로에는 분명 아무것도 없었다. 사람이 숨을 만한 곳도 없다. 미리 뭔가를 숨겨놨다든가, 숨어 있다든가 하는 그런 트릭은 아니다. 그렇다면.

나는 아아, 하고 탄식하며 핸드폰을 꺼내 어딘가에 전화를 거는 지바 씨를 봤다. 주민센터에는 이제 아무도 없을 테니 경찰에 신고하는 것이리라. 헤드헌터가 자유 통로에 드나들지 않았다면 처음부터 역 구내에 있었던 유일한 사람인 지바 씨가 범인 아닐까 싶기도 했지만, 그건 분명 아니다. 역무원이라는 직업상 지바 씨가 전국의 조형물에 장난을 치러 척척 출장을 갈 수 있을 만큼 여유가 있을 것 같지는 않으니 말이다. 무엇보다 지금까지 전국 방방곡곡의 조형물을 목표로 삼아 어디의 누구인지 오리무중이었던 헤드헌터가 느닷없이 '자기 직장'에서 범행을 저질러 전국에 퍼져 있던 수사망을 자기 주위로 압축시키는 어리석은 짓을 저지르지는 않으리라.

출입구를 감시 중이었으므로 도구를 들고 들어오기는 불가능. 막차가 떠난 시점에 아무것도 없었으니까 미리 놔두기도 불가능. 오타네 짱에게도, 주변의 벽과 천장에도 뭔가를 박거나 붙인 흔적은 없음. 흠집을 때우려 한 흔적도 없음. 와이어 등을 걸고 올라가기는 불가능. 나는 생각하다가 화상 데이터에 문제가 생겨 몇 겹으로 겹친 듯한 오타네 짱의 얼굴을 올려다봤다. 작업은 사람이 자기 손으로 직접 했을 것이다. 한순간에 가능한 일이 아니며, 원격조작으로 할 수 있는 일도 아니다.

"잠깐. 정말로 막차가 떠난 후에 범행을 저지른 걸까?"

예를 들어 오타네 짱의 머리에 커버를 씌웠다면 어떨까. 도구 반입을 완벽하게 감시할 수 없는 막차 전 시간대에 기어올라 범행을 저지르고, 범행 전 얼굴을 인쇄한 커버를 씌워 이상이 없는 것처럼 꾸민다. 그리고 막차가 떠난 후에 통행인인 척 지나가며 재빨리 커버를 벗긴다. 그 정도라면 기어오르지 않고도 단시간에 해치울 수 있지 않을까. 얇은 비닐 커버라면 작은 가방에 넣어서 탈출할 수 있다.

"……그래. 그것밖에 없을지도."

"그건 아닙니다."

어느 틈에 통화를 마쳤는지 여전히 눈이 새빨간 지바 씨가 일어나서 매점 부스를 가리키며 말했다.

"오후 9시까지는 매점에 판매원이 있고, 그 후에도 전철을 이용하시는 손님이 제법 많습니다. 막차가 떠나기 전까지는 오타네 짱에게 이런 짓을 할 시간적 여유가 없어요."

"……그렇겠죠."

듣고 보니 그랬다. 이 자유 통로는 전망이 좋다. 계단을 올라오면 바로 오타네 짱의 모습이 보인다. 당연히 거기에 기어올라 낙서를 하는 범인의 모습도. 막차가 떠나 단숨에 인적이 사라진 후가 아니면 언제 누가 지나가다 목격할지 모른다. 들킬 위험이 너무 크다.

"그렇다면……."

"불가능 범죄로군요. 멋집니다."

뒤에서 다른 목소리가 들렸다.

"……벳시 씨."

"미쓰기, 사건의 요점을 정리해줘서 고마워요. 당신은 이 사건의 불가능성을 잘 이해하고 있군요."

"……왜 히죽거리시는 거예요?"

서술트릭의 모든 것

평소 무슨 생각을 하는지 모를 내 상사는 만족스러운 듯 오타네 짱을 올려다보더니 말했다.

"이렇게 됐으니 집단지성에 기대하는 건 어떨까요?"

"집단지성?"

"미디어에 제보하는 겁니다. 헤드헌터가 다시 출현. 이번 '희생자'는 사이카와 온천역의 상징인 거대 고케시 인형. 게다가 역 구내가 밀실 상태였는데도 느닷없이 거대 고케시의 얼굴에 낙서가 되어 있었다."

벳시 씨는 능글맞게 웃으며 나를 봤다.

"미리 지방 방송국에 이야기를 해뒀습니다. 아까 연락했으니 곧 스태프가 올 겁니다. ……지바 씨는 JR 동일본의 허가를 기다려야겠지만, 미쓰기는 인터뷰를 하세요. 이번 사건이 어떤 상황이었는지 미스터리한 느낌을 살려서 분위기를 띄워가며 증언해주십시오."

그런 짓을 해도 괜찮을까 싶었다. 감시하고 있었는데도 헤드헌터의 범행을 막지 못한 데다, 의뢰인의 허가도 받지 않고 패배 선언이라니.

물론 나도 안다. 의뢰 내용은 '헤드헌터의 꼬리를 잡는 것'이다. 현행범 체포에 실패한 이상 무슨 수를 써서라도 정보를 모으지 않으면 보고서를 쓸 수 없다.

5

"그런데도 감시카메라에는 아무것도 찍혀 있지 않았다는 말씀이로군요?"

"……네. 사건이 발생한 후 동쪽과 서쪽 출입구 둘 다 확인했지만 아무것도."

"개인적으로 어떤 일이 발생했다고 생각하십니까?"

"원래 교묘한 수법으로 유명한 범인이라, 감시카메라에 찍히지 않도록 무슨 방법을 고안한 게 아닐까 싶은데요……."

"구체적으로는요?"

"……그건 아직 조사 중입니다."

감독을 따라 스튜디오에서 복도로 나오자 수상한 남자가 복도 끝 자판기 옆에 있는 쓰레기통 뚜껑을 여닫으며 "호오" "이야아" "고음부高音部에 힘이" 하고 중얼거리고 있었다. 감독이 그걸 보고 깜짝 놀랐지만, 남자는 아랑곳없이 이번에는 화장실 입구 문을 여닫으며 "오오, 이쪽도" "습기가 경첩에 적당한 녹을" 하고 중얼거렸다. 위험하다고 느꼈는지 감독이 핸드폰을 꺼내기에 내가 손을 내저어 말렸다. 일단 나를 '손님'으로 여기고 슬그머니 보호할 수 있는 위치로 나서주는 건 고마웠지만 위험하지는 않다. 어떻게 봐도 위험한 것 같지만 그건 아니다. 체격에 어울리지 않게 촐랑대

서술트릭의 모든 것 |

는 저 사람은 내 상사다.

"벳시 씨, 뭐 하세요?"

"오오, 녹화 끝났군요."

녹화라고 하니 어쩐지 연예인이 된 기분이었지만, 목소리와 얼굴, 그리고 탐정사무소 이름을 내보내지 않는 조건으로 증언했을 뿐이다.

"……몰래 들어오셨어요?"

"관계자니까. 감독님의 명함을 보여주고 녹화 중인 미쓰기의 보호자라고 했죠."

거짓말 아닌가.

"보호자는 누가 보호자예요?"

용케 지방 방송국 스튜디오에까지 침입했다 싶었지만, 나는 어쨌거나 얼떨떨한 표정을 감추지 못하는 감독에게 "말씀드린 의사 겸 탐정 벳시 씨예요" 하고 소개했다. 신고를 못하게 말려야 한다. "죄송해요. 바로 데리고 나갈게요."

"미쓰기, 고생 많았습니다. 목소리에 힘이 없네요. 잠깐 목구멍을."

"아니요, 그냥 밤을 새운 데다 말을 많이 해서 그래요. 펜라이트 꺼내지 마세요." 늘 가지고 다니는 줄은 몰랐다. "끝났으니까 나가죠. ……문 가지고 소리 내지 마시고요. 시끄러우니까."

삐걱거리는 소리 마니아인 이 사람의 기행은 괴짜 수준을 뛰어넘어 토착 요괴 수준이다. 감독을 너무 당혹스럽게 만들면 이쪽을 뉴스거리로 삼을지도 모르니까, 더는 추태를 부리기 전에 물러가는 편이 현명했다. 다행히 감독은 취재 의욕보다 방어 본능을 우선한 듯, 문이 삐걱거리는 소리에 일일이 감상을 늘어놓는 닥터 벳시와 최대한 거리를 유지하면서 한마디도 입을 열지 않고 나를 스튜디오 현관까지 바래다줬다.

"죄송합니다. 아침 뉴스로 나갈 거라서 편집 후 영상을 확인하실 여유가 없을지도 모르겠는데요."

"아니요, 주의사항만 지켜주시면 괜찮습니다." 내게 한 말인데 닥터 벳시가 끼어들어 멋대로 대답했다. "그럼 신나게 방송해주시기 바랍니다. 다른 방송국에도 얼마든지 영상을 제공하시고요. 일파만파 퍼져 나가는 편이 고마우니까요."

벳시 탐정사무소 입장에서는 말하자면 '패전 선언'을 공공 전파에 실어 방송하는 셈이다. 사무소 이름은 나오지 않는다고 해도 불명예스럽기 짝이 없지만, 실리가 우선이라는 뜻이리라. 텔레비전을 본 시청자가 뭔가 도움이 될 만한 증언이나 아이디어를 제공할지 크게 기대는 되지 않지만.

스튜디오를 나서자 예상외로 아직 새벽이었다. 손목시계를 보니 4시 2분. 경찰의 진술 조사에 이어 지방 방송국에 가서 '사건의 목격자'로서 인터뷰를 했는데, 양쪽 다 아주 솜씨가 좋아 방송 녹화라는 게 이렇게 간단하게 끝나나 싶을 만큼 빨리 끝났다. 신문 배달 오토바이가 앞길을 지나갔다. 하늘이 희부옇게 밝아오는 낌새가 들기 시작했지만 공

서술트릭의 모든 것 |

기는 아직 시원했다. 옆에 있던 닥터 벳시가 으어어, 하고 기지개를 켰다.

"자, 미쓰기. 이곳에서 할 일은 이걸로 일단락됐습니다. 당신 업무는 여기까지예요. 아침 첫차를 타고 도쿄로 돌아가도 되고, 이왕 여기까지 온 김에 관광하고 가도 상관없습니다. 사이카와 온천은 대부분 나트륨, 칼륨, 염화물, 유산 온천이라 위축성 위염과 변비에 좋다더군요."

"그런 거 없거든요." 오히려 이 사람과 계속 함께 있으면 위장에 안 좋을 것 같기도 하다. "그리고 지금 돌아갈 수는 없어요."

"현행범 체포를 하지 못해 책임을 느끼는 건가요? 그런 건 지시와 명령을 내리는 입장에 있는 사람이 감당할 일입니다. 당신이 마음 쓸 필요 없어요."

"배려해주셔서 감사합니다." 하지만 그게 아니다. "조금 신경 쓰이는 부분이 있어서, 차로 돌아가 감시카메라 영상을 볼까 하는데요."

"호오."

닥터 벳시가 씩 웃었다. "그렇다면 마음대로 하십시오."

어느덧 모니터의 불빛이 없어도 손 언저리가 확실히 보인다는 걸 깨달았다. 뒷좌석 시트에 몸을 묻고 창문으로 밖을 보자 동틀 녘 풍경이 시야에 펼쳐졌다. 어쩐지 청순함이 느껴지는 연푸른색 하늘은 밝았지만, 그 밑의 동네는 아직 어둠 속에 잠겨 있었다. 동틀 녘과 해 질 녘은 닮았지만, 통행인이 없는 만큼 실루엣이 된 동네는 동틀 녘이 더 으스스했다. 탐정사무소와 바에서 일하는 터라 이 시간대는 익숙하지만, 이 고요함에서 상쾌함이 아니라 피로를 연상하는 건 밤에 일하는 사람만의 감각일까.

눈이 피곤했다. 콘택트렌즈를 빼고 안경을 써도 피곤했다. 나는 목을 돌렸다.

……그래도 피곤할 때까지 본 보람이 있었다.

방송국을 나선 나는 역 동쪽 출입구에 세워둔 차량으로 돌아가, 어젯밤 막차가 떠나기 전부터 사건이 발생하기까지 서쪽과 동쪽 출입구 계단에서 촬영한 영상을 동시에 확인했다. 서쪽 출입구 영상을 내 눈으로 보는 건 처음이었지만, 역시 벳시 씨 말대로 수상한 사람은 없었다. 센다이, 또는 시라이시 등지에서 돌아오는 길인지 막차가 떠나자 사람들이 십 수 명씩 따로따로 출입구를 빠져나갔다. 그 후에도 주로 상점가가 있는 동쪽 출입구에서 주택지가 있는 서쪽 출입구로 통행인이 드문드문 지나갔다. 서쪽 출입구 영상을 다시 재생했다. 양복 차림 남자. 술을 마시고 돌아가는 듯한 남녀 네 명. 커플로 보이는 남녀. 대학생 같은 남자. 전부 커다란 짐은 가지고 있지 않았고, 옷도 묘하게 부풀어 있지 않았으며, 걸음걸이도 보통(의 취객)이었다. 나는 탐정으로서 뭔가 숨겨서 가져가는 인간 특유의 걸음걸이를 구분할 줄 안다. 수상한 사람은 없었다.

서술트릭의 모든 것 |

그리고 동쪽 출입구 영상을 확인했다. 양복 차림의 남자. 4인조. 커플. 대학생. 나는 화면 오른쪽 아래편에 표시된 시계를 봤다.

……역시나. 틀림없다.

핸드폰을 꺼내 벳시 씨에게 전화를 걸었다.

"……지금 통화 괜찮으세요? 어디 계세요?"

"서쪽 출입구의 차량에서 쪽잠 중."

"아, 죄송해요."

"괜찮아. 그런데 뭔가 찾아냈어?"

"네." 나는 입술을 핥고 한 박자 쉰 후에 말했다. "알아냈어요. 전부."

잠깐의 침묵 후 전화기에서 짝짝짝, 하고 손뼉을 치는 소리가 들렸다.

"축하해! 우 짱, 합격."

역시 그랬구나 싶었다.

"감사합니다. 그쪽으로 가도 될까요?"

"와. 그래도 아침 7시까지는 잘 거지만."

나는 모니터를 끄고 차 문을 열었다. 막 떠오른 아침 해가 내 시야에서 반짝 빛났다.

"……저도 도울게요. 이제 붙잡으실 거죠? 헤드헌터를."

6

옆 칸에서 물을 내리는 소리가 나고 잠시 후, 문이 열리는 소리가 났다. 나는 안도의 한숨을 내쉬었다. 이제 옆 칸은 비었다. 여자 화장실은 꽉 차 있지 않다. 꽉 차서 들어가지 못하면 사람은 당연히 기다린다. 그리고 아무리 기다려도 '두 번째 칸에서만 사람이 나오지 않는다'면 경우에 따라서는 역무원에게 알릴지도 모른다. 그러면 난감하다.

사이카와 온천역 구내의 여자 화장실은 청결하고 변기도 앉아 있기 편해서 잠복하는 입장에서는 아주 고마웠다. 덧붙여 비데의 플러그를 빼고 벽의 콘센트를 빌리면 배터리를 소모하지 않고 핸드폰을 계속 켜둘 수 있다. 오타네 짱 부근에 설치한 감시카메라 영상을 항상 확인해야 하기 때문이다. 여자 화장실만 꽉 차지 않는다면 그다지 하고 싶지는 않지만 밥을 먹으면서 하루 내내 혼자 버틸 수도 있을 듯했다. 화장실 걱정도 없으니 말이다.

사건의 진상을 벳시 씨에게 이야기하자, 그럼 특별수당을 지급할 테니 잠복에 참여해달라고 했다. 이르면 오늘 중, 늦어도 내일이나 모레 안에 헤드헌터가 오타네 짱 앞에 나타날지도 모른다며.

오타네 짱 사건은 내 인터뷰, 지바 씨와 스가하라 씨의 증언과 함께 아침 지역 뉴스로 나왔다. 우리가 제공한 감시카메라 영상을 곁들여 마치 추리소설 같은 불가능 범죄가 발생했다는 식의 연출로 특집을 편성했다니까 크게 화제가 됐으리라. 이미 인터넷 뉴스에도 실렸고, 오후 뉴스는 전국에 방송될 거라고 한다.

그렇다면 헤드헌터는 어디선가 그걸 보고 아마 오늘 중에 이곳으로 오리라. 심야일지도 모르니까 장기전이 되겠지만 하루나 이틀 철야는 각오한 바였다. 나는 탐정이다. 추리한 진상을 벳시 씨에게 보고하자 '합격'이라고 했다. 여기에 헤드헌터의 신병까지 확보하면 엄청난 공을 세우는 셈이다.

하기야 이번에는 현행범 체포를 할 수 없다. 헤드헌터가 나타난다고 해도 어디까지나 '뉴스에 나온 현장을 보러 온 호기심 많은 관광객'으로 꾸밀 것이기 때문이다. 그러니 경찰과 협력하기로 했다. 거동이 수상한 사람을 우리가 붙잡아둔 동안, 역 사무실에 있는 형사에게 보고해 불심검문을 하는 방법이다. 그렇다고 미야기 현경의 전면적인 협력을 얻은 건 아니다. 벳시 씨와 의뢰인의 연줄을 통해 관할서 형사를 한 명 동원하는 데 그쳤으므로 이런 방법을 쓰는 수밖에 없었지만, 사정은 자세히 설명해뒀으니 형사는 아주 집요하게 불심검문을 해줄 것이다. 얼굴, 성명, 주소, 직업까지 확인하면 헤드헌터가 아닐까 싶은 인물의 범위를 좁힐 수 있고, 예상치 못한 상황에서 집요하게 불심검문을 당하면 신중한 헤드헌터는 경계해서 앞으로는 범행을 자숙하리라. 그러면 그러는 대로 불심검문을 당한 사람 중 하나가 범인으로 결정되는 셈이다.

나는 변기에 앉아 핸드폰 화면을 봤다. 오타네 짱의 주변에 설치된 카메라는 확대하면 서 있는 사람의 표정까지 보일 만한 거리와 앵글을 유지하고 있다. 나는 화면을 탭해 새로이 다가온 남자를 확대했다.

현재 오전 10시 47분. 아침 뉴스를 본 헤드헌터가 달려온다면 이쯤이겠지만, 혼자 여행에 나선 젊은 남자가 관광하러 훌쩍 찾아오기에는 어울리지 않는 시기와 시간대. 대학교 여름방학도 끝났는데 평일 오전에 전철이 한 시간에 한 편밖에 없는 이 도호쿠 본선의, 특급전철이 서지 않는 사이카와 온천역에 굳이 하차하는 관광객은 없을 것이다.

그리고 나는 깨달았다. 지금 확대한 이 남자, 고개를 든 채 주변을 빙 돌아가며 딱하게도 얼굴이 불어난 오타네 짱을 제법 꼼꼼하게 확인하고 있다. 그런 것치고는 핸드폰도, 카메라도 꺼내지 않는다. 구경꾼이라면 우선 사진을 찍을 텐데.

나는 핀 마이크에 대고 말했다.

"……해당하는 인물이 왔습니다. 20대 남성. 검은색 티셔츠에 회색 후드집업. 남색 청바지. 녹색 배낭 소지."

이어폰에서 벳시 씨의 목소리가 들렸다.

"알았어. 지금 갈게."

말이 끝나자마자 화면에 세미롱 헤어스타일의 여자가 나타났다. 카메라가 목소리는 잡지 않으므로 무슨 말을 하는지는 모르겠지만, 가벼운 태도로 남자에게 말을 걸고 오타

　서술트릭의 모든 것

네 짱을 가리켰다. 남자는 난처한 듯 눈을 내리깔았다. 그리 급한 일은 없는 듯했지만, 누군가 느닷없이 말을 걸자 당황해서 그 자리를 떠나려는 것처럼 보였다. 얼굴을 남에게 드러내고 싶어 하지 않는다면.

내가 핀 마이크로 보고하기 전에 벳시 씨가 먼저 연락한 모양이었다. 화면에 관광객으로 가장한 형사가 나타나 신분증을 제시하고 남자에게 질문을 시작했다. 남자는 명백하게 동요하더니 재빨리 고개를 숙이고 그 자리를 떠나려 했다. 하지만 형사는 남자를 막고 서서 질문을 계속했다.

……불심검문을 당한 것만으로도 저런 반응이라니, 이건 당첨인가? 그렇게 생각한 순간 화면 속 남자가 몸을 획 돌려 달려가기 시작했다.

"……맞다!"

당첨이었다. 나는 핸드폰을 집어넣고 화장실 칸에서 튀어나왔다. 설마 느닷없이 도망칠 줄은 몰랐다. 이어폰에서 벳시 씨의 목소리가 들렸다.

"개찰구로 들어갔어. 우 짱, 부탁해!"

"접수 완료!"

여자 화장실에서 뛰쳐나가자 남자가 엄청난 기세로 앞을 지나쳐 플랫폼으로 통하는 계단을 내려갔다. 나는 전속력으로 뒤쫓았다. 뒤에서 조급한 발소리가 들렸다. 형사와 벳시 씨이리라. 넓은 계단을 거의 날다시피 내려가다 알아차렸다. 상행 1번선 플랫폼에 전철이 들어와 있었다.

나는 소리를 질렀다. "그 사람, 치한이에요! 붙잡아주세요! 저 회색 후드 입은 남자!"

남자가 흠칫 놀라 한순간 뒤를 돌아보다가 다리가 꼬여서 비틀거렸다. 꽝이라면 내가 명예훼손죄로 고소당할지도 모르지만, 아무튼 주변의 시선을 모아야 한다.

"여기는 벳시. 확보하겠음!"

이어폰에서 목소리가 들리기가 무섭게 플랫폼에서 대기하고 있던 소장님이 남자에게 달려가 덤벼들었다. 하지만 남자는 소장님을 보자 몸을 휙 낮추고 품으로 파고들며 부딪치는 기세를 이용해 소장님을 기막히게 패대기쳤다. 소장님이 바닥에 떨어지자 으악, 하는 목소리가 이어폰에서 들렸다.

하지만 그때 반대편에서 닥터 벳시가 덤벼들었다. 닥터 벳시는 옷깃을 잡으려는 남자의 손을 재빨리 뿌리치고 명치에 팔꿈치를 먹인 후, 남자의 팔을 잡고 겨드랑이 굳히기_{상대}의 팔을 겨드랑이에 끼고 팔꿈치 관절에 압박을 가하는 레슬링 기술를 사용했다. 몸집이 큰 닥터 벳시는 겉모습에 걸맞게 힘도 세다. 남자는 전혀 움직이지 못하는 것 같았다.

이어폰에서 목소리가 들렸다.

"여기는 벳시. 확보했습니다. 뼈가 삐걱대는 소리를 한번 라이브로 들어보고 싶은데요."

"안 돼요."

나는 닥터 벳시에게 달려갔다. 뒤따라온 벳시 씨가 머리를 쓸어 올리며 후 하고 숨을 내쉬었다.

"고생 많았어. 미안, 미안. 설마 느닷없이 도망갈 줄이야."

아까 패대기쳐진 뱃시 소장님도 다치지는 않은 듯 허리를 문지르며 다가왔다.

"형사님, 저는 폭행당했습니다. 저를 패대기쳤다고요."

형사는 뱃시 소장님을 보고 고개를 끄덕이더니 수갑을 꺼내 남자에게 채웠다.

"폭행죄 현행범으로 체포합니다."

일으켜 세우자 남자가 아우성쳤다.

"이게 무슨. 저 사람이 먼저."

"네네, 자세한 사정은 경찰서에서."

형사가 무전기를 꺼내 경찰서에 보고를 시작했다. 그때 뱃시 소장님을 힐끗 쳐다보기에 이해가 갔다. 남자는 불심 검문에 응하지 않고 달아났을 뿐, 역 개찰구도 교통카드를 이용해 제대로 통과한 모양이니 사기죄도, 공무집행방해죄도 적용할 수 없다. 물론 나중에 정당방위가 되겠지만 일단 지금 당장 체포할 수 있는 '폭행죄' 죄목을 얻기 위해 소장님이 일부러 내던져진 모양이다. 참 독하다 싶었다.

"무리하기는." 뱃시 씨가 피식 웃으며 소장님에게 말했다. "낙법은 제대로 쳤어?"

"그럼요. 그래서 왼팔이 아프네요." 뱃시 소장님이 인상을 찌푸리며 왼쪽 손목을 주물렀다. "한동안 셰이커를 못 흔들겠어요."

"이런, 힘이 센 데다 유도를 했다니." 닥터 벳시가 남자를 돌아봤다. "복근도 단단하던걸요. 헤드헌터, 굉장한 육체파였습니다."

이어폰에서 목소리가 들렸다.

"여기는 벳시. 지금 개찰구입니다."

다른 목소리가 뒤이었다.

"여기는 벳시. 이쪽은 지금 내려가는 중입니다."

나는 참지 못하고 핀 마이크에 대고 말했다.

"아, 진짜. 다들 하나같이 '여기는 벳시' '여기는 벳시'라뇨. 성씨 말고 이름으로 말씀해주세요. 헷갈리잖아요."

"아하하. 미안, 미안. 일부러 그랬어요."

벳시 씨가 어제부터 입었던 폴스미스 재킷을 휘날리며 계단을 내려왔다.

"목소리로 구별이 안 됩니까? 뭐, 구별할 필요가 있겠나 싶지만."

그 뒤에서 흰색 재킷을 입은 벳시 씨도 내려왔다.

플랫폼에 늘어선 다섯 명의 벳시 씨를 보고 나는 한숨을 쉬었다. 뭐, 확실히 목소리도 겉모습도 서로 안 닮았지만.

정말로 이 다섯 명은 나이도, 성별도, 취미도 제각각이다. 나열하면 다음과 같다.

폴스미스 재킷을 입은 벳시 씨는 '벳시 유키나리' 씨. 나이는 서른두 살인가 세 살. 화장실 마니아라는 명칭의 괴짜다. 인재 육성 컨설턴트가 주된 직업이다.

흰색 재킷을 입은 벳시 씨는 '벳시 쓰키토' 씨. 스물일곱 살이던가. 카메라는 잘 모르지만 프린터에는 빠삭하고, 모니터는 잘 모르지만 케이블에는 빠삭한, 주변기기 마니아라는 명칭의 괴짜다. 자연과학 계열 잡지에 자주 기사를 쓰는 프리랜서 라이터가 주된 직업이다.

세미롱 헤어스타일의 벳시 씨는 '벳시 아자카' 씨다. 유일한 여자고, 나와는 제일 나이가 가까워서 자주 함께 놀러 다니곤 한다. 올해 스물다섯 살이라고 했던가. 좌석 마니아라는 명칭의 괴짜다. 수학을 전공하는 대학원생이 주된 직업이랄까 신분이다.

그리고 모두가 '소장님'으로 모시는 사람이 첫째 '벳시 히로유키' 씨다. 올해 마흔여섯 살이고 바텐더가 주된 직업이다. 나도 그 가게에서 일하고 있으므로 탐정으로서도, 바텐더로서도 내 상사인 셈이다. 막과자 마니아라는 명칭의 괴짜다.

마지막은 아까 헤드헌터인 듯한 남자를 제압한 닥터 벳시, '벳시 세이야' 씨다. 나이는 마흔둘이었던가 셋이었던가. 그 이름 그대로 내과 의사가 주된 직업이지만, 솔직히 이 사람에게 진찰받고 싶지는 않다. 게다가 삐걱거리는 소리 마니아라는 명칭의 괴짜다.

과연, 이렇게 다섯 명을 늘어놓고 보자 벳시 집안은 완전히 다르다. 그렇지만 아무래도 똑 닮은 인상이다. 왤까. 모두가 '괴짜'라는 극히 강렬한 요소를 갖춘 탓이다. 그 탓에 다른 부분의 차이가 개인을 식별하는 데 도움이 안 된다.

나는 다섯 명 모두와 안면이 있지만, 이렇게 다섯 명이 함께 모이는 건 꽤 드문 일이었다. 이번 의뢰는 일손이 필요한 데다, 마침 다섯 명이 전부 한가한 시기라서 벳시 탐정사무소의 벳시 씨 다섯 명이 총동원된 것이다. 그리고 나는 이번 사건에서 다섯 명 모두와 접촉했다. 신칸센 열차를 타고 사이카와초에 올 때 함께 있었던 사람은 벳시 아카카 씨였고, 그 전에 다와라다 고사부로 씨에게 의뢰를 받았을 때는 소장님인 벳시 히로유키 씨와 함께였다. 사이카와초에 도착했을 때 아카카 씨와 헤어져 현지에 먼저 와 있던 벳시 쓰키토 씨와 함께 스가와라 씨의 이야기를 들었고, '사건이 발생'했을 때는 벳시 유키나리 씨와 함께였다. 사건이 발생해 지방 방송국에서 인터뷰를 녹화한 후 나를 맞이하러 온 사람은 벳시 세이야 씨다.

전부 괴짜라 항상 신경 써서 뒤치다꺼리를 해줘야 하지만, 이젠 뭐 익숙해졌다.

지원하러 나온 경찰관이 도착했다. 형사가 헤드헌터를 넘겨주자 벳시 씨들은 저마다 따로따로 진술 청취에 응했다. 다섯 명의 괴짜가 일제히 증언을 퍼붓자 경찰관들은 혼란스러운 것 같았다. 대체 이 구도는 뭘까. 애당초 홈스가 다섯 명에, 왓슨이 한 명인 건 균형이 너무 안 맞지 않을까.

돌이켜보면 중학생 때부터 지금까지, 나는 다섯 명의 벳시 씨가 추리하는 모습을 모두 본 적이 있었다. 중학생 때에는 등교를 거부해 낮에 있을 곳이 없었다. 그래서 할아버지가 일하는 주식회사 세븐티즈라는, 정년퇴직한 사람만 모인 회사에 교복 차림으로 드나들며 일을 도왔다. 나는 거기서 '어느 틈엔가 막힌 변기가 뚫리고 바닥도 청소되는 사건'을 일으켰는데, 사옥을 불쑥 찾아온 벳시 유키나리 씨의 추리로 범인임이 판명됐다. 그게 벳시 집안과의 첫 만남이었다.

그 후 나는 검정고시를 통해 대학 수험 자격을 얻었다. 그리고 견학하러 간 대학에서 벳시 쓰키토 씨와 함께 '아날로그 사진 필터가 4½호에서 0호로 뒤바뀌었다'라는 마니악한 사건을 해결했다. 대학에 들어가서는 벳시 아자카 씨와 함께 이상한 외국 영화를 보러 갔다가 지진을 겪었고, 바의 아르바이트가 너무나 한가해서 벳시 히로유키 씨에게 예전에 읽었던 책의 진상을 퀴즈로 내기도 했다. 그리고 최근에는 대학 근처의 국제적인 빈곤 연립주택 '유명장'에서 일어난 하이센 소실 사건을 벳시 세이야 씨에게 부탁해서 해결했다. 벳시 씨들은 모두 추리력이 뛰어나다. 어쩌면 하나같이 뛰어난 그 추리력 때문에 이 다섯 명의 인상이 '명탐정'으로 뭉쳐져 굳어졌는지도 모르겠다.

경찰관 두 명이 이쪽으로 다가왔다. 나도 관계자 중 한 명이라 이름을 물었다. "우 짱" 하고 대답하려는 아자카 씨를 가로막고 "미쓰기 우미입니다" 하고 대답했다. 요전에 내내 사이가 좋지 못했던 부모님이 결국 이혼하는 바람에 나는 나카무라 우미에서 미쓰기 우미로 성씨가 바뀌었다. 새로운 성씨가 아직 익숙하지 않아 가명을 말하는 것처럼 가슴 한구석이 찔렸다.

찔리는 구석은 하나 더 있었다. 체포된 남자를 봤다. 당연히 그는 '불심검문을 당해 달아났을' 뿐이며 벳시 씨를 내던진 건 100퍼센트 정당방위다. 하지만 그래도 일단 자세한 이야기를 들어보게 될 테고, 그 과정에서 주소, 성명 등 개인 정보와 소지품, 왜 사이카와초에 왔는지가 밝혀질 것이다. 헤드헌터라면 그대로 혐의를 바꿔서 체포다. 별건체포인 데다 그 계기도 '넘어져서 공방_{公妨}°'보다 악질적인 생트집이므로 악랄하기 그지없다. 경찰이 이렇게까지 하는 건 어떻게든 헤드헌터를 잡고 싶어서겠지만, 벳시 집안과 다와라다 고사부로가 배후에 있으니까 이 방법을 쓸 수 있었던 것 아닐까 생각하자 무턱대고 기뻐할 수도 없었다.

하지만 불심검문을 당했다고 달아날 정도니 저 남자가 분명 헤드헌터이리라. 오타네 짱을 이용해 헤드헌터를 꾀어낸다는 벳시 탐정사무소의 작전은 멋지게 성공한 것이다. 내게는 사전에 작전을 가르쳐주지 않은 게 불만이었지만, 뭐 어쩔 수 없다. 탐정이라면 진상은 알아서 꿰뚫어봐야 한다.

° 경찰관이 '이 사람 좀 수상한걸. 철저하게 취조해보고 싶지만 아직 아무 짓도 안 했단 말이야'라고 느끼는 사람을 '일단 구속'하는 수법. 불심검문을 하다가 몸 어딘가가 닿는 순간 일부러 넘어져서 '폭행'이라 주장하며 '공무집행방해 혐의'로 연행한다. 최근에는 이러면 문제시되기 때문에 좀처럼 사용하지 않는다.

서술트릭의 모든 것

7

"그럼 우 짱의 추리를 들어볼까." 조수석에 앉은 아자카 씨가 싱글싱글 웃는 얼굴로 히로유키 씨에게 받은 포키_{길쭉한} _{막대과자에 초콜릿을 입힌 과자. 빼빼로의 원조격이다}를 아작아작 씹으면서 나를 봤다. "우 짱, 어떻게 우리 다섯 명이 범인인 줄 알았어?"

"감시카메라 영상을 다시 한 번 자세하게 확인했어요. 서쪽 출입구 카메라에도, 동쪽 출입구 카메라에도 큰 짐을 숨겨서 들어오는 거동이 수상한 사람은 찍히지 않았죠. 다만 동쪽 출입구에서 들어온 통행인 중에 서쪽 출입구로 나가기까지 10분 넘게 걸린 사람이 네 명쯤 있더라고요."

"오, 알아차렸구나." 아자카 씨는 장난스럽게 웃었다. "그거 오빠 세 명과 나야. 유키나리 오빠는 나중에 왔지만."

첫 번째 발견자를 의심하라는 기본 수칙대로였던 셈이다. 사건이 발생했을 때 나와 함께 있었던 유키나리 씨는 먼저 갔던 네 명과 자유 통로 안에서 합류해 범행을 마친 후, 능청스럽게 내게 오타네 짱이 당했다고 보고했다.

"……하긴 뭐, 불가능 범죄였으니까요." 나는 방향지시등을 켠 후 추월차선을 타고 가속페달을 밟아 트럭을 앞질렀다. 서쪽 출입구 쪽에서 사용한 이 왜건 R는 꽤 연식이 있는데다 짐이 많아서 힘껏 밟아도 속도가 95킬로미터까지밖에 올라가지 않으므로, 고속도로에서 다른 차를 추월하기가 여간 힘들지 않다.

"감시카메라에 큰 짐을 소지한 사람은 한 명도 찍히지 않았어요. 높이가 6.7미터나 되는 거대 고케시의 얼굴에 접이식 사다리도, 와이어와 갈고리도 없이 올라가서 낙서하는 건 혼자서는 불가능해요. 하지만 다섯 명이 있으면 가능하죠. 곡예단처럼 어깨를 밟고 올라가서 세로로 늘어서면, 한 사람당 높이가 1.5미터라고 치고 네 명이서 6미터. 다섯 번째 사람은 오타네 짱의 얼굴과 높이가 같아져요. 아마 제일 덩치가 크고 힘이 좋은 닥터 벳시, 그러니까 벳시 세이야 씨가 제일 밑이고, 그 위에 순서는 모르겠지만 소장님…… 벳시 히로유키 씨, 쓰키토 씨, 유키나리 씨 세 명이 올라타고, 제일 가벼운 벳시 씨…… 아, 진짜 헷갈리네. 아자카 씨, 당신이 제일 위에서 작업했겠죠."

그림으로 표현하면 아주 우스꽝스럽다. 나는 옛날에 들었던 아메리칸 조크가 떠올랐다. 달에 착륙한 아폴로 11호의 우주비행사가 뒤쪽에 '인기척'을 느끼고 돌아보자 중국인이 목마를 타고 달까지 도달했더라는 농담. 그렇다. 나와 동행한 '벳시 씨'는 다섯 명이었다. 이것이 가장 큰 힌트였다.

"이렇게 지성이 느껴지지 않는 트릭은 처음인데요. …… 하지만 확실히 이거라면 아무 도구도 사용하지 않고, 후딱 6.7미터의 높이에 도달했다가 후딱 내려와서 아무 흔적도 남기지 않고 현장을 떠날 수 있겠네요."

오타네 짱의 얼굴에는 아마 스탬프 같은 것으로 꾹꾹 눌러 낙서를 했을 것이다. 인간 사다리를 완성하는 데는 1분

서술트릭의 모든 것

도 걸리지 않을 테고, 범행 전체를 봐도 3, 4분이리라. 무엇보다 범인은 벳시 남매 본인들이다. 서쪽과 동쪽 출입구 계단에 감시카메라를 설치해뒀으니, 거기 사람이 지나가는 모습이 비치면 범행을 그만두면 된다. 그 감시카메라는 불가능한 상황을 연출하는 것뿐만 아니라 범행 때 망을 보는 목적도 겸했다.

덧붙여 오타네 짱의 얼굴에 그려진 낙서들은 수채물감이라 젖은 걸레로 닦으면 말끔하게 지워진다고 한다. 지금쯤은 깨끗해져 아무 일도 없었던 것처럼 사이카와 온천역에서 미소 짓고 있을지도 모르겠다.

아자카 씨는 포키를 절반 깨물더니 어째선지 나머지 절반을 이쪽으로 내밀었다. 나는 이로 받아서 혀로 입안에 넣으며 가속페달에서 힘을 빼 앞쪽 트럭과 차간거리를 유지했다.

"……잘 생각해보면 용의자는 몇 명 없어요. 범인이 헤드헌터라면 애당초 감시카메라의 존재를 모를 테니, 당당히 접이식 사다리라도 들고 와서 재빨리 범행을 시도하겠죠. 그러지 않고 '불가능 범죄'를 연출한 시점에 용의자는 감시카메라의 존재를 아는 인물…… 즉 저나 벳시 씨들, 아니면 기껏해야 스가하라 씨와 사이카와 온천역의 역무원으로 한정할 수 있고요."

"뭐, 그렇지." 말 속에 '당연하지'라는 뼈를 품고서 아자카 씨가 고개를 끄덕였다.

"게다가 저는 내내 의문이었어요. 왜 서쪽과 동쪽 출입구 계단에만 감시카메라를 설치하고, 정작 오타네 짱이 비치는 위치에는 감시카메라를 설치하지 않는지. ……확실히 그 카메라로 헤드헌터를 발견하고 현장에 달려가면 너무 늦지만, 영상이 있으면 헤드헌터의 정체를 밝히는 데 도움이 될 테고, 결정적 증거로도 써먹을 수 있는데 말이죠."

"흠흠, 그렇지."

포키를 오독오독 먹으며 만족스럽게 대답하는 아자카 씨를 보고 역시 이건 시험이었음을 확신했다. 임기응변으로 이 정도 '내막'을 읽어내지 못해서야 탐정 노릇은 못 한다. 그렇다면 나는 합격일까. 아니면 아직 불충분한 걸까.

오후에 형사에게 전화가 왔다. 터무니없는 생트집을 잡아 '폭행죄'로 취조를 받은 남자는 센다이 시내에 숙박하고 있었으며, 동의를 얻어 수색한 호텔 방에서 가정용 용접기와 차광 마스크가 나왔다고 한다. 남자는 자신이 헤드헌터라고 인정하고, 다음 목표물인 센다이 성터의 다테 마사무네 동상에는 금속 야자나무 모형을 머리에 용접할 작정이었다고 말했다고 한다.

즉, 벳시 탐정사무소는 멋지게 임무를 완수한 셈이다. 나는 아자카 씨와 함께 서쪽 출입구에서 사용한 왜건 R를, 나머지 벳시 씨 네 명은 동쪽 출입구에서 사용한 스텝 왜건을 타고 각각 돌아가는 길이었다.

"……원래부터 그럴 계획이었군요." 나는 가속페달을 밟아 추월차선으로 나갔다. 앞쪽 트럭은 가축 운반 차량이었던 듯, 아자카 씨는 철책 사이로 고개를 내민 소들에게 손을 흔들었다. "……헤드헌터가 센다이에 있다는 정보를 얻은 여러분은 센다이 근교에서 모방범을 연기해 헤드헌터를 꾀어내기로 했어요. 헤드헌터는 일을 교묘하게 해치우는 데 연연하는 모양이니까 '원조'보다 교묘한 불가능 범죄를 일으키면 헤드헌터가 흥미를 가질 수밖에 없다, 현장을 확인하지 않고는 못 배길 거라고 생각했겠죠."

뉴스를 보고 구경하러 온 사람과 원정 범죄를 저지르러 왔는데 느닷없이 모방범이 나타나 허겁지겁 확인하러 온 헤드헌터는 거동만으로도 구분이 될 것이다. 구분되지 않더라도 해당할 법한 사람을 모두 불심검문해 압박을 가하면 헤드헌터는 이후로 활동을 자숙할 가능성이 크다.

"……단박에 잘 풀려서 안심했어."

아자카 씨가 뒤쪽으로 멀어지는 가축 운반 차량을 바라보다 다시 앞을 봤다.

"오지 않거나 헤드헌터를 찾아내지 못했으면 또 다음 수단을 쓸 작정이셨죠?"

"조사 기간을 한 달 받았으니까." 아자카 씨는 포키를 두 개 겹쳐서 깨물었다. "이야, 덕분에 남은 기간은 통째로 휴가야. 저기, 내가 지금 작업 중인 논문 다 쓰고 나면 영화 보러 안 갈래? 요코하마에 새로 생긴 곳, 프리미엄 시트가 괜찮아 보여."

"가요." 좌석을 목적으로 영화관에 가다니 참 신기하지만. "……그런데 벳시 씨, 그런 계획이었다면 저한테도 가르쳐주지 그랬어요. '적을 속이려면 아군부터 속여라', 뭐 그런 건가요?"

발 빠르게 지방 방송국의 취재를 따온 점과 본인이 아니라 내게 인터뷰를 하라고 시킨 점으로 보건대 그랬을 것이다. 나는 연기에 그다지 능하지 않기 때문에 진심으로 '헤드헌터가 불가능 범죄를 저질렀다'라고 믿고 있어야 진실미 넘치는 '증언'이 가능하다. 주민센터의 스가하라 씨도 마찬가지다. 인터뷰할 때 태도가 조금이라도 수상쩍으면 '결과적으로 오타네 쨩이 뉴스를 탔으니 동네에서 연출한 자작극이 아닌가'라는 말이 나올지도 모른다.

아자카 씨가 말했다.

"좀 더 단순히 '비밀을 공유하는 사람은 적어야 한다'는 이유였는데."

"하긴 뭐…… 범죄니까요."

수채물감이라 금방 지워진다고는 하지만 오타네 쨩은 무지막지하게 낙서를 당했고, 지방 방송국도 자작극을 '헤드헌터의 범행인가'라는 식으로 보도하고 말았다. 엄연한 업무방해죄다.

"JR 쪽과 사이카와초 주민센터에는 잘 해명하셨나요?"

"의뢰인 쪽에서." 아자카 씨는 천연덕스럽게 말했다. "그나저나 성공했으니 망정이지, 한 달 걸려서도 헤드헌터를 못 잡았다면 의뢰인도 뭐라 해명할 방도가 없었을지 모르지."

그런 상황인데도 벳시 남매는 역 화장실에 흥미를 보이거나 모니터 케이블 배선을 고치거나 했다. 간의 크기가 나하고는 다르다.

"전직 여당 간부, 다와라다 고사부로 선생의 승인 아래 사이카와초의 상징에 낙서 자작극을 일으킨다…… 확실히 벳시 탐정사무소가 아니고서는 못할 일이네요." 이렇게 정리해서 보자 굉장하다. "그런데 헤드헌터가 지금 사이카와초에 있다는 건 어디서 나온 정보인가요? 그보다 그쪽에서 파고 들어가면 평범하게 붙잡을 수 있었던 거 아닌가요?"

"그건 그냥 추측이었어. 모션의 미토리가와 료가 센다이에 갔으니까."

그러고 보니 그 이름도 신칸센에서 나왔다. 아자카 씨가 태블릿 PC로 그가 나오는 영상을 봤다.

"……즉, 미토리가와 료가 헤드헌터?"

하지만 체포된 남자는 분명 다른 사람이었다.

아자카 씨도 고개를 저었다. "그게 아니라 그런 인상을 심어주고 싶은 단체가 헤드헌터와 연결되어 있었어. 분명 '미토리가와 료가 있는 곳에서 범행을 저지르라'라고 의뢰한 거겠지."

"그러니까……." 이야기가 정치적으로 흘러가자 드디어 내게도 사건의 전모가 보였다. "……스캔들 공작이로군요. 미토리가와 료를 박살 내기 위한."

"참 더러운 짓을 한다니까." 아자카 씨가 빈 포키 봉지를 구겨서 상자 속에 쑤셔 넣었다. "인터넷에다 혐오를 조장하는 헛소문을 퍼뜨리거나, 신오쿠보와 난바 등지에서 혐오 집회를 일삼는 '아름다운 일본을 되찾는 모임'이라고 들어봤지? 그 혐오단체가 최근에 모션과 미토리가와 료를 공격하기 시작했대. 반일이라는 둥, 한국의 스파이라는 둥 꼬리표를 붙여서."

혐오단체가 헤드헌터에게 의뢰해 미토리가와 료가 있는 곳에서 범행을 일으킨다. 그리고 '미토리가와 료의 행적과 헤드헌터의 범행 장소가 일치한다. 미토리가와 료가 헤드헌터 아닌가'라는 소문을 퍼뜨린다. 진위는 아무래도 상관없다. 아무튼 찜찜하다는 인상을 만들고, 좋지 않은 소문도 있는 모양이라고 계속 수군거리면 이미지가 중요한 운동가는 타격이 크다. 특히 미토리가와 료처럼 '어쩐지 분위기로' 지지받는 사람이라면 '좋지 않은 분위기'만 만들어내도 지지자가 제법 많이 이탈하리라.

"저질이네." 나는 의기소침해졌다. "모션은 혐오 반대, 성추행 방지, 장관의 비리 의혹 해명 등 당연한 일을 주장할 뿐이잖아요. 대체 그런 일의 어디가 마음에 안 드는 걸까요."

"그 당연함이 마음에 안 드는 거겠지. '차별하게 해달라' '성추행을 하게 해달라' '약자를 못살게 굴게 해달라'……. 그게 본심인 사람들 입장에서는." 아자카 씨가 포키 봉지 하나를 더 뜯었다. "애당초 미토리가와 료가 마음에 안 드는 거겠지. 시민단체나 피해자 단체 대표가 기자회견에서 뭔가

서술트릭의 모든 것 |

호소하면 바로 비난하는 현상이 발생하잖아? 분명 '저 자식, 일반인 주제에 텔레비전에 나왔답시고 우쭐거리네' 그런 식으로 느끼는 걸 거야."

나는 모션의 활동에도, 미토리가와 료에게도 딱히 흥미가 없어서 모르지만 그런 상황은 상상이 갔다. 그런 작자들은 늘 헛소문을 퍼뜨린다. 반전단체가 경찰관에게 폭력을 행사했다, 야당 의원이 가당치도 않은 발언을 하고 히죽히죽 웃었다, 장애인 단체가 항의해서 방송 내용을 바꿨다 등등……. 왠지 항상 약한 쪽, 지금 곤경에 처한 쪽을 골라 못 살게 굴고 싶어 하는 그들의 이번 목표는 최근에 기세가 올라 '위험'하고 '마음에 들지 않는' 미토리가와 료와 모션이었던 것이다.

나는 입속의 포키를 와드득 깨물었다. 모션은 이미 정치력을 지녔고, 선거에서도 젊은층의 투표에 영향을 주고 있다. 그런 모션을 헛소문으로 박살 낸다면 그건 이미 '못된 장난질'이 아니라 '음모'이고 비겁한 '정치공작'이다.

"……그런데 왜 다와라다 고사부로가 그걸 저지하고자 우리한테 의뢰한 건가요? 혐오단체는 여당을 지지하잖아요. 그 사람도 여당에 있었는데."

다와라다 씨가 떠올랐는지 아자카 씨는 후후 웃었다.

"바로 그래서래. '아름다운 일본을 되찾는 모임'은 여당 의원 몇 명과 사이가 좋다 보니 기가 살았다는 측면도 있어. 다와라다 씨 입장에서는 기가 막히는 노릇인가 봐. 옛날 여당이 어땠는지 아니까 지금의 상태를 염려하는 사람도 있는 거겠지."

나랑 나이 차이도 별로 안 나는 아자카 씨가 나보다 훨씬 어른스럽게 눈을 오므려 떴다.

"옛날엔 여당이 이렇게 심각하지 않았어. 자유롭고 활발하게 의견을 주고받았고, 비리에 대해서도 어느 정도 자정작용이 있었지. 하물며 헛소문을 흘려서 시민단체를 박살 내고자 하는 작자들을 환영하는 파렴치한들은 없었…… 대."

"……그렇군요."

드디어 이 일의 배경을 알았다. 그리고 생각했다. 이렇게까지 이야기해주는 걸 보니 나는 일단 '합격'이리라. 등에서 긴장이 쑥 빠져나가 시트 너머로 퍼져나갔다.

추월차선에 창문을 연 미니 밴이 우리 차와 나란히 섰다. 바로 옆에서 달리기에 뭔가 싶었는데, 잠복할 때 동쪽 출입구에서 사용한 스텝 왜건이었다.

조수석에서 쓰키토 씨가, 뒷좌석에서 세이야 씨와 유키나리 씨가 손을 흔들었다. 운전석의 히로유키 씨가 이쪽을 흘끗 보더니, 스텝 왜건은 속도를 높여 멀어졌다. 나도 거기에 대고 손을 흔들었다.

"……과연 '일본의 미래에 관련'이 있군요."

"……뭐, 그렇지."

아자카 씨가 미소를 지었다. 나는 약간 자랑스러운 마음으로 왜건 R의 가속페달을 꾹 밟았다.

작가 후기

이 책을 읽어주셔서 정말로 감사드립니다. 저자 니타토리 게이입니다. 이거 참, 익숙지 않은 짓을 하다 보니 이번 원고는 피곤하네요. 하지만 애당초 소설가는 익숙지 않은 일, 정석에서 벗어나는 일, 지금까지 없었던 독창적인 일을 하는 직업이니까 기분 좋은 피로라고 할 수 있겠습니다. 앞으로도 지금까지 써본 적 없는 이야기를 계속 써나가고 싶네요. 탐정, 조수, 용의자, 악역, 흑막, 주인공, 조연까지 등장인물이 모두 씨름꾼인 스모 미스터리 『씨름꾼 탐정 지에노야마』 시리즈 같은 건 어떨까요? 『씨름꾼 탐정 지에노야마~지방 순회 살인사건~』『씨름꾼 탐정 지에노야마 2 ~살의의 샅바 당겨 던지기~』『씨름꾼 탐정 지에노야마 3 ~대기실에 사랑을 담아~』『씨름꾼 탐정 지에노야마 4 ~그리고 은퇴로……~』어떻게 봐도 4권이면 끝나겠지만 재미있을 것 같습니다. 문제는 팔리지 않을 듯하다는 것과 고단샤講談社의 담당 편집자 가와키타 씨가 절대로 승낙해주지 않을 것 같다는 점뿐입니다.

이번에도 담당 편집자 가와키타 씨에게는 폐를 끼쳤습니다. 아니, 그보다 원고가 완성되기 전에 미팅하다가 가와키타 씨가 시체로 발견됐습니다. 첫 번째 발견자는 고단샤 영업부의 가타오카 씨입니다. 저, 가와키타 씨, 가타오카 씨는 간행 예정인 신간을 어떻게 홍보할지를 두고 고단샤 빌딩 1층의 정면 현관으로 들어가면 나오는 정원에서 미팅하고 있었는데요. 미팅이 가열되어 밤 11시 반을 지났을 무렵, 제가 화장실에서 돌아오자 어두운 정원 안쪽 거대한 관엽식물이 우거진 곳에서 저를 부르는 목소리가 들렸습니다.

뭘까 싶어서 식물들을 헤치며 가보니 위를 보고 쓰러진 남자 옆에 가타오카 씨가 우두커니 서 있더군요.

저는 쓰러진 사람이 가와키타 씨임을 바로 알아보고 달려갔습니다.

"어? 가와키타 씨, 왜 이래요?"

"……죽었습니다."

가타오카 씨의 대답을 듣고 저는 당연히 무슨 농담인 줄 알았죠. 여긴 고단샤니까요. 메피스토고단샤에서 발행하는 소설 잡지. 추리소설을 중심으로 엔터테인먼트 소설 전반을 다룬다니, 고단샤 노블스창간 초부터 주로 추리소설을 발행했다. 메피스토에 연재된 작품은 기본적으로 이 레이블로 출판된다니, 『소년 탐정 김전일』 같은 책을 출간하는 곳이라고요. 그 정도 농담은 기본일 것 같지 않습니까.

그래서 일단 머리를 숙였습니다.

서술트릭의 모든 것

"아……, 죄송합니다. 제가 화장실에 너무 오래 있었네요."

하지만 가타오카 씨의 안색은 여전히 창백했습니다.

"아니요……. 가와키타는 잠든 게 아니라 죽었어요."

저는 '아하, 뭔가 퀴즈 형식의 서프라이즈를 준비했구나' 하고 생각했습니다. 고단샤니까요. 『Q.E.D. 증명종료_{일본의 유명한 추리만화}』니, 고단샤BOX_{고단샤의 도서 레이블 중 하나. 은색 종이 케이스에 책이 담겨 있다}니, ViVi_{일본 및 중국, 대만, 홍콩 등에서 발행되는 여성 패션 잡지} 같은 책을 출간하는 곳이라고요.

하지만 쓰러진 가와키타 씨를 자세히 보니 정말로 죽었더군요. 위를 보고 차렷 자세로 쓰러진 가와키타 씨는 얼굴이 타원형으로 움푹 파여 있었습니다.

"완전히 죽었군요."

"완전히 죽었습니다."

"되살아날까요?"

"드래곤볼이 있다면요."

"여긴 고단샤*인데요."

"그럼 무리겠군요."

저와 가타오카 씨는 서로 고개를 끄덕였습니다.

"어떻게 된 건가요?"

"……모르겠습니다. 가와키타가 안쪽 자동판매기에서 마

---

* 『DRAGON BALL』(전42권. 완전판 전34권/도리야마 아키라), 슈에이샤(集英社) 간행.

실 걸 좀 사 오겠다며 자리를 떴는데요. 잠시 후에 '잠깐, 위험해, 위험해' '하지 마, 안 돼' '으아아아악' 하고 비명이 들리더니……. 그게 10분쯤 전이었을까요. 내 알 바 아니라고 생각하고 기다리고 있었는데, 좀처럼 돌아오지 않더군요. 신경이 쓰여서 와보니 이런 꼴이었습니다."

대체 뭐가 '내 알 바 아니라'는 걸까요. 이 영업사원은 인간도 아니구나 싶었습니다.

"……왜 비명이 들렸을 때 바로 가보지 않으신 건가요?"

"그건 뭐, 편집부와 영업부는 인식이 다르니까요."

가타오카 씨는 이상한 부분에서 괜한 파벌주의를 드러냈습니다. 저는 어이가 없었지만 일단 제안했습니다.

"경찰을 부르는 게 좋지 않을까요?"

가타오카 씨는 난감한 표정으로 고개를 저었습니다.

"저희가 용의자로 몰릴 텐데요."

그 말을 듣자 생각났습니다. 벌써 오후 11시 반이 지났습니다. 고단샤 직원은 모두 퇴근한 것처럼 꾸몄지만 그중 일부는 미팅하거나, 근처 패밀리레스토랑에서 원고를 읽거나, 메일 답장을 쓰는 등 일을 가지고 돌아가 노동시간이 파악되지 않는, 노동법상 약간 문제가 있는 방식으로 근무 중입니다만 그래도 아무튼 사옥에서는 나갔습니다. 이시노모리 쇼타로1938~1998. 일본의 만화가이자 특촬물 원작자의 육필 원고나 DVD가 딸린 한정판 『진격의 거인』 25권 같은 귀중한 재산이 보관된 관계로, 고단샤 빌딩의 보안은 엄중합니다. 이 시간에

서술트릭의 모든 것 |

일단 사옥에서 나가면 경비실을 통과하지 않고서는 들어올 수 없습니다.

그렇다면 가와키타 씨를 죽인 건 사옥 안에 있던 저와 가타오카 씨, 또는 경비원 총 세 명 중 하나인 셈입니다.

"아니, 잠깐만요."

저는 가와키타 씨의 푹 파인 얼굴을 들여다봤습니다. 해삼 모양이랄까, 짚신벌레 모양이랄까 아무튼 그런 타원형이 두 개 늘어선 형태로 파여 있었습니다.

"……이거, 흉기가 뭘까요?"

"기린입니다."

가타오카 씨는 정원을 느긋하게 거니는 기린 두 마리를 가리켰습니다. 그리 널리 알려진 사실은 아닙니다만, 예전에 오츠이치 선생님이 『소생 이야기小生物語』(겐토샤幻冬舎 발행)에 쓰셨던 대로 고단샤 본사 빌딩 1층 로비에는 정원이 있고, 밤이 되면 기린을 풀어놓습니다.

"과연. 이 움푹 들어간 모양새는 분명." 저는 고개를 끄덕였습니다. "하지만 그렇다면 사고잖습니까?"

"아니요. 기린은 얌전한 동물입니다. 인간을 밟아 죽이다니 설마." 가타오카 씨는 고개를 저었습니다. "누군가 위협하든지 먹이로 꾀어서 부추기지 않는 한 웅도마와 톤데가 사람을 짓밟을 리 없습니다. 이건 살인사건이에요."

이 기린들은 중앙아프리카 출신인 모양입니다.

"부추기기가 그렇게 쉬울까요?"

"톤데는 먹성이 대단해서 코끝에 당근을 늘어뜨리면 환장합니다. 그야말로 가와키타를 짓밟고도 모를 정도로요." 가타오카 씨는 카나리아 야자수 건너편을 유유히 걷는 기린을 올려다봤습니다. "간단히 조종할 수 있어요."

난감하더군요. 그렇다면 역시 경찰을 부르면 안 된다고 저는 반대했습니다.

"……이 정원에, 또는 사옥 어딘가에 저희 말고 누군가가 숨어 있는 건."

"그것도 아닙니다." 가타오카 씨는 조명이 꺼져서 실루엣으로 변한 식물들을 둘러보며 대답했습니다. "밤 10시 넘어서도 사옥에 남아 있으려면 사원증이나 방문객용 카드로 미리 통행 등록을 해야 합니다. 하지 않은 사람은 거동이 수상하다는 이유로 제거됩니다."

저는 밤 10시쯤에 방문객용 카드로 '사내 야간 통행 등록'을 하라는 말을 들은 게 생각났습니다. 그러고 보니 데즈카 오사무1928~1989. 제2차 세계대전 후 만화의 개척자 같은 존재로 활약한 인물의 육필 원고나 『호오즈키의 냉철』 프리미엄 박스 같은 귀중한 재산이 보관돼 있으므로 고단샤 빌딩 내부에는 거동수상자 전자동 제거 시스템, 무슨 약칭인지는 잊어버렸지만 통칭 '킬KILL' 시스템이 설치되어 있습니다. 오후 10시가 되기 전에 '사내 야간 통행 등록'을 한 사원증이나 방문객용 카드를 휴대하지 않으면 자동으로 거동수상자로 간주해 고출력 레이저로 치지직, 증발시켜 버립니다.

"그렇다면……."

역시 범인은 여기에 있는 누군가인 셈입니다.

저와 가타오카 씨는 거의 동시에 같은 생각을 하고 고개를 끄덕였습니다. 우리는 정원 어귀에 있는 경비실을 찾아가 사정을 설명하고, 야근 중인 초로의 경비원에게 부탁해 '사내 야간 통행 등록'을 조사했습니다. 당연히 경비원은 경찰에 신고해야 한다고 했지만, 가타오카 씨가 "자자, 원만하게 넘어갑시다. 이거 드릴게요" 하고 호주머니에서 꺼낸 우마이보1979년부터 판매된 막대 모양의 바삭바삭한 과자로, 여러 가지 맛이 있다를 보자 "뭐, 명란젓 맛이라면……." 하고 승낙해주더군요.

하지만 경비실의 단말기로 '사내 야간 통행 등록'을 확인해보니 등록된 사람은 가타오카 씨와 저, 그리고 살해당한 가와키타 씨 세 명뿐이었습니다. 즉, 그 이외의 사람이 정원에 있었다면 1초 만에 칙 하고 증발했겠죠.

"역시나…… 우리 중 한 명이 범인입니다." 가타오카 씨는 그렇게 말하고 경비원이 앉은 의자 등받이에 손을 짚었습니다. "……뭐, 경비원 아저씨도 정원에 들어갈 수 있겠지만요."

"아닙니다, 무슨 말씀을." 등받이를 눌러 넘어질 뻔한 경비원이 고개를 저었습니다. "저는 빼주십시오. 경비원은 사내 야간 통행 등록을 하지 않습니다. 킬 시스템이 반응하는 곳은 사무실과 창고, 그리고 여기 정원뿐이에요. 그래서 저는 복도나 이 방밖에 드나들 수 없습니다."

"어디서 뻔히 보이는 거짓말을."

저는 경비원을 의자에서 끌어내려 정원으로 끌고 갔습니다. 하지만 정원 문을 열자마자 킬 로봇이 새빨간 경고등을 빛내며 눈앞에 내려와 허둥지둥 복도로 돌아갔습니다.

"흐억, 흐억, 아셨죠?" 경비원이 울먹이면서 말했습니다. "나 범인 아니야. 범행 따윈 못 해."

어째선지 어린아이처럼 떠듬떠듬 말하는 경비원에게 사과한 후 저는 팔짱을 꼈습니다.

"……일시적으로 킬 시스템을 정지하면."

가타오카 씨가 고개를 저었습니다.

"안 됩니다. 멈추면 안내방송이 엄청 큰 소리로 흘러나와요."

경비원은 범인이 아닌 듯한 분위기로 흘러가자, 저는 급히 말했습니다.

"저도 범인이 아닙니다. 경비원 아저씨도 보셨죠. 저, 20분쯤 전에 방문객용 카드를 맡겼잖아요. 그리고 아까 받아서 정원에 돌아갔어요."

"……네, 뭐."

경비원은 고개를 끄덕였습니다. 그러고는 고개를 휙 돌려 가타오카 씨를 봤습니다.

"……그렇다면 당신이 범인이라는."

"틀림없습니다. 가타오카 씨가 범인이에요."

영업부 직원분들에게는 늘 도움을 받고 있지만, 저는 가차 없이 말했습니다.

"저는 정원에 없었고, 다른 사람은 정원에 들어가면 몇 초 만에 증발하니까요."

"일단 킬 로봇은 식별장치를 통해 '동물 또는 열두 살 이하의 어린이'로 판단한 대상은 노리지 않는다고 합니다만." 가타오카 씨가 난처한 얼굴로 저를 봤습니다. "아무튼 저도 무리입니다. 기린들이 저를 몹시 싫어하거든요. 눈앞에 당근을 늘어뜨리다니, 그렇게 가까이 다가가면 제가 먼저 밟혀 죽을걸요."

"그런 허무맹랑한."

"너무 막 갖다 붙이는 거 아니에요?"

저는 날뛰는 가타오카 씨를 아르헨틴 백브레이커상대방을 자신의 양어깨에 걸친 뒤, 상대방의 턱과 허벅지를 잡아 그 몸을 활 모양으로 구부리는 레슬링 기술의 요령으로 짊어지고 정원으로 들어가 기린에게 다가갔습니다. 그러자 기린 두 마리가 갑자기 흥분해서 부오오오오, 하고 울면서 돌진해왔습니다.

"으악."

저는 "봐요, 제가 그랬잖아요" 하며 몸부림을 치는 가타오카 씨를 기린에게 미끼로 던져주고 정원에서 달아났습니다. 정원에서 긴 비명이 들리다 멈추자 사방이 조용해졌습니다. 상황을 보러 가니 가타오카 씨는 엎드린 상태로 쓰러져 있었습니다. 등에는 해삼 모양이랄까 짚신벌레 모양이랄까, 아무튼 그런 타원형이 두 개 늘어선 모양의 자국이 남아 있더군요.

"가타오카 씨, 죽었나요?"

"안 죽었습니다." 가타오카 씨는 씩씩하게 으라차, 하고 일어섰습니다. "보세요. 제가 그랬잖습니까. 맞죠?"

"그렇군요."

저는 기린에게 짓밟혀도 죽지 않을 만큼 튼튼한 가타오카 씨에게 감탄했습니다. 역시 영업 전사는 몸이 재산입니다.

경비실로 돌아가자 경비원이 팔짱을 낀 채 감탄한 표정을 지었습니다.

"요즘 젊은이는 튼튼하군요."

"대학교 때 미식축구부였거든요."

가타오카 씨는 그래도 아픈 듯이 등을 문질렀습니다.

"그나저나 그렇다면 범인이 없는데요." 저는 고개를 갸웃거리지 않을 수 없었습니다. "가타오카 씨는 이 꼴이죠. 저는 방문객용 카드를 경비원 아저씨께 맡겼었고, 경비원 아저씨는 카드가 없고. ……불가능 범죄가 된 꼴이군요."

"아니요, 잠깐." 아까 기린에게 밟혔을 때 내장을 다쳤는지 가타오카 씨가 입에서 피를 왈칵 토하면서도 손을 들었습니다. "경비원 아저씨는 범행이 가능하잖습니까. 니타토리 선생님의 방문객용 카드를 가지고 있었으니까요."

"아니죠, 아니에요. 그건 아닙니다." 경비원이 다급하게 손을 내저었습니다. "저는 경비원실에서 한 발짝도 나가지 않았습니다. 여기 컴퓨터로 〈그레이티스트 저니 2〉를 하고 있었거든요. 채팅 기록도 있습니다. 보시겠습니까, 자요."

"어디서 들어본 듯한 알리바이로군요."

"그것보다 근무 중에 온라인 게임을 하면 안 되잖습니까."

저랑 가타오카 씨는 각자 핀잔을 줬습니다. 아무튼 경비원이 보여준 게임 화면에는 분명 방금까지 채팅을 했던 흔적이 남아 있었습니다. 물론 뭔가 꼼수를 써서 시각 표시를 조작할 수 있을지도 모르지만, 애당초 가와키타 씨가 사망했을 때 제가 경비실에 방문객용 카드를 맡긴 것 자체가 우연입니다. 그 우연을 기회 삼아 순식간에 그런 꼼수를 부리기는 힘들겠죠.

하지만 저는 여전히 물고 늘어졌습니다.

"그럼 이건 어떨까요? 가와키타 씨를 경비실로 불러들여 사원증을 빼앗고, 함께 정원으로 들어가면 본인은 공격을 받지 않을 텐데요."

하지만 이번에는 가타오카 씨가 고개를 저었습니다.

"가와키타는 자기 사원증을 목에 건 채 죽어 있었습니다. 죽일 때까진 그래도 되겠지만, 가와키타의 시체에서 정원 입구까지는 제법 멀어요. 돌아오는 도중에 칙 하고 증발입니다."

"그렇다면."

저는 말을 꺼냈지만 아무 생각도 나지 않아 입을 다물었습니다. 아무래도 경비원에게도 범행은 불가능할 것 같았습니다.

"……그렇다면." 저는 다시 입을 열었습니다. "역시 불가능 범죄인 셈이군요."

제가 팔짱을 꼈을 때 갑자기 뒤쪽에서 목소리가 들렸습니다.

"저어."

설마 이런 밤중에, 게다가 발소리도 없이 사람이 들어올 줄은 몰랐기에 우리 세 명은 깜짝 놀랐습니다.

돌아보자 안경을 낀 여자가 난처한 표정으로 경비실을 들여다보고 있었습니다.

"네, 무슨 용건입니까?"

경비원이 복도로 나갔습니다.

"밤중에 죄송해요. 동행이 길을 잃어서요. ……벳시라는 이름의 수상한 사람이 여기 오지 않았나요?"

"아니요, 그런 사람은."

경비원이 고개를 젓자 여자는 조심스레 말했습니다.

"그리고 한 가지 더 죄송한데요. 그 사건, 딱히 불가능 범죄는 아닌 것 같은데요."

"네?"

"죄송해요. 이야기가 좀 들렸거든요." 여자는 안경을 고쳐 쓰고 고개를 숙였습니다. "어쨌거나 범인은 아시죠? 빨리 잡는 편이 좋지 않을까요?"

"엇, 그게……."

"범인이라니……."

경비원과 가타오카 씨는 난감한 듯 말꼬리를 흐렸습니다.

하지만 두 사람은 분명히 저를 곁눈질했습니다.

저는 큰일 났다고 판단하고 경비실을 뛰쳐나와 정원으로 뛰어들려 했습니다. 정원이라면 경비원은 못 들어올 테고, 기린 곁으로 도망치면 가타오카 씨도 떼어낼 수 있을 테니까요.

그렇지만 정원 문을 잡으려 했을 때 몸이 뒤로 확 잡아당겨졌고, 다음 순간에는 두 발이 공중에 떴습니다.

"이얍."

안경을 낀 여자는 저를 가볍게 들어서 바닥에 쿵 넘어뜨리고, 제 손목을 등 뒤로 돌려 제압했습니다.

"도망치면 안 되죠."

"딱히 도망친 건." 저는 저항하려 했습니다만 엄청난 힘으로 제압당해 옴짝달싹도 할 수 없었습니다. "왜 제가 범인인가요. 카드는 맡겼다고 했잖아요."

"아, 그렇지."

가타오카 씨가 손뼉을 짝 쳤습니다.

"역시 그렇군요."

경비원도 고개를 끄덕였습니다.

여자가 뒤에서 제게 속삭였습니다.

"니타토리 선생님. 당신, 아직 나이가 열두 살 이하죠? 이야기를 듣자 하니 열두 살 이하의 어린이는 킬 로봇인지 뭔지가 공격하지 않는다면서요?"

저는 고개를 떨굴 수밖에 없었습니다. 저, 니타토리 게이가 열 살에 데뷔했을 당시 '신동'이라는 평가로 떠들썩했으며, 아직도 열두 살의 초등학생이라는 사실은 가타오카 씨도 당연히 알고 있기 때문입니다.

"니타토리 선생님, 당신은 자신의 방문객용 카드를 경비실에 맡기고 경비원이 〈그레이티스트 저니 2〉에 푹 빠져 있는 틈을 타 경비실 앞을 통과해 정원으로 돌아갔어요. 그리고 기린을 부추겨 가와키타 씨를 죽인 후, 시치미를 뚝 떼고 경비실을 방문해 카드를 찾아서 현장으로 돌아온 거예요. ……맞죠?"

저는 고개를 떨군 채 아, 다 끝났다고 생각했습니다.

"소설가가 담당 편집자를 죽일 동기야 얼마든지 있을 테니, 그건 경찰에게 맡기기로 하고." 안경을 낀 여자는 저를 전혀 어린아이 취급하지 않고 말했습니다. "경찰에 신고할 테니, 그 전에 자수할 건지 끝까지 잡아뗄 건지 결정하세요."

자수하는 수밖에 없을 것 같았습니다. 제가 작가이자 아직 열두 살 먹은 어린아이임을 고려해서 가타오카 씨도 경비원도 되도록 의심하지 않고 넘어가기 위해 다른 가능성을 생각해준 듯하지만, 이제 어떻게 변명해도 혐의를 벗기는 어려울 것 같았습니다. 제가 열두 살답지 않게 영악하고 힘이 세다는 건 두 사람도 이미 알고 있습니다.

저는 말했습니다.

"……죄송합니다. 자수할게요. 제가 가와키타 씨를 죽였습니다."

★★★

이런 이야기를 써서 보낸 후 고단샤의 정원에서 담당 편집자 가와키타 씨와 만나자 그는 명백하게 난감한 표정이었습니다.

"……아무래도 이건 아니다 싶은데요."

저는 내심 자신 없다는 걸 얼버무리려 일부러 밝은 표정으로 말했습니다.

"재미있지 않습니까? 한번 시도해보고 싶었어요. '후기'라는 제목의 이야기."

"……독자에게 너무 불친절하지 않을까요?"

"아니요. 힌트는 분명히 내놨습니다. 애당초 제 이름이 다르잖아요. '니타도리'가 아니라 '니타토리'라고 썼으니까요." 저는 날개저자 이름 '니타도리 게이(似鳥鶏)'의 게이(鶏)는 닭이라는 뜻이다를 버스럭거리면서 말했습니다. "후기라면 사실을 써야겠지만, '후기'라는 제목의 단편소설이니까 거짓말을 써도 괜찮습니다. '작가' 역시 제가 아니라도 상관없고요. 그러니까 '작가'인 '니타토리'가 열두 살 먹은 아이였다고 해도 페어fair 중의 페어. 발견! 가도카와 문고 여름 문고 페어fair입니다."

"다른 출판사 홍보는 하지 마시고요. 그건 아유카와 데쓰야를 표절한 것 같은 냄새가 풀풀 풍기는데요."

"표절이 아니라 오마주*입니다."

"그렇게 당당하게 낡은 개그 하지 마세요."

"그럼 변주입니다. 환골탈태예요."

"원작은 훨씬 공정했습니다. 독자가 멋대로 속아 넘어가는 느낌이랄까요."

"제 작품도 공정합니다. 애당초 명백하게 사실과 다른 점을 써뒀잖아요." 저는 엉덩이로 달걀을 퐁 낳으면서 말했습니다. "이게 후기가 아니라 소설이라는 것 정도는 독자 여러분도 금방 아실 거라니까요. 저는 언제나 후기에 사실밖에 적지 않으니까요."

"무슨 낯짝으로 그런 말을. 지금도 '달걀을 퐁 낳으면서'라고 거짓말을 적지 않았습니까."

"비유예요, 비유. 무슨 비유인지는 모르겠지만, 뭔가의 비유입니다." 테이블 아래를 보자 방금 낳은 달걀이 떨어진 충격으로 깨졌는지 병아리가 삐약삐약 울면서 걸어 나왔습니다. "그리고 이 이야기를 마지막으로 삼지 않으면 '독자에게 보내는 도전장'에서 내놓은 힌트에 아무도 속지 않을 거라고요. 그럼 제가 곤란하단 말입니다."

● '표절' '패러디' '오마주'는 구별이 모호하지만 '원작을 알면 재미없어진다'가 표절, '원작을 모르면 재미없다'가 패러디, '원작을 알면 다른 재미를 얻을 수 있다'가 오마주라는 구별법은 어떨까. 이건 '작가가 원작을 숨기고 싶어 하면 표절', '작가가 원작을 알아보길 바라면 패러디', '작가가 원작이 알려져도 상관없어하면 오마주'라는 식으로 구분할 수도 있겠다.

"그거야 그쪽 사정 아닙니까. 그리고 그 병아리는 어떻게 할 거예요?"

"아, 어쩌죠." 병아리를 집어 든 저는 주익우닭의 날개깃을 형성하는 깃털 중 가장 크고 강한 깃털의 발달이 더딘 걸 보고 가와키타 씨에게 던졌습니다.* "수컷이네요. 드셔도 됩니다."

"무자비해라."

"저는 '독자에게 보내는 도전장'에 '힌트'를 굵은 글씨로 써 놨다고요.

마지막 이야기는 힌트 없이도 어렵지 않게 진상을 알아낼 수 있겠지만, 그 앞 이야기는 '그때까지의 이야기를 전부 재독해보면' 트릭을 알아차리기 쉽습니다. 그리고 또 그 앞 이야기는 '수많은 등장인물을 어딘가에 메모해두는 것'이 중요합니다. 또한 그 앞 이야기는 '첫 장면이 왜 그렇게 쓰였는지', 그 앞 이야기는 '왜 등장인물의 이름이 그것인지', 그 앞 이야기는 '왜 그런 형식으로 서술하는지'가 중요합니다. 너무 주절주절 늘어놓은 데다 굵은 글씨로 쓴 건 도가 지나쳤나 싶어 여기까지 하겠습니다.

후후, 하지만 말이죠. 이 '후기'는 '후기'라는 이름의 본문입니다. 즉, '독자에게 보내는 도전장'에 적혀 있는 마지막 이

---

* 갓 깬 병아리를 감별하는 방법으로, 실제로는 숙련이 필요해 이렇게 쉽게는 구분할 수 없다.

야기는 이 이야기를 가리키죠. 이 이야기, 힌트 없이도 풀 수 있잖아요. 그 앞 이야기는 「일본을 짊어진 고케시 인형」입니다. 이 이야기는 '그때까지의 이야기를 전부 재독해보면' 벳시 씨가 동일인물이어서는 부자연스럽다는 걸 알 수 있겠죠. 그리고 또 그 앞 이야기는 「빈궁장의 괴사건」이니까 적힌 대로 '수많은 등장인물을 어딘가에 메모해보면' 단박에 알아차릴 수 있습니다. 그 앞 이야기 「별생각 없이 산 책의 결말」에서는 첫 장면, 그러니까 나카무라 우미와 벳시가 바에서 수다를 떠는 장면은 불필요할 겁니다. 그게 왜 쓰였는지를 생각하면 트릭을 알아차리기 쉬워요. 그리고 그 앞 이야기 「간힌 세 사람과 두 사람」에서는 '왜 등장인물의 이름이 그것인지' 즉, 왜 서양식 이름인지 생각하면 되고, 그 앞 이야기 「등을 맞댄 연인」에서는 왜 그런 형식으로 서술하는지, 즉 왜 호리키 히카루와 히라마쓰 시오리 두 사람의 시점인지 생각해보면 트릭을 대체로 짐작할 수 있을 겁니다. 마지막으로 여기까지 하겠습니다, 라는 말로 첫 번째 이야기 「뻥 뚫어주는 신」에 대해서는 '독자에게 보내는 도전장'에서 언급하지 않았죠. 와하하하하하, 어떻습니까. 책 서두에서 각 화의 힌트를 이렇게 노골적으로 알려주는 본격 미스터리는 또 없을 겁니다. 어쩜 이렇게 친절할까."

"그건 '심술궂은' 게 아닐까요?"

"그리고 「일본을 짊어진 고케시 인형」에 대해서는 다른 힌트도 큼지막하게 내놨죠?

모든 이야기에 같은 사람이 딱 한 명 등장한다.

이렇게요. 모든 이야기에 미쓰기 우미, 옛날 성씨 나카무라 우미가 등장한다는 건 명백하니까 이 또한 확실한 힌트겠죠."

"굳이 따지자면 레드헤링red herring, 주의를 다른 곳으로 돌리거나 혼란을 유도해 상대방을 속이는 것을 가리키는 말 같기도 합니다만."

가와키타 씨는 냉정했습니다. 하지만 여기서 물러서면 원고를 퇴짜 맞을 테니 저는 엉덩이로 달걀을 쑥쑥 낳으며 힘줘 말했습니다.

"심술 만세입니다. 추리작가는 남을 속이며 기뻐하는 직업이니까 어차피 다들 심술궂고 꼬인 사람들이에요. 그거면 됩니다. 가와키타 씨도 추리소설 편집자라면 착한 척은 때려치우세요! 어디 보자, 또 수컷. 어, 이것도 수컷이네. 드릴게요. 튀겨서 드세요."

"사람도 아니시군요."

"뭐, 사람이 아니니까요."

저는 꼬꼬, 꼬꼬 웃고는 가와키타 씨를 막무가내로 설득해 이 기획을 통과시켰습니다.

★★★

자, 함께해주셔서 정말 감사합니다. 또 이런 발칙한 기획으로 뵐 수 있으면 기쁘겠네요. 그럼 이만.

역자 후기

드디어 서술트릭과 공정하게 맞붙어볼 기회가 왔다!

지금까지 10년 넘게 번역가로 일하면서 90권 가까운 책이 국내에 출간됐다. 그 대부분이 추리소설이다. 추리소설 하면 일단 트릭이 떠오른다. 내가 번역한 추리소설에서도 다양한 트릭이 사용되는데, 그 중 '서술트릭'도 꽤나 많은 비중을 차지한다.

하지만 어떤 작품에서 서술트릭이 사용되었는지는 밝힐 수 없다. 서술트릭을 사용했다고 밝히는 것 자체가 스포일러가 될 수 있기 때문이다.

서술트릭은 말 그대로 소설 속에서 문장의 서술법을 활용하는 트릭이다. 작가가 이야기의 내용을 전달하면서 독자에게 그릇된 이미지를 심어주는 방식이라고 하면 좀 더 이해하기 쉬울지도 모르겠다. 화자가 '남자'인줄 알았는데 '여자'였다거나, 같은 시간대에서 일어나는 일인 줄 알았는데 서로 다른 시간대였다거나 하는 예가 서술트릭에 해당한다.

그런 까닭에 서술트릭을 사용한 작품은 영상화가 불가능하다거나, 작품 속 등장인물은 알고 있는 사실을 독자는 모른다는 등의 특징이 나타난다.

이러한 서술트릭의 본질은 바로 작가와 독자의 대결이다. 추리소설에서 트릭은 보통 작품 속 등장인물(범인)이 다른 등장인물(탐정)을 속이기 위해 사용한다. 그리고 독자는 등장인물들의 대결을 통해 트릭을 추리하게 된다.

반면 서술트릭은 작가가 독자에게 직접 사용하는 트릭이다. 작가는 서술을 통해 독자가 현상 A를 현상 B로 오인하게끔 만든다. 독자가 오인했을 뿐이므로 작품 세계에는 아무런 변화도 없다. 작가는 후반부에 작품 세계의 본모습을 사실대로 보여줌으로써 독자가 머릿속에 쌓아올린 그릇된 이미지를 무너뜨린다. 다시 말해 작품 전체가 독자에게 작용하는 하나의 거대한 '속임수'다.

때문에 서술트릭이 사용됐다는 사실을 밝히는 것 자체가 스포일러가 될 수도 있는 것이다. 서술트릭이 많이 사용되지 않았던 시절에는 서술트릭을 사용했다고 밝힌들 큰 문제가 없었을지도 모르겠다. 하지만 이제는 서술트릭 하면 떠오르는 트릭의 유형이 너무 많다. 그리고 독자들은 책을 읽기 전부터 미리 마음의 대비를 한다. '후반부의 대반전', '세계가 뒤집어진다' 같은 띠지 문구만 봐도 서술트릭을 의심하는 독자가 있을 정도다. 따라서 서술트릭을 사용한 작품은 최대한 정보를 공개하지 않는 편이 좋다.

하지만 이런 의문을 품을 수도 있겠다. '밀실트릭'이니 '알리바이 트릭'이니 다른 건 무슨 트릭을 썼는지 다 밝혀도 되는데 왜 '서술트릭'만 그러면 안 되느냐고. 그럼 불공정하지 않느냐고.

옳은 말이다. 불공정하다. 트릭의 정체를 감추는 시점에서 정정당당하다고는 할 수 없다. 그러나 작가와 출판사는 추리소설의 가장 큰 목적인 재미를 살리기 위해 서술트릭을 사용할 때 그 사실을 감출 수밖에 없다. 어쩌면 일종의 불문율이라고 해야 할지도 모르겠다.

그런데 이러한 불문율에 도전한 작가가 있다. 바로 이 작품, 『서술트릭의 모든 것』의 저자 니타도리 게이다.

니타도리 게이는 작품 첫머리에 "수록된 모든 단편에 서술트릭을 사용했으므로, 속지 않도록 신중하게 읽어주시기 바랍니다"라고 공언한다. 서술트릭 작품의 가장 큰 약점을 드러내고 독자에게 도전한 것이다.

나는 이 작품을 번역하기 전에 니타도리 게이의 도전을 받아들였고, 대부분의 단편에서 패배를 맛봤다. 그렇지만 만족스러웠다. 작가가 오로지 서술트릭에만 치중하지 않고 작품 자체의 재미를 끌어올리는 데에도 공을 많이 들였기 때문이다.

일본 추리소설 독자라면 적어도 한두 번은 서술트릭 작품을 읽어보지 않았을까(애독자라면 두 자릿수일 가능성도 있겠다)? 하지만 정정당당하게 맞붙어본 적은 없을 것이다. 이번에 『서술트릭의 모든 것』으로 서술트릭과 정정당당한 결투(?)를 벌여보길 바란다. 그리고 니타도리 게이의 재기발랄한 스토리텔링도 만끽하시길.

2020년 6월
김은모

서술트릭의 모든 것

1판 1쇄 인쇄 2020년 8월 27일
1판 1쇄 발행 2020년 9월 2일

지은이 니타도리 게이
옮긴이 김은모
펴낸이 김기옥

문학팀 김세화, 제갈은영 | 마케팅 김주현
경영지원 고광현, 김형식, 임민진

표지디자인 제이알컴 | 본문디자인 고은주
인쇄·제본 (주)민언프린텍

펴낸곳 한스미디어(한즈미디어(주))
주소 (04037) 서울시 마포구 양화로 11길 13(서교동, 강원빌딩 5층)
전화 02-707-0337 | 팩스 02-707-0198 | 홈페이지 www.hansmedia.com
출판신고번호 제313-2003-227호 | 신고일자 2003년 6월 25일

ISBN 979-11-6007-516-8 03830

한스미디어 소설 카페 http://cafe.naver.com/ragno | 트위터 @hans_media
페이스북 www.facebook.com/hansmediabooks | 인스타그램 @hansmystery